Una vida por otra

Ela Mancillas

Una vida por otra

LACRE
GRUPO EDITORIAL INSÓLITAS

Primera edición: marzo de 2023

ISBN: 978-84-17300-97-5

Ediciones Lacre
Hilarión Eslava, 30
28015 Madrid
info@edicioneslacre.com
www.edicioneslacre.com

Una vida por otra:

Noa y Damián contraen matrimonio a los pocos meses Noa es secuestrada y no hay nada que los millones de Damián puedan hacer para regresar a su esposa a casa hasta que las autoridades y él mismo la dan por muerta.

Cinco años más tarde Noa reaparece en su vida. Una nueva vida que ha logrado tener gracias a Mia, su nueva esposa. Ahora, Noa tendrá que descubrir si puede seguir siendo parte de la vida de Damián o si quiere serlo. Pues sin darse cuenta terminará enamorándose de la otra esposa. Los tres tendrán que descubrir si su amor es suficiente para ser felices. Bueno, ellos tres y las personalidades que viven en la cabeza de Noa. Personalidades que pondrán en riesgo no sólo el matrimonio del trío sino sus propias vidas y su libertad. Una historia llena de sangre, amor, secretos y dolor que no tiene otro resultado más que uno agridulce.

CAPÍTULO 1

BODA

Son las 10 de la mañana. Los rayos de sol calientan mi piel y mi ciegan, Estoy cubierta en sudor, mi respiración es pesada. Una brisa entra por la ventana y refresca mi cuerpo y mueve mi cabello. Damián tiene sus manos en mi cintura atrayéndome hacia él una y otra y otra vez. Coloco mis manos sobre su pecho, arqueo mi espalda y Damián aumenta la velocidad con la que me embiste y grito en alivio. Mi hermoso prometido me sonríe y me endereza para recargarse en mi pecho.

—Buenos días. —dice al besar mi busto y trata de recuperar el aliento.

—Buenos días. — le contesto, acariciando su cabello y trato igual de recuperarme. Lo beso tierna pero rápidamente en los labios. — Tienes que irte.— le digo mientras me levanto de su regazo y camino al baño de mi habitación.

— ¿Tan rápido?.— me suelta sorprendido.— Por lo general me haces hacerlo un par de veces más.

Salgo del baño y le arrojo los pantalones que están al pie de la entrada.

—Lo siento. Me caso en 6 horas y debo prepararme para mi futuro esposo.

Damián se pone de pie y se pone los pantalones.

—Qué hombre tan suertudo. — me dice travieso.

Alguien toca la puerta y los dos nos ponemos nerviosos. Es mi madre.

—Mamá. — decimos al unísono.

—Noa, abre la puerta. — suena molesta.

Empujo a Damián hacia la ventana.

—Vete ya. — le suelto aún nerviosa.

—Ya voy. Ya voy. — me dice entre risas mientras yo arrojo sus zapatos y camisa por la ventana.

—Ya voy, ma. Espera un segundo. — le grito a mi mamá para ganar tiempo.

Damián saca una pierna para comenzar a bajar, pero se detiene y me mira.

—Oye.

— ¿Qué?

—Seis horas más y serás completamente mía.

Me acerco a Damián y lo beso hasta quedarme sin aliento.

—Ya soy completamente tuya. Adiós.

Me doy la vuelta para ir a abrirle la puerta a mi desesperada madre y Damián se termina de ir.

Gracias a Dios mi camisa es para dormir y cubre que no llevo ropa interior.

Abro la puerta y mi madre entra con prisa.

— ¿Por qué tardaste tanto? — pregunta mirando por todas partes de la habitación.

—Perdón. Estaba a punto de bañarme y ya estaba desnuda, así que me tuve que volver a vestir.

—Bien. Termina de bañarte, el estilista subirá en unos minutos. — me dice mientras camina hacia afuera de mi habitación. — Por cierto.

— ¿Sí?

—Dile que la próxima vez use la puerta. Se puede caer por esa ventana.

—No sé de qué estás hablando.— finjo demencia.

—Sus calzoncillos están al pie de la cama. — me dice viendo hacia mi cama.

—Rayos. — suelto, atrapada en mi mentira. Trato de defenderme, pero no sale ninguna posible mentira de mis labios. — Si, no tengo nada.

—Tienes cinco minutos. — me suelta amenazante y se va. Ah y Liz ya empezó a comerse el banquete.

—Eso lo puedo arreglar. ¡Liz! — grito desde la puerta.

— ¿Qué!. — me contesta mi mejor amiga con la boca llena desde la planta baja.

— ¡Sube! ¡Te necesito!

— ¡Voy!

Escucho su respuesta y cierro la puerta de mi cuarto.

Como sea. El estilista arregla mi cabello, me maquillan. Los invitados comienzan a llegar y ya es hora de que me case.

Mi papá está esperándome al final de las escaleras en la planta baja. Está nervioso, se le nota a simple vista, mueve sus piernas hacia adelante y hacia atrás sin despegarlas del piso.

Aclaro mi garganta para llamar su atención y él gira al instante, deja de moverse, me brinda una tierna sonrisa de seguridad y comienzan a llenarse sus ojos de lágrimas mientras bajo escalón por escalón.

— ¿Estás bien, pa?

—Aún no es tarde para que corras. ¿Lo sabes, verdad? — me susurra al oído.

—No hay nadie más, papá. —le digo mirándolo a los ojos, mientras lo tomo del brazo.

—En ese caso. Vamos a casarte para que seas el problema de alguien más— me dice, ofreciéndome su brazo izquierdo para caminar juntos.

—Creo que todos aquí sabemos que siempre seré tu problema, papá. — le contesto un poco ofendida pero divertida mientras tomos su brazo.

Mamá aparece detrás de nosotros.

—Mientras seas sólo el problema de tu papá, por mí, está bien.

Papá sonríe y le da un beso a mamá, sin soltarme.

— ¿No se ve hermosa?— dice mamá al darme una rápida mirada de pies a cabeza y terminando en mis ojos.

Miro a papá y él también tiene su mirada perdida en mí, bueno, mis ojos.

Ambos se quedan callados, viéndome. No sé exactamente qué es lo que ven, pero tiene sus brazos y manos entrelazados. Como si los dos necesitasen del otro para poder estar de pie frente a mí. Soy su única hija, tengo 21 años y ya me voy a casar y a mudar de su casa y a dejarlos solos para iniciar una nueva vida, apenas graduada, lejos de ellos. ¿Qué! No había pensado en todo eso.

Justo cuando vamos a salir al patio de mi casa, lugar donde decidimos hacer la ceremonia, y papá deba entregarme a mi futuro esposo papá vuelve a hablarme en susurro.

—Última oportunidad— sin dejar de mirar hacia el frente, como sí él estuviera completamente decidido a dejar que me case con mi hombre.

—Oh, por Dios ¿Qué tienes en contra de mi prometido?

—No es tan lindo. Es rico, pero no es muy lindo.

— ¡Papá!— suelto entre risas por diversión y nerviosismo y le doy un pequeño golpe con el ramo en el brazo.

—Sólo digo. — dice disculpándose.

— ¿Quieres, por favor, comenzar a caminar o prefieres que camine sola por el pasillo?

Papá responde con un suspiro y poniendo los ojos en blanco por un segundo.

—Vamos. — me suelta y comienza a caminar despacio.

Doy un paso, completamente normal, cuando me doy cuenta de que el apenas dio uno que hace que me regrese a su lado para estar a la par.

— ¡Papá! — suelto un poco avergonzada.

Los invitados que lo notaron se ríen un poco.

—Todavía tenemos tiempo, relájate. — me suelta molesto.

Respiro profundamente y miro al final del pasillo en parte para fingir que no muero de pena y en parte para ver a mi hermoso hombre al que no tardo más de un segundo en reconocer.

Alto, cabello corto y rizado de color negro carbón. Con un traje chaqué negro, tan seguro de sí mismo y de querer casarse conmigo. Por un momento creo que se ríe por lo que hizo mi papá hace unos segundos, pero me doy cuenta de me sonríe para que sepa lo feliz que es al ver que no he huido y estoy a punto de ser la Señora de Viera.

Damián no tiene familia, su padre los abandonó a él y a su madre cuando él tenía unos 8 años.

Su madre era la del dinero, por parte de su familia. Y su papá, era, como yo. Un trabajador de clase media que se sintió humillado por no poder proveer a su familia a lo que estaban acostumbrados. Así que se fue. Y justo así me lo contó mi prometido.

No es como que lo necesitara. Bueno, por lo menos, no a estas alturas.

Volvamos a lo importante. Mi boda.

Me acerco a Damián, pero me regreso y beso a mi padre en la mejilla.

—Ya me puedes soltar. Todo va a estar bien. Lo prometo.

Mi papá me mira a los ojos por un segundo, después mira a mi hombre, para regresar sus ojos sobre los míos y por primera vez se relaja, y entiende que esta es la vida que quiero y Damián el hombre que necesito para poder tenerla.

Mi madre se levanta, paciente y toma a mi padre por su brazo.

—Está bien, cielo. Puedes dejarla ir.

—Nunca. — dice mi padre sin dejar de verme a los ojos.— Voy a dejarte sólo unos momentos para que te cases pero jamás te dejaré.— suelta mi brazo y se va con mi madre a su respectiva silla.

Me volteo para iniciar con este nuevo capítulo de mi vida.

El "hombre" que va a casarnos es mi mejor amiga, Liz

Suena estúpido, pero la hice tomar un curso en línea para que pudiera ser ella quien nos casara.

—A ver a qué hora, perra. — me suelta un poco desesperada.

—Ay, chinga tu madre. Es mi boda.

Los invitados vuelven a reír.

—Hey, silencio, estoy tratando de casar a este par de idiotas. Gracias! — los regaña— ¿Quieres el discurso largo o el pequeño? — me suelta, esperando que sea el pequeño.

La miro furiosa.

—El largo será. La mayoría de ustedes me conoce y saben que me encanta, arruinar las relaciones de todos ustedes, diciéndoles sus verdades.

— ¡Es cierto! — grita uno de los invitados.

—Ay, tu cállate. Te salve de ese bastardo y lo sabes. Como les decía: pero hace 5 años he intentado recuperar a mi mejor amiga de las garras de este hombre, pero seamos honestos: no lo intenté lo suficiente, porque es rico.

—Es cierto. — le susurro a Damián y se ríe conmigo.

—Pero, además. —continua Liz.— Ni una sola vez me ha hecho llorar a mi amiga, mi hermana. Siempre ha estado ahí cuando ella lo necesita. Ha sabido respetar su independencia, jamás la ha celado, ni siquiera de mí y créanme, intente hacer que él pensara que éramos pareja. No importa si es un abrazo, un silencio, un paseo o una nieve o incluso distancia, lo que sea que ella necesite, él lo consigue. Y cómo no hacerlo, si le sobra el dinero.

Todos reímos.

—He visto su amor a lo largo de estos años, porque por supuesto que tengo que ser el mal tercio. Siempre soltera, nunca sola. Y lo único que puedo decirles es que espero JAMAS encontrarme a un amor tan ridículamente meloso y único como el de ellos. Ellos dos son lo que las películas de amor nos venden a diario. En ellos puedo decirles que entiendo lo de Felices para siempre, así que ¿Damián, aceptas a Noa como tu esposa para amarla hasta que ella así lo decida? Porque seamos honestos el día que te quedes pobre la obligaré a divorciarse de ti y buscar a otro rico.

Todos volvemos a reír.

—Acepto. — dice Damián sin dejar de verme.

— ¿Noa, tu aceptas a Damián para ser el único hombre de nuestra vida?

—Acep..espera ¿Qué? ¿Nuestra?

—Aceptémoslo, estamos los tres en esto. — me dice molesta.

—Acepto que seas el único hombre de *mi* vida. — digo con énfasis en el mí.

—Por el poder investido en mí por casateya.com, los declaro marido y mujer.

Damián sonríe de oreja a oreja y da un paso hacia mí, pero se detiene y mira a Liz.

— ¿Qué? — le suelta Liz con molestia.

—No...has dicho que... puedo besar a la novia. — le dice Damián, nervioso.

—Oh, eso es porque no quiero que lo hagas. — le dice Liz con una sonrisa fingida.

— ¡Liz! — le grito.

—Bien. Puedes besar a la novia.

Damián me acerca a él y me rodea la cintura con sus manos, me deja caer hacia atrás y me besa en los labios tiernamente, suspendida en el aire.

—Ay, por Dios Santo. — escucho a Liz decir a mis espaldas. — Necesito un trago.

Los invitados aplauden y celebran nuestra boda.

El resto de la fiesta, bailamos con mis padres y el resto de los invitados. Partimos el pastel, corto un pedazo y se lo embarro en la cara a mí, ahora, esposo. Liz se pone completamente ebria y expresa entre sílabas cuanto ama a Damián y a mí. Llega la noche y es hora de que los novios, nos vayamos a nuestra luna de miel. Voy a mi habitación a quitarme el vestido y a ponerme ropa más cómoda y a tomar mi maleta.

Liz aparece detrás de mí.

—Te puedo decir un secreto. — me suelta arrastrando las palabras.

—Debes de haberlo hecho, porque yo sé todo sobre ti.

—Es cierto. — me pone los brazos sobre los hombros.

— ¿Qué? — le digo tratando de calmarla.

—No hay nada en el mundo que no haría por ti. Lo sabes ¿verdad?

—Lo sé.

—Incluso si el cuento de hadas termina y tu príncipe azul no es lo que piensas. Yo voy a estar aquí. Siempre. Si alguna vez te lastima y lo matas por accidente, llámame y lo enterrare sin hacer preguntas. Y sin que sepas dónde. Te haré una coartada y nos quedaremos con todo su dinero. Sonrío por las cosas que dice y la abrazo fuerte.

—No me voy a mudar a otro planeta, sólo de casa y podrás visitarme a diario.

— ¿Visitarte? Voy a vivir con ustedes. Sólo les daré un mes entero de sexo y alcohol.

— ¡Sí!, es todo lo que necesito.

—Ya vete. Tu hombre te espera. — me dice mientras me suelta y se sienta en mi cama.

—Es cierto. Tengo que irme. Cuida a papá por mí. Te quiero.

—Y yo a ti.

Salgo de mi habitación con todo y maleta.

CAPÍTULO 2

LUNA DE MIEL

Llegamos a una pequeña Isla que Damián separo sólo para nosotros. Si, así de rico es. También nos vinimos en el jet privado de su familia. A veces pienso que es demasiado, pero sólo a veces.

Llegamos a una tipo choza, uno se imaginaria que es una cabaña lujosa, después del jet y la playa pero la verdad, más que una casa, es un cuarto. Por lo menos eso es como me gusta, simple, pero acogedor. Para llegar a ella tuvimos que cruzar un pequeño puente de unos 6 metros de la orilla del mar al mar.

Un empleado nos abre las puertas para que Damián me cargue entre sus brazos y me meta a la choza.

— ¡Damián! — le suelto en un gritillo de emoción y nerviosismo. No sé por qué. No es como que fuera nuestra primera vez teniendo sexo. Pero se siente como si lo fuera.

— ¿Qué? — me dice divertido.

—Eso lo debes de hacer en casa.

— ¿Ah, ¿sí?

—Sí.

—Bien. Lo volveré a hacer en casa.

El hombre se queda afuera esperando al resto de personas que traen nuestras maletas.

— ¿Algo más en lo que lo pueda ayudar señor? — suelta el hombre desde la puerta.

Damián sale de su ensoñación por un momento y lo mira sin soltarme.

—Sí. No importa quién llame o si hay un huracán, por favor no nos molesten. Vamos a intentar toda la noche tener un bebé. — le dice al señor, divertido.

— ¡Oye! — le suelto apenada.

El señor sonríe.

—Claro, señor. Buenas noches.

—Espera. — le dice Damián y me pone suavemente en el suelo y se acerca al hombre para darle propina.

El jacalito en el que estamos es más que cualquier otra cosa, cama.

No hay mucho espacio para algo más. Camino alrededor para ver un poco mientras mi esposo vuelve.

Está la cama, una especie de terracita en donde hay dos hamacas, unas pequeñas escaleras para meterte y salirte del mar, una lancha de motor para dos personas y un par de motos acuáticas. Supongo yo para los próximos 7 días de luna de miel que tenemos aquí.

El aire está frío y hace que por instinto me abrace a mí misma tratando de calentarme, el sonido del mar me hace sentir que estoy soñando.

Damián se acerca a mí y recorre sus dedos por mis brazos lentamente. Mientras sonrío ante el acto. Acerca sus labios a mi oído.

— ¿Te gusta? — me pregunta.

— ¿Gustarme? Me encanta.

—Todo es tuyo.

—No. Todo es para mí, pero es tuyo.— le digo mientras me doy la vuelta y coloco mis brazos sobre sus hombros.

— ¿Todavía no lo entiendes? Jamás me había importado el dinero, ni los negocios de mi familia. Hasta que te conocí. Fue cuando te vi en esa oficina defendiendo tus ideas que no habría nada en este mundo que no te daría. Fue en ese momento que el dinero se volvió importante. Porque no quiero que te falte una sola cosa en este mundo.

Lo miro más enamorada que de costumbre y después me comienzo a reír como loca.

—Acabas de escuchar a Liz en tu cabeza ¿no es cierto?

—Sí. — le suelto tratando de calmarme.

— ¿Y qué hubiera dicho si estuviera aquí?

— ¿Por qué mejor no te lo enseño?— le digo mientras bajo mis manos hacia su pantalón y comienzo a desabrocharlo, cuando me pongo de rodillas y hago lo que en palabras de Liz sería: chupársela.

Hago mi trabajo bocal por unos minutos, lo suficiente para emocionar a mi esposo. Damián me pide que me detenga y lo hago. Me toma entre sus brazos, me carga, me besa en los labios y me lleva hacia la pared más cercana. me pone de espaldas hacia él, me mueve el cabello hacia un lado para poder besar mi cuello mientras me baja el zíper del vestido de tirantes amarillo que traigo puesto. Comienza a besar mi espalda y baja el vestido lentamente. Sus manos bajan por mi pecho, hasta mi vientre y me atrae hacia él, haciéndome sentirlo todo. Sigue bajando sus manos hasta acariciarme la entrepierna.

Damián se detiene — ¿Esos son…caricaturas en tus calzoncillos? — pregunta divertido.

Sé que arruiné el momento, así que me río por unos segundos, pero trato de recuperarla. Me giro hacía él y le sonrío.

— ¿Por qué no me los quitas para que no arruinen mi outfit?— le digo atrevida.

—Sí, señora. — me dice al besarme en los labios y bajar poco a poco besando mis pechos, mi estómago, baja mis calzoncillos y me quita los zapatos. ¡Mierda! estoy tan caliente, el sexo está tardando, pero por alguna razón quiero esperar. Me levanta la pierna izquierda y la coloca sobre su hombro para seguir besando cada parte de mi pierna hasta llegar a mi vagina, expuesta y recién depilada.

— ¿Te depilaste la…— comienza a decir?

— ¡Damián!— le digo para que haga lo que tiene en mente.

— ¿Qué? Creí que no te gustaba.

—Es mi regalo de bodas y estás matando el momento.

—Oh, cariño. Créeme me vas a rogar que pare de hacerte mía esta noche.

—Esperemos que eso sea cierto. Porque estadísticamente hablando. — me interrumpe su lengua en mi vagina. ¡Dios! que bien se siente tenerlo allá abajo. Le tomo la cabeza con una mano, mientras siento su trabajo de arriba a abajo, de un lado al otro.

— ¡Damián! — le grito porque estoy a punto.

Se detiene y se pone de pie para besarme mientras lucho con su camisa y lo empujó hacia la orilla cama. Me coloco sobre él y lo monto, disfrutando cada centímetro de su pene dentro de mí, trata de tomar mis manos pero se las coloco detrás de su cabeza, Soy yo la que va a hacer el trabajo, mientras tengo energía. Aún trae la camisa puesta, sólo logre desabotonársela. Después de unos segundos y antes de que logre venirme, toma mis manos y las pone detrás de mi espalda mientras se sienta para estar frente a frente, me mira a los ojos, me sonríe y me penetra a su manera, como si estuviéramos saltando en la cama y me besa los pechos. Mi garganta comienza a hablar por mí, mi cuerpo ya no puede hacer otra cosa que no sea reaccionar a él. Libera mis manos y se detiene por unos segundos, nos miramos sin decirnos nada, nos besamos apasionadamente mientras termina de quitarse la camisa, me pone con cuidado de espaldas y se coloca sobre mí, mis manos rodean su cabeza, las toma y las pone sobre mi cabeza, las sostiene con una mano y con la otra acomoda mi cadera en la cama, acaricia mi trasero mientras lo hace, se pone de rodillas en la cama, sostiene mi pierna y sin decir nada me penetra una y otra y otra vez, hasta que arqueo mi espalda liberándome en un grito, mientras Damián sonríe victorioso de su hazaña.

— ¡Por Dios! ¿De verdad me vas a hacer trabajar tanto? — me suelta divertido.

—Lo siento. Estaba lista para hacerlo desde que estábamos en esa pared, pero qué sería lo divertido de la luna de miel si tenemos sexo como siempre.

—Me alegra que pienses así. — me dice con respiración entre cortada.

— ¿Por qué?.— digo apenas con aliento.

—Porque ahora puedes terminar lo que empezaste. — me dice viendo su miembro.

—Lo que ordene señor. — Le digo mientras bajo a su pene y lo pongo en mi boca y hago que mis manos también trabajen, está resbaloso y duro, más que al inicio. Vamos adentro y fuera, arriba y abajo una y otra vez, hasta que Damián empieza a hacer sonidos con su garganta y boca.

—Noa, espera. Me voy a… comienza a decir.

Puedo sentir que se está sentando y quiere que pare para no venirse en mi boca.

—Noa. — me vuelve a decir pero yo no paro, al contrario aprieto las manos un poco más y le sonrío tratando de decirle que está bien. Que puede venirse en mi boca. Y al entenderlo se libera y tira su cabeza hacia atrás. Me trago su semen y me limpio alrededor de la boca. Sus fluidos y los míos.

Me arrastro hacia su cara y lo beso tierna y cortamente.

—No quiero que se acabe la luna de miel. — me dice muy emocionado.

—Sí. No vamos a hacer eso otra vez. — le digo apenada.

— ¿Qué? — me grita sorprendido pero divertido al mismo tiempo.

—Porque fue asqueroso. — le digo para después reírme.

Damián se ríe a carcajadas.

—Y no me refiero al sexo oral, me refiero al semen que acaba de entrar por mi garganta. Lo siento, pero no pienso tragármelos otra vez, amor. Damián está muerto de la risa.

Lo logré ¿Quién lo diría?

Los próximos días básicamente nos dedicamos a besuquearnos todo el tiempo, paseamos en lancha, nadamos en mar abierto. Hicimos el amor en mar abierto, sujetados al barco por supuesto. No podíamos hacerlo sin estar sostenidos de algo. Después lo hicimos sobre el bote. Me dio un calambre en el trasero matando la pasión porque dolió como el demonio.

Llegamos a la pequeña palapa, lo hicimos en la pequeña terraza bajo el sol de mediodía, lo que provocó que Damián tenga mis manos marcadas en su espalda como quemadura. Damián pensó que sería buena idea subirse en mi hamaca y terminó rompiéndola, conmigo sentada en ella y el increíble cuerpo de mi esposo sobre mí. No me malentiendan, dolió como el carajo, pero fue muy divertido. Nos dedicamos un día entero a hacer el amor: sentados, parados, en la cama, en la silla, Damián tuvo un calambre en la pierna, lo intentamos por atrás...no funcionó. Ese lugar es muy pequeño. Comimos, nos emborrachamos, bailamos, reímos, hablamos de nuestro futuro.

— ¡Cuatro hijos? — me grita Damián semidesnudo, sentado en el suelo frente a mí.

— ¿Por qué no? Tú y yo sabemos lo aburrido que puede llegar a ser hijo único.— le suelto mientras me recargo en la cama y masajeo su pie.

—Tiene sus ventajas. Lo tuvimos todo y fuimos y somos los únicos herederos.

—Te lo digo enserio. — le suelto un golpe en la pierna.

— ¿De verdad quieres tener cuatro hijos? Es mucho trabajo.

— ¿Y qué? Tienes el dinero suficiente para contratarle unas niñeras a tus hijos. O mandarlos a un internado. No seas tacaño.

Damián mueve la cabeza de un lado al otro y se pone de pie dando un suspiro largo.

— ¿A dónde vas?. — carajo, parece que no quiere hijos.

Sin decir nada camina a la pequeña mesita al lado de la cama y saca la caja de condones que estaba adentro y los tira en un bote de basura.

—Bueno si queremos tener un bebé, tengo que dejar de usar esos. — dice mientras se acerca a mí y me da la mano para levantarme del suelo.— Ven acá mujer, voy a poner un niño en ese vientre.

— ¿Ahora! Yo me refería en un par de años. Aún tengo mucho que hacer con mi carrera. — le digo mientras me pongo de pie con su ayuda.

— ¡Muy tarde! — me dice aventándome a la cama y colocándose sobre mí, jugueteando y haciéndome cosquillas.

— ¡No! ¡Espera! — trato de escaparme de él entre risas. — necesitamos los condones. Aún no es tiempo. Ambos explotamos en risas y juegos hasta que me deja levantarme por la basura.

El último día de la luna de miel nos dedicamos a empacar y dormir. La verdad fue suficiente mar para una vida.

Papá empezaba a llamarme a cada hora para saber si teníamos todo listo, si ya íbamos a volver. Si el apartamento estaba listo. Si necesitaba dinero, un chofer o lo que sea. Tal vez Damián tenía razón. Ser hijo único tiene muchas ventajas: eres prioridad para tus padres, no te falta nada; ni atención, ni detalles, ni dinero, o las mejores escuelas o los mejores lugares para vacacionar o la mejor comida o los mejores regalos.

— ¿Lista para irse Señora Viera? — me dice Damián sacándome de mis pensamientos.

—Lista— le digo con una sonrisa. Viendo el mar por una última vez en la terraza de mi palapa. Damián se acerca y me rodea con sus brazos recargando su barbilla en mi hombro.

—La próxima vez podemos ir a Venecia. — me susurra.

—No. Quiero un lugar con nieve. Un lugar frío para tener la excusa de estar en la cama todo el día.

—Como si eso fuera un problema para ti. — me dice divertido.

—Vámonos a casa. — me giro para rodearlo con mis brazos.

—Yo ya estoy en casa. — me mira y nos besamos.

CAPÍTULO 3

SECUESTRO

Ha pasado dos años desde la boda. La verdad, a finales del primer año Damián y yo hemos estado discutiendo. Por una parte, él no quiere que siga trabajando, dice que no tengo necesidad de hacerlo. Que él me puede dar todo lo que necesite.

— ¡Esto no se trata del dinero! ¡Se trata de mi trabajo! De lo que puedo y no puedo hacer, de lo que valgo laboralmente. No estudie 20 años de mi vida para terminar casada contigo y no explotar mi potencial sólo porque te pudres en dinero.

— ¡Otra vez, el maldito dinero!

—Sí. Otra vez. Cada vez que te digo que tengo problemas en el trabajo, que no se valora mi esfuerzo, que mi jefa no me da las oportunidades que claramente me he ganado, vienes y me dices que renuncie.

— ¿Qué hay de malo en eso?

—Me gusta mi trabajo. ¿Okay? Necesito mi trabajo.

— ¿A qué costo, Noa?

—Necesito demostrar que tengo talento. Que…todas esas noches en vela, tomando café, no comiendo en días, todos esos colapsos emocionales, valieron la pena. Y eso no lo voy a demostrar siendo tu esposa, llena de lujos y comodidades. — Le gritaba mientras tomaba mi chaqueta del sofá y mis llaves de mi maletín para salir azotando la puerta del departamento.

Por lo general una vez que estaba afuera me detenía para regresarme y decirle que lo sentía. No es culpa tener tanto dinero y no es algo malo, sé que otra en mi posición dejaría todo y disfrutaría de lo que su marido le ofrece, pero yo no. No me malentiendan, el dinero es muy necesario, pero al menos para mí no es lo más importante cuando mi pasión está de por medio.

Después de cada pelea lo único que hacía era caminar por toda la ciudad, al principio lo hacía lo más rápido que podía con mis audífonos y música en los oídos, por lo menos hasta que me tranquilizaba lo suficiente para darme cuenta de que necesitaba un respiro. Me sentaba en alguna banca disponible y miraba todo a mi alrededor. A veces eran unos niños jugando en el parque, otras veces, llegaba a algún centro comercial y me compraba una dona o una nieve y miraba a todos yendo y viniendo.

En esa ocasión llegué a un pequeño restaurante en una esquina. Y vi a una pareja de ancianos sentados en sus sillas con brazos entrelazados. La señora tenía su cabeza recargada en el hombro del señor y veían a su alrededor sin ver en realidad. Parecía que veían recuerdos de una vida pasada. Y entonces escuché la voz de mi marido.

"¿Todavía no lo entiendes? Jamás me había importado el dinero, ni los negocios de mi familia. Hasta que te conocí. Fue cuando te vi en esa oficina defendiendo tus ideas que no habría nada en este mundo que no te daría. Fue en ese momento que el dinero se volvió importante. Porque no quiero que te falte una sola cosa en este mundo".

—Chingada madre! Soy una estúpida. — me digo en voz alta y regreso a casa.

Llegué a casa y me tomé unos minutos para abrir la puerta. La verdad no tenía cara para ver a Damián a los ojos. Al entrar todo estaba apagado. Pero podía ver luz dentro de su oficina por debajo de la puerta así que toqué la puerta despacio.

— ¿Damián? ¿Puedo pasar? — le dije en voz baja y apacible.

—Sí. — me contestó sin fuerza.

Abrí la puerta con cuidado y vi a Damián en su silla con la botella de whisky sobre su escritorio, desfajado, con la camisa abierta, el cabello despeinado y los ojos llorosos. Quise decir que lo sentía desde la habitación, pero no pude. Me acerque a él despacio sin decir nada y al llegar al escritorio lo tomé de la mano para evitar que tomara más.

—No hagas eso. Por favor.

—No te preocupes, no estoy ebrio. Eso intenté, pero sé que no te gusta. — me dice absorbiendo su nariz.

Maldita sea, incluso con el corazón roto piensa en mí.

—Gracias.

—Noa. Si yo ya no te hago feliz puedo dejarte ir.

— ¿Qué? No. — digo sorprendida.

—Jamás he querido hacerte daño. Perdón si te sientes menospreciada, sé que eres inteligente y capaz e independiente. Sé que no me necesitas y si te sientes prisionera o denigrada. —empezó a decirme con lágrimas en los ojos y dolor en su voz.

Rodeo el escritorio para acercarme a él. Giro la silla me siento en su regazo y lo beso.

—Damián, basta. Escúchame tú eres mi vida entera. Me muero el día que dejes de amarme. ¿Lo entiendes? — le digo al borde de las lágrimas. Mientras limpio las suyas. — Yo te necesito para respirar, para amar, para comer, para sentir. Dios, eres lo mejor que me pudo haber pasado en la vida. Yo soy una estúpida. Por favor borra todo lo que te dije hace rato, eso no fue verdad, quería herirte porque estaba herida. No siento ninguna de esas cosas, te amo con toda el alma y me encanta que tengas dinero, me encanta que quieras hacerme feliz y solucionarme la vida. Todo tú me encantas.

Damián sigue llorando, pero me empieza a besar y se levanta de la silla para recostarme en el escritorio y empezamos a hacer el amor. Esta vez fue distinto a las otras veces: estuvo lleno de amor, de pasión de lágrimas, de dolor y perdón. Nuestro objetivo no era tener orgasmos, era acariciarnos, sentirnos, entregarnos el dolor, la ternura y el anhelo que sentíamos el uno por el otro. Cada beso y cada caricia era un: Lo siento.

A la mañana siguiente. Nos despertamos en la cama. Él no fue a trabajar y yo tampoco. Nuestros celulares no existieron para nada. El mundo no existió. Sólo nuestra habitación, nuestra comida y nosotros.

Vimos pájaros y hablamos ridiculeces de ellos. Vimos las nubes y sus formas, Los rayos del sol y contamos cada segundo del su reflejo por nuestra habitación.

—Voy a renunciar. Le solté a Damián mientras veíamos como se escondía el sol y llegaba lo noche.

— ¿De verdad? — me dijo sorprendido.

—Sí. No pienso permitir que me vuelvan a hacer pelear contigo. No lo valen.

— ¿Y qué harás? — me pregunta entusiasmado.

—Me tomaré un año sabático y gastaré todo tu dinero. Tal vez compre un yate o una casa.

—Sí, claro. — me dice sabiendo que no haré tal cosa.

—No. La verdad es que no lo sé. Supongo que buscar trabajo de reportera en cualquier otro lugar. Podría trabajar para una revista. O abrir un blog. Algo así.

—Me gusta ese. Así podrías trabajar desde casa y yo encontraría una razón diaria para no ir.

—Esa idea me gusta. — le digo mientras lo agarro a besos.

Estuvimos así por una semana entera. Hablaba con Damián sobre aceptar una oferta de trabajo en el exterior, aunque eso incluía estar separados por 6 meses. Ya que él tenía negocios importantes que cerrar en la empresa y no podía irse aún. Incluso cuando Panchita, la señora de la limpieza venía a limpiar. Sólo salimos de nuestra habitación para dejarla limpiar.

Hasta esta mañana, a mitad del desayuno, que su tío le llamó por teléfono y le dijo que era justo y necesario que se presentara en la oficina. Y fue cuando Damián puso cara sería que entendí que debía ir.

—Perdón. Necesito ir a la oficina, pero volveré cuanto antes. Lo prometo. — me dice en la mesa mientras come un poco de fruta y me da un beso tierno en los labios.

—No te preocupes. Esta segunda luna de miel fue fabulosa. Sólo no olvides que está noche viene mis papás a cenar.

—No lo haré. ¡Te amo! — me dice con la boca llena y caminando lejos del comedor.

— ¡Te amo!

En fin, el chef que Damián contrató para la cena y yo estábamos viendo que me gustaría darle de cenar a mis padres y esposo. Y Panchita me preguntaba como quería que arreglara el comedor. También llamé a Liz para preguntarle qué vestido usar.

—No uses el rojo con escote. Ese es para tu marido y sus amigos. Para que sepan que él tuvo suerte al casarse contigo. Tampoco uses el azul. No uses ninguno. Todos son para tu marido. ¿Por qué no usas un pantalón y la camisa de 3/4 blanca con gris que robaste de mi ropería? Son tus padres no una comida de negocio. — me dice en videollamada.

—Supongo que tienes razón. ¿Cómo está tu papá? — El papá de Liz tuvo un derrame pequeño mientras conducía y Liz tuvo que viajar a Baja California a cuidarlo.

—Sigue vivo y no hay secuelas del derrame. Así que, está bien. Ya que lo den de alta me regresaré. Lamento no estar contigo esta noche.

—No digas eso. Me da gusto que tu papá esté bien. Ya habrá otra oportunidad.

—Lo sé. Oye tengo que irme, el Doctor acaba de entrar. Te quiero y diviértanse sin mí.

—Imposible. Bye. Hablamos luego. — le digo para colgar.

Hablo con mis padres y me dicen que llegarán un poco tarde a la casa. Así que le digo al chef que prepare la comida una hora más tarde a lo cual accede sin problemas.

Mando a Panchita a su casa y le digo que mi madre y yo nos encargaremos de lo demás. Damián me llama para decirme que también llegará un poco tarde.

Así que ahora me quedan 3 horas disponibles. Sin nada que hacer. Sin trabajo y sin tener que molestarme por hacer nada. Así que decido salir a correr. Me visto con mis pantalones para correr, mi camisa y mis tenis. Voy por mi teléfono y mis audífonos, pongo música para inspirarme y tomo mis llaves, lista para salir.

Llego al parque que está a dos calles del departamento. Es un parque rodeado por avenidas. Así que sólo ves a gente corriendo, por las mañanas porque al parecer no hay nadie aquí a estas horas. Me estiro un poco de las piernas y todo el cuerpo el sol se está poniendo, quedan pocos minutos de sol. Doy una vuelta lo más rápido que puedo. Y otra. No sé si matar a mi esposo y a mis padres. Ya en la tercera vuelta me preparo para la pequeña intersección que separa el parque con un retorno en dos direcciones. Me detengo y miro a ambos para no ser atropellada y justo cuando me preparo para cruzar, una camioneta negra de cuatro puertas aparece de la nada justo frente a mí. Me paro en seco.

Las puertas de la parte de atrás se abren y salen dos hombres, directo a por mí. De pronto son tres y caminan directo hacia mí.

Algo no está bien.

Me quito mis audífonos.

El primer hombre delgado y más bajo que yo me toma del brazo con fuerza, pero logró zafarme de un movimiento rápido.

— ¡No me toques! —le grito. Pero los dos hombres a su lado se acercan a mí.

Los empujo y dejo caer mi celular e intento correr, pero uno de ellos me toma del cabello y me estira hacia atrás con fuerza. Lo tomo de las manos para arañarlo, grito lo más fuerte que puedo

— ¡Ayuda! ¡Suéltenme! ¡Ayúdenme! — pero no hay nadie. Nadie que me escuche o que me vea. Estoy sola.

Entre los tres logran subirme a la camioneta y el conductor arranca. Sigo peleando con los dos hombres de atrás. Pataleo lo más que puedo y grito, no palabras solo sonidos.

Hasta que el hombre gordo que va de copiloto saca un cuchillo y lo acerca a mi rostro.

— ¡Ya, cierra la boca o te corto el cuello aquí mismo!

—Por...favor. ¿Qué quiere? Déjeme ir, se lo suplico. En mi apartamento hay joyas y dinero. se los puedo dar.

— ¿Por qué conformarme con lo poco de la caja fuerte, cuando tu marido tiene millones en el banco?

—Guarda eso. Allá hay un policía. —Le dice el hombre que maneja y trae lentes de sol.

El hombre del cuchillo obedece y lo guarda. Nos paramos en un semáforo. Los hombres a mi lado me sueltan para no lucir raros y miran hacia afuera, distraídos. Esta es mi oportunidad. Miro las puertas y pienso: si lo golpeo en la entrepierna puedo tener una oportunidad de salir y correr hacia atrás. Pero no me puedo mover. No puedo. Tengo que elegir: arriesgarme o dejarme.

Golpeo al hombre grande y obeso de mi derecha y me abalanzo sobre la puerta, el hombre pequeño trata de agarrarme y lo pateo. Abro la puerta y me tiro, pero el hombre pequeño me toma de la pierna y solo quedo colgando. Intento llamar la atención de los demás conductores. Pero todos están en sus celulares o dormidos en su coche. Nadie me ve. De pronto siento un dolor insoportable que me saca el aire. El gordo se recuperó y me golpeo las costillas.

El otro hombre logra jalarme de vuelta. El dolor no me deja moverme. Alguien me levanta la cabeza y el gordo me golpea el rostro.

Eso es todo. Todo está oscuro.

CAPÍTULO 4

¿DÓNDE ESTÁ MI ESPOSA?

Noa va a matarme. A matarme. — digo al ver la hora en el reloj sobre mi escritorio. Me apresuro rogándole a los cielos que nada ni nadie me detenga. Dejo todo como está en mi oficina, sólo tomo las llaves de mi camioneta, me pongo mi saco y salgo corriendo.

—Maldición. Soy hombre muerto. — digo mientras intento llamar a mi esposa.

Conduzco lo más rápido que puedo por toda la ciudad. Llamo una vez a Noa, pero no contesta y me manda a buzón.

—Mi amor, perdóname, por favor. Ya voy llegando a la casa. Te juro que no tardo más de 20 minutos. Discúlpame con tus padres. — y cuelgo.

Estoy en un semáforo, ha cambiado a verde, pero los autos no se mueven. Golpeo el claxon lo más fuerte y rápido que puedo. El semáforo comienza a parpadear para estar de nuevo en rojo y no me moví siquiera un poco.

— ¡Ay, por favor! — les grito a los coches frente a mí y vuelvo a sonar el claxon.

Miro a mi alrededor y veo un puesto de flores en la esquina. Bajo sin pensarlo y compro dos ramos de flores: uno para mi esposa y otro para mi suegra.

Los coches detrás de mí comienzan a pitar y me doy cuenta de que ya no hay tráfico frente a mí y corro de vuelta para moverme.

Con flores en mano entro a mi edificio y saludo a Hernán, el guardia. Con su traje reluciente, su bigote canoso y su sombrero cubriendo su cabello blanco. Se pone de pie y me sonríe.

—Buenas noches, Señor Gaxiola.

—Buenas noches, Hernán. ¿Has visto si mi esposa está enojada, furiosa? ¿De casualidad no ha aventado mi ropa por la ventana?

Hernán se ríe tiernamente. Mientras me acompaña al elevador y lo llama por mí.

—La verdad es qué no. Hoy me toca el turno de noche y llegué hace un par de horas, Señor. Pero no se preocupe, las rosas lo ayudarán.

—Espero que tengas razón. Gracias. — me subo al elevador y me despido de Hernán.

—Buenas noches, señor.

—Buenas noches, Hernán. — le digo al cerrarse las puertas. Vamos, vamos, vamos. — le digo al elevador con la esperanza que suba más rápido y comienzo a practicar lo que le voy a decir a Noa.— Amor, sé que no hay excusa. Te hice esperar y lo siento. Perfecto. Dejo en claro que todo es mi culpa y estoy arrepentido.

Las puertas del elevador se abren y salgo a toda prisa por el pasillo hasta llegar a mi apartamento.

— ¿Dónde carajos están? — grita mi suegro.

Maldición. Ya están aquí. Mi suegro suena molesto.

— ¡No lo sé! Pero algo malo está pasando. — grita mi suegra, asustada o desesperada. No lo sé.

La puerta de mi apartamento está abierta, sonrío y noto que los dos lucen asustados.

— ¿Suegra? — digo, borrando mi sonrisa de la cara— ¿Qué pasa? — pregunto asustado.

—Bendito sea Dios, hijito. ¿Dónde está Noa? — pregunta mi suegra mientras se acerca a mí y busca detrás de mí a Noa.

—Se supone que está aquí. Para la cena.

—No! Gordo, algo le pasó a la niña. — le grita a mi suegro fuera de sí.

—Se puso así desde que veníamos en el coche— me dice mi suegro, intentando ser fuerte para ella. Como si el también sintiera que algo estaba mal.

Dejo las rosas en la mesa de la sala. Camino a las habitaciones buscando a Noa, nuestra recamara, el baño, la cocina, todo. Regreso a la sala, mi suegra está sentada en el sofá y mi suegro a su lado tratando de calmarla.

—Tal vez si la llamamos a su celular. — me pregunta esperanzado.

Saco mi celular y comienzo a llamar a Noa, mientras me quito la corbata, pero entra el buzón.

—"Hola, soy Noa. No puedo hablar ahora. Mándame un mensaje". es todo.

Vuelvo a llamar y escucho la misma grabación.

—Voy a llamar a Elizabeth a ver si sabe algo de ella.

—Ya la llamamos nosotros. No la ha visto. — me dice mi suegro.

—Maldita sea. — suelto al maldito teléfono que Noa no contesta.

Salgo del apartamento

— ¿A dónde vas? — me pregunta mi suegro.

—El edificio tiene cámaras, voy a ver si averiguo algo. Ahora vuelvo.

—No tardes. — me dice mi suegro.

Corro al elevador y presiono el botón muchas veces. Pero no llega.

Tomo las escaleras y las bajo lo más rápido que puedo. Sigo llamando a Noa, pero no contesta.

Llego a la recepción, cubierto en sudor.

— ¡Hernán! — mi grito lo levanta de golpe de su silla y al verme deja de sonreír.

— ¿Qué pasa, señor? — me pregunta preocupado.

—Necesito que llames al guardia que estuvo antes que tú y le preguntes si ha visto a mi esposa, por favor. — le digo con el aliento entrecortado.

—Enseguida, señor. — me dice sin cuestionar nada y toma el teléfono.

Llego a la barra de Hernán y trato de recobrar mi aliento. Intento una vez más contactar a Noa.

—Señor. Dice que vio a la señora salir como a las 7 u 8.

Miro mi reloj y marcan las 11. No puede ser. Eso fue hace tres horas.

— ¿Qué más? — le pregunto, ahora preocupado.

—Traía ropa deportiva. Como que fue a hacer ejercicio.

Mi sangre de pronto se pone fría.

¿Qué hago? ¿Qué hago? No puede ser. Algo le paso a mi esposa.

—Revisemos las grabaciones, Señor. Tal vez podamos saber algo más— me dice, tratando de ayudarme.

Salgo del edificio y me dirijo al pequeño parque que tenemos para salir a caminar.

Corro dos calles, tres, el corazón se me está saliendo del pecho.

Llego al camino. No hay nadie, ni una sola alma.

¡Noa! —nadie contesta— ¡Noa!

Camino por todo el camino y mis ojos buscan de arriba a abajo. Esperando que mi esposa salga de alguna banca y sólo esté molesta conmigo.

— ¡Noa!. — pero eso no sucede. Sigo caminando y una pareja viene caminando hacia mí, pero no puede detenerlos, porque yo no quiero detenerme.

— ¿Han visto a mi esposa? Es de esta altura, cabello castaño. Vino a correr—pregunto, pero solo niegan con la cabeza. ¿No? — sigo caminando.

— ¡Noa! — intento llamar de nuevo a su celular, pero me manda a buzón. — ¡Por favor!

Las lámparas que alumbran el camino parpadean, no tardan en fundirse. No veo a Noa por ninguna parte.

— ¡Noa! — grito una última vez y las lámparas se apagan. Dejándome en completa oscuridad. — ¡Noa!

No obtengo respuesta. Todo está en completo silencio.

Han pasado 7 meses y nadie sabe nada sobre mi esposa.

Ni el detective que contraté. Ni los policías. Nadie vio a Noa. Es como si no existiera.

Y eso es lo que más miedo me da. Que Noa se convierta en un sueño, una ilusión. Algo que creó mi mente. No sería la primera vez.

—Señor Gaxiola. ¿Qué lo trae de vuelta por estas instalaciones? — me dice el capitán a cargo de la búsqueda de mi esposa. El Detective Hernández.

No digo nada por unos segundos. Espero a que la puerta de su oficina quede completamente cerrada. Huele a tabaco y donas en este lugar.

— ¿Tiene alguna noticia sobre mi esposa? O ¿es más fácil no buscarla y decirme que no hay nada nuevo? Para usted, no es más que un número más. Para usted, ya está muerta ¿no? — le suelto molesto.

El estúpido policía calvo y obeso con barba desaliñada me sonríe.

—Váyase a casa, Gaxiola. Si hay alguna información nueva sobre su esposa le avisaremos.

Le regreso la sonrisa burlona que me dio hace unos minutos, me inclino sobre su escritorio y me acerco a su rostro.

—Créame oficial. Las habrá. — lo miró fijamente y me voy.

Voy a mi coche y saco del asiento trasero la investigación del detective que tampoco ha podido encontrar a Noa. Ni siquiera una pista.

Camino a la parte trasera del edificio, al estacionamiento privado de los oficiales de alto rango y me dirijo al coche (un Ford Galaxie 500 XL descapotable) que estoy seguro es del oficial inútil (gracias a la información de mi detective) y lo empapelo con fotografías que muestran como aceptan sobornos de delincuentes. Pruebas de testimonios falsos. Casos en los que incriminaron a personas inocentes. Recortes de la desaparición de Noa. Fotografías de oficiales y miembros políticos en tugurios con mujeres, jóvenes e incluso niños. Me voy a los coches de atrás, cubiertos por una carpa para el sol. Casi como escondiéndome en la oscuridad que la carpa provee.

No son ni las 10 de la noche cuando a lo lejos escucho una conversación entre dos personas que se va haciendo más fuerte. Levanto la mirada y veo a unos pasos de distancia al Detective y un oficial joven.

—Me voy a ir a descansar. No me llames si alguien muere. Ya está muerto. Y me habrás puesto de mal humor. — dice el capitán.

—Sí señor. — le dice el joven que lo acompaña como guardaespaldas.

Llegan a su coche y mira todo el parabrisas cubierto, y el interior también.

Lleno de papeles y fotografías. Las toma para verlas de cerca.

—Pero que chingados es esto? — pregunta molesto. —Quítalo todo— dice tronándole los dedos al joven oficial— ¡Arranca todo a la chingada!

Camino fuera de las sombras y me paro justo detrás de él.

—Se lo dije. Es más fácil fingir que busca a mi esposa y encontrarse con sobornos y otros casos que, en realidad, hacer su trabajo.

El detective se gira y me ve.

—Su esposa está muerta, Señor Gaxiola. La secuestraron a plena luz del día, nadie vio nada, no hay pistas, no hay caras, videos, ni llamadas pidiendo un rescate. ¿Por qué cree usted? No es porque yo no haga mi trabajo. Es precisamente porque he hecho esto tantos años que le aseguro que ella ya está muerta y si no lo está, lo está rogando. — me dice con una sonrisa mientras se acerca a mí.

Sus ojos y los míos se encuentran.

— ¿Dónde está mi esposa? — le digo casi en susurro.

—No lo sé. Pero te voy a enseñar dónde vas a estar tú, si sigues haciendo estas pendejadas.— me dice aun sonriendo.

Escucho el leve sonido de unas llaves chocando entre sí.

Mueve su brazo rápidamente hacía mí.

Siento una punzada al nivel de mi costilla. Me doblo del dolor y saca sus llaves de mi cuerpo, manchadas en sangre, mi sangre. Toco mi herida, mucha sangre comienza a salir, miro al capitán y me golpea el rostro, mi boca sabe a fierro. Trato de levantarme, pero me patea y caigo de espaldas. El oficial joven se acerca y lo detiene.

— ¡Señor! ¡Aquí no! Alguien lo puede ver y este hombre es rico. Podría perjudicarlo.

—Perjudicarme— repite molesto— El dinero no sirve cuando amenazas a alguien con poder. Y yo tengo poder. Llévatelo de aquí. Le das una lección y que no vuelva a molestarme jamás.

Escucho el coche encenderse y alejarse.

El joven policía trata de levantarme. Lo único que puedo pensar es que estoy en peligro. Tengo que correr.

Cuando logra ponerme de pie, lo golpeo en el estómago lo más fuerte que puedo. Se dobla del dolor. Intento correr, pero el oficial me toma del pie y me hace caer. Le doy una patada en el rostro que me duele en todo el cuerpo, me suelta, intento ponerme de pie, cuando siento un golpe en el cuello, mi cuerpo se ablanda y mi cabeza choca con el concreto. Hay un zumbido y todo está borroso, aprieto mis ojos, como si eso pudiera hacerme ver mejor. Lo siguiente que siento es una patada en el rostro. Más sangre en mi boca.

Entre los dos oficiales me levantan y me llevan a una esquina oscura.

No logro ver al oficial que me golpeo, pero puedo sentir que es musculoso el me sostiene por la espalda, de pie y el oficial joven se pone frente a mí, mirando a sus alrededor.

— ¿Quieres a tu esposa?— me dice el oficial joven, casi en un susurro y me golpea en el estómago.

Me doblo, no puedo respirar y tengo ganas de vomitar.

Me endereza.

—Déjame llevarte con ella. — me dice con una sonrisa en el rostro. Me golpea en las costillas. Mi cuerpo se siente más pesado.

Puedo ver su nombre en su placa: J. García

El oficial joven me estira el cabello para levantar mi cabeza.

— ¿Sabes por qué no hay pistas? ¿Por qué no te han llamado pidiendo un rescate? Porque tu esposa está muerta.

Me golpea en el rostro, las lágrimas me recorren la cara o ¿es sangre? Me estira el cabello de nuevo.

— ¿Entiendes! No vas a volver a verla, nunca más.

No. Noa. Lo miro a los ojos y sé, en el fondo, que tiene razón. Quiero golpearlo, gritarle, pero no tengo fuerzas, no tengo voz. No la encontraron, está muerta. Yo no pude salvarla. La dejé morir.

Le escupo.

—Púdrete. — le digo como puedo.

El oficial joven García se molesta y me golpea el rostro de un lado al otro.

No siento mi cuerpo, mi rostro está caliente y chicloso, mi boca sabe a fierro. No puedo respirar. El oficial musculoso me deja caer. Escucho que hablan, pero no sé lo que dicen. Todo se vuelve negro.

Estoy en mi auto, en el estacionamiento de mi edificio. No sé cómo he llegado. Apenas puedo moverme.

Subo por el elevador sin que nadie me vea. Estoy cubierto en sangre, casi no puedo ver.

Entro a mi departamento y me apoyo en las paredes para poder caminar. Mis piernas no pueden sostenerme más y caigo al suelo.

— ¡Noa! ¡Noa! — necesito a mi esposa— Noa, por favor. — digo entre sollozos.

Escucho unos pazos. Abro como puedo mis ojos.

Las cortinas tapan la luz blanca de afuera. Ha amanecido, pero para mí han pasado minutos.

Sólo veo sus converse, su pantalón negro, con manchas de cloro.

—Perdóname. Por favor. Yo…no pude.

De pronto se agacha. ¿Noa? Esta borrosa. Sólo puedo ver su silueta.

—Te amo. No puedo…Lo siento. — le digo entre sollozos y dolor.

Su silueta se va.

—Adiós, mi amor.

CAPÍTULO 5

ADIÓS A TODOS

Despierto de golpe. Mis ojos están abiertos, pero todo está borroso. ¿Qué es este lugar? ¿Dónde estoy? Hay unas personas aquí a mi alrededor. Pero no logro verlas, hay un foco, pero está parpadeando no tarda en fundirse.

Aprieto mis ojos y los abro para intentar ver con claridad. Escucho ruidos, voces, parecen ser llantos.

Hace frío. Intento levantarme, pero me duelen las costillas, hago un pequeño esfuerzo y una chica a la que logro ver con poca luz me ayuda y logro sentarme. Me ayuda a recargarme en la pared. Mi cara me arde y al tocarla me doy cuenta de que tengo la nariz rota, no sé cuánto tiempo llevo aquí, pero sigue sangrando y el dolor es insoportable. Así que opto por lo sano y como puedo levanto mis manos, las coloco en la nariz y de un solo movimiento la enderezo.

— ¡Ay, wey! — miro a mi alrededor como puedo, hay más mujeres, adolescentes, niños.

La chica que me ayudó a sentarme ve que me intento parar y me vuelve a ayudar.

—Vamos, tú puedes, tú puedes. Una, dos, tres. — suelto con dolor y me pongo de pie. Miro a mi alrededor. ¿Qué es esto? Y por primera vez pongo atención a los sonidos.

Gritos, gritos de miedo, de dolor, de ayuda.

— ¡Quiero a mi mami!.— es una niña de tez morena y cabello quebrado con un vestida de morado. Y una chava como de mi edad la está abrazando. Intentando que se calle. Luce muy asustada. Las dos. Hay otra niña con uniforme escolar y un par de coletas, pero intenta no mostrar su miedo, tiene apretados sus labios y su respiración es pesada. Hay niños de unos siete y doce años. Lucen asustados, pero no lloran.

Hay adolescentes que parece salieron de fiesta y terminaron aquí.

— ¿Dónde estamos? — digo a quién sea que quiera contestarme. La chica que me ha estado ayudando me contesta.

—No lo sé. Pero parece el final de la línea. ¿Cómo te llamas? — me pregunta. No la veo muy bien, pero si veo que tiene el cabello corto, apenas pegado a su cabeza, como un cabello de hombre, su tez es aperlada y es delgada pero un poco cuadrada. No luce asustada. Ella parece haber aceptado lo que está pasando. Tiene los pómulos hinchados y abiertos, el labio también lo tiene abierto, como si se hubiera peleado y hubiera perdido.

—Noa. — le digo al ofrecerle mi mano.

—Regina. — me toma la mano y me da un apretón fuerte. Su mano está cálida.

— ¿Sabes hace cuánto estoy aquí?— pregunto como si fuera algo importante.

—No. Lo siento, pero no hay forma de saberlo. Te trajeron hace un buen rato. A ti y la niña con uniforme. — me dice moviendo su cabeza en dirección a la niña.

Intento acomodar mis ideas, recordar que había pasado, mientras intento recuperar mis fuerzas y respirar sin dolor.

—Estaba corriendo. — digo en voz alta.

—Yo estaba de fiesta con unos amigos. Uno de ellos me trajo aquí. Peleé como pude, pero estaba un poco borracha así que perdí. — me dice señalando su rostro.

Después de un tiempo, los lloriqueos de la niña pararon. El aire estaba cargado de miedo. Pero el pánico que había se esfumó. No sé si es el frío o tal vez el cansancio o la bajada de adrenalina las tiene agotadas.

La mayoría están recargadas en la pared. Nosotras nos fuimos a una esquina, entre la reja que nos mantenía presas y la pared.

— ¿Tu familia tiene dinero? O ¿sólo tuviste mala suerte como yo? — me pregunta. Ya sentadas en el piso, una frente a otra.

Y entonces reacciono.

—Mi esposo. Mi esposo tiene dinero. ¿Cuánto dinero crees que valgamos? — le digo emocionada. Las podré salvar, y a los niños.

Regina me ve como si estuviera perdiendo la razón.

—Considerando que cada persona vale más de un millón y más los humanos pequeños— comienza a susurrar. — dudo que tu marido tenga más de 50 millones en su cuenta.

—Tiene billones. El pagará por nosotros. Sólo tengo que hablar con los que están a cargo. — le digo mientras formulo un plan en mi cabeza.

Un rechinido suena y las mujeres de la habitación dan un respingo y comienzan a murmurar.

Un pedazo de luz entra desde el techo. Puedo ver que hay escaleras y entran tres siluetas con armas. Todos se hacen para atrás como queriendo esconderse.

—Noa

Regina se inclina un poco a mí

—Me hubiera gustado que dijeras "Sólo tenemos que escapar de aquí". Y probablemente ya estuviéramos fuera.

— ¿Qué? le digo al intentar pararme.

Regina se pone de pie y me ayuda a levantarme.

—Sólo digo. Dijiste que necesitabas hablar con el que está a cargo y bajaron preguntando por ti. Hubiera sido agradable que dijeras que todas escapábamos.

Ya de pie veo detrás de mí a la niña con uniforme quién ahora se ve asustada.

—Oye. — le digo colocando mis manos sobre sus hombros.— Todo va a estar bien. Soy Noa ¿tú cómo te llamas?

—Carina. Carina Carrera. — me dice con miedo en su voz. — Tengo 12 años. Quiero a mi mamá.

—Está bien. tranquila. Quédate detrás de mí. — le digo intentando confortarla.

Un hombre delgado pero musculoso se acerca a la reja fumando un cigarrillo. Se nos queda viendo por unos segundos que parecen eternos. Hasta que levanta el dedo señalándome.

—La de ropa deportiva y la niña de coletas. Llévenlas arriba. — le dice a los otros dos detrás de él que traen las armas.

Los hombres se acercan a la reja y uno de ellos comienza a abrirla, quitando el candado.

Analizo el lugar, a los hombres que traen armas. Intento descifrar la manera de escapar. De pronto siento que alguien toca mi mano. Es Regina, la miro y niega con la cabeza, como si pudiera leer mis pensamientos.

—Si tu marido tiene dinero, salva a los niños y a ti. No presiones demasiado. — me dice.

— ¡Oye! ya escuchaste. ¡Afuera! — me grita uno de los hombres. Y trae a la niña de atrás contigo.

Me giro a ver a Carina y le sonrío.

—Vamos. — le ofrezco a Carina mi mano y la toma. Está helada y tiembla un poco.

Caminamos fuera de la reja y le vuelven a poner la cadena y el candado. Ya cerrada el joven se vuelve a nosotras y nos empuja.

—Caminen. — nos ordena.

Camino hacia las escaleras la luz me molesta en la vista.

Hace calor y al llegar arriba el sol me tiene cegada, sin soltar a Carina intento cubrirme el sol con la otra mano que tengo libre. Lucho por poder ver con claridad. Es una especie de monte, no hay nada alrededor, solo tierra.

Me empujan otra vez para que ellos puedan salir. Cuando volteo a verlos, bajan las puertas de maderas que esconden el pozo en el que estamos metidas y la tierra alrededor de ella la camuflajea. Y puedo ver que hay detrás. Una casa ¿o es un rancho? Es una casa grande.

Es una especie de rancho con una casa de lujo. Con caballos y gente armada por todas partes.

Tomo a Carina de la mano y ella la aprieta fuerte.

—Caminen. El patrón nos espera. — me dice uno de los que entraron al pozo, tiene bigote y está narizón.

Llegamos a la casa de dos pisos. Parece alguna hacienda de alguna novela. Hay hombres armados en todas partes. Con sombreros y botas de pico.

En la planta baja, pasamos por la cocina, una sala y nos hacen entrar a un cuarto, por lo menos es lo que pensé hasta estar dentro, es como una oficina. Huele a cigarro y a animal

muerto. Hay un escritorio al frente, con un señor sin bigote, gordito, cabello corto negro. Es el que manda. Al lado del escritorio hay una chimenea, no entendió porque está prendida si estamos en verano.

—Nora Gaxiola y Carina Carrera. Un placer conocerlas. —nos dice y le sonríe a Carina.

—Es Noa. — digo nerviosa. Señor, no sé quién es usted. — comienzo a decirle y bajo la mirada después. — Pero si lo que quiere es dinero, mi marido puede pagar por nosotras. Por todas nosotras.

— ¡Por todas ustedes? — dice sorprendido. ¡Oyeron muchachos? A esto le llamo yo VIP. — los 5 hombres de la oficina se ríen— El detalle es este, niña. Las órdenes son otras.

—Señor. — le dice el rubio, flaco y musculoso, con cola de caballo.

El jefe levanta la mano. — Ya sé. Primero lo primero, Carina, nadie te va a lastimar si papi paga el rescate. Y hay que hacer una llamada antes. Levanta un celular pequeño que tenía en el escritorio y hace una llamada. Por unos segundos no dice nada, sólo mira a Carina, que sigue escondida detrás de mí y agarrada a mi brazo.

—Sr. Carrera. ¿Ya tiene mi dinero? — el hombre aprieta los labios y respira largamente. — ¿Más tiempo? Claro que sí. —Cuelga el teléfono y luce muy molesto.

Esto no es bueno.

—Parece ser que papi no pagó, tal vez me equivoqué de incentivo. — levanta una caja y saca un cuchillo de carnicero. — Tráiganla. — da la orden y un hombre frente a nosotras, delgado con una ametralladora se acerca a nosotras.

— ¡Espere! ¡Espere! ¡Mi esposo puede pagarle el doble de lo que pidió por ella! ¡No la lastime!

Alguien toca la puerta y todos los hombres se detienen.

Un niño de unos 14 o 15 años se asoma.

—Patrón. Llegó el trajeado. Dice que lo espera afuera. — le dice el niño de tez morena y delgado asustado.

—Dile que ya voy. — el hombre se levanta de su silla y mira al rubio. — Encárgate de esto. — sale de la oficina.

—Dame a la niña. — me dice el rubio.

—No. Por favor, mi esposo puede hacerlos ricos, a todos ustedes. Sólo déjenme llamarlo. — le suplico.

Alguien me golpea en las piernas y caigo por unos segundos. El hombre delgado se lleva a Carina al escritorio y le pone la mano encima. Ella grita asustada. El joven de 18 o 19 que nos trajo aquí me levanta. Trae un arma pequeña en la cintura, le disparo en el pie y saco el arma. Disparo al hombre que trae a Carina en la espalda y cae al suelo. El rubio se asusta y levanta las manos.

— ¡No muevas ni un pinche dedo! ¡Ni uno solo! ¡Carina, ven! — Carina corre hacía mí. Llorando y asustada. Se pone detrás de mí. — ¡Hazte para atrás!.— le grito a los que están a mis espaldas.— ¡Para atrás!.— y les apunto hacía el escritorio. Indicándoles que se muevan de la puerta. Están todos al lado del escritorio.

—Suelten sus armas. Todos. Arrójenlas al suelo.— miran al rubio pero no les dice nada.— Ustedes podrán ser más y tener mejores armas pero a uno o dos si me voy a cargar. ¿Y? ¿Quién quiere ser el uno y quién quiere ser el dos?. — el rubio asiente con la cabeza y bajan las armas.

—Entrega a la niña. — me dice el rubio. No hay porque complicar las cosas. — me dice molesto.

—Yo creo que las cosas ya están lo bastante complicadas. — le digo mientras le apunto con el arma. Camino hacia la puerta de espaldas para seguirlos apuntando.

—Carina, abre la puerta. — Le digo a la niña con la voz más tranquila que puedo.

Sigo caminando sin mirar atrás. No puedo distraerme.

Siento un golpe fuerte en la cara y caigo al piso con Carina.

El niño de 12 años me arrojó una maceta a la cara. El arma se me cae y el niño la agarra para apuntarme. Todos los hombres salen por nosotras.

— ¡No! —Pateo a uno y después al otro. El niño me patea en la cara. Y se llevan a Carina, su manita me aprieta, uno de los hombres intenta separar mi mano de su brazo. Sé lo que pasará si se la llevan. Lo muerdo. La boca me sabe a fierro.

— ¡Ah! — grita con mucho dolor y suelta a Carina.

Siento un golpe en la espalda que me hace soltar al hombre, un golpe en la cara, más patadas ahora en mi estómago, mis piernas, mi cabeza. Son más de dos pies. Al mismo tiempo. Mi cuerpo se calienta de dentro hacia afuera, mi boca sabe más a sangre y está llena de saliva. No puedo respirar más. No puedo moverme. Pero lo intento. Intento ponerme de pie.

— ¡Ya, cabrones! ¡Ya! ¡Tráiganla para acá! — dice el rubio.

Me llevan de nuevo al pequeño estudio y me hincan frente al escritorio. Me tienen agarrada de los brazos, dos hombres.

— ¡Acérquenla para que vea! — grita el rubio furioso. Los hombres me llevan al escritorio y pegan mi rostro en él. con mis manos en la espalda.

Puedo sentir como me escurre sangre de la nariz, la ceja, la boca.

— ¡Querías ayudar a la niña! ¡Querías salvarla? ¡Ah? — está detrás de la niña y le agarra aprieta su quijada. Carina está llorando. — ¡Mírala!

Intento respirar, pero el dolor me hace toser.

—Espera. Espera. Espera. No lo hagas. Es sólo una niña. Escucha. — no puedo hablar, necesito aire y no puedo respirar, me duele el cuerpo entero.

Intento zafarme de mis captores. Pero no puedo. Estoy muy adolorida y débil.

—Así es, es sólo una niña y por tu culpa, en lugar de cortarle un dedo, le voy a cortar la mano entera. — está molesto, pero se divierte.

Levanta la mirada y un hombre viene a agarrar a Carina. Carina patalea y grita, pero es inútil. Su fuerza no es suficiente. El rubio pone su mano derecha en el escritorio cerca de mi cara.

Lucho una vez más. Intento levantarme, pero me empujan la espalda y mi cabeza la aplastan contra el escritorio.

— ¡No!.— suena más a gruñido que grito, lo que sale de mi boca. ¡Ah! ¡Chinga tu madre!

El rubio agarra el cuchillo. Y suelta una carcajada.

—Uno. — comienza a contar y en cada número hace como que practica para no fallar. — Dos. — se vuelve a reír.

Veo los deditos de la niña. Luchan por ser libres.

—Carina. Carina, mírame. Cierra los ojos. Lo siento. Lo siento mucho. — le digo con lágrimas en los ojos.

Carina hace lo que le digo y los cierra.

—Tres. — dice en un susurro, el rubio. El cuchillo golpea contra en escritorio. La mano de Carina rebota. Un charco de sangre inunda el escritorio y llega a mi cara.

Carina grita de dolor, es un sonido insoportable pero su grito se va apagando hasta que pierde el conocimiento, el hombre que la sostiene, la hace para atrás.

El rubio arroja el cuchillo a un lado de mi cara y se acerca a la chimenea. Saca un palo de fierro con una placa de metal al rojo vivo y se lo pone a Carina en lo que quedó de su brazo. La niña ya no puede gritar, esta inconsciente.

Esto es culpa mía. Lloro un poco. Cuando los hombres me levantan, aún me duelen las piernas y quiero vomitar.

—Llévasela a la señora. Que la cuide hasta que paguen el rescate. — le ordena el rubio al hombre flaco que sujetaba a Carina, la carga y se la lleva fuera.

—Eso fue culpa tuya. — me dice el rubio. El patrón sólo le iba a cortar un dedo. Fue tu estupidez lo que me llevó a hacerle eso.

Lo miro lleno de rabia.

Mis entrañas no pueden contener mi asco ni un segundo más. Le sonrío al rubio.

El rubio me ve y se acerca a mí.

— ¿Cuál es la gracia?. — me dice sonriente.

Y vomito. Sangre, comida, todo. Le lleno la cara.

—Tú. — comienzo a reírme.

El rubio se limpia la vomitada con asco. Pasa toda su mano por su rostro y se limpia en mi cara.

Llévenla al cuarto frío.

Me sacan del cuarto/estudio que tienen. Entre caminando y arrastrándome. Llegamos a unas puertas de madera con vidrio en el diseño. Y escucho unas voces. Pero no soy la única pues el rubio les dice a sus hombres que paren y ellos obedecen. Hay dos vocees. Una es del jefe de hace rato y la otra no la conozco.

— ¿Y qué me dices de ti, eres un policía y me traes mercancía ¿Cómo le llamas a eso? ¿Perspectiva?

—Igual que todo en el mundo. Lo que para unos es "malo" para otros es solo un trabajo. — dice la otra voz.

El rubio abre una de las puertas. Veo un hombre trajeado de espaldas y al jefe frente a él, en lo que parece una cocina.

—Patrón. Necesito pasar al cuarto frío. — le dice nervioso.

— ¿Qué es ese horrible olor? — le pregunta el jefe.

—Soy...yo, señor. Me ha vomitado la cara.

El jefe y su visitante estallan en risas.

—Vente, trajeado. Te invito un trago antes de que te vayas. — le dice el jefe.

Salen de la cocina hacia la izquierda, ellos no me ven ni yo a ellos.

Me meten a la cocina. Luce como cualquier otra cocina, que yo haya visto. Estufa, refrigeradores plateados. Sartenes y ollas colgadas en la pared, una mesa de madera larga para colocar la comida, un par de sillas de madera, viejitas. Hay mosaico por todas partes, amarillos y azules.

Pero casi escondida, hay una puerta de metal. Un refrigerador industrial.

Lo abren y un aire gélido me embiste. Hay estantes de metal con botes de plástico, carnes.

Detrás de un estante hay otra puerta.

La abren y entramos.

Al fondo de la habitación, hay un espacio con mosaico blanco que forma dos paredes y el suelo, con varios desagües en el piso. Huele peor que el estudio. Hay tubos largos pegados al techo

Es el único espacio en la habitación que se ve iluminado. Por lo menos con luz blanca.

El resto de la habitación está oscura, no completamente, pero tiene una luz amarilla muy baja.

Hay una tina de fierro al lado del pedazo blanco. Frente a todo este escenario, raro.

En las paredes, hay cables, pinzas, herramienta de todo tipo.

Un sofá largo, no sé si es color verde, café o sólo está sucio. Una manguera a lo largo del cuarto conectada a una llave. El piso está mojado a lo largo de la manguera, hay charcos de agua.

El rubio camina hacia la llave, desenrosca la manguera y se enjuaga la cara. Se quita la camisa de cuadros que traía y se seca con ella para después tirarla en el piso.

Regresa hacía mí. Es musculoso, tiene el abdomen marcado, y los brazos igual.

Se acerca demasiado a mi cara. Que ya se está empezando a hinchar y duele bastante.

—Te voy a enseñar a no meterte en donde no te llaman. — me susurra, con una sonrisa.

— ¿Ah, ¿sí?. — le digo con esfuerzo y le doy un cabezazo en la cara. Da dos pasos hacia atrás muerto de dolor. — Yo voy primero. — le digo satisfecha.

— ¡Maldita perra! — se levanta y veo que le rompí la nariz.

— ¡Traigan el hielo!.— les grita y dos hombres salen por donde entramos.

Me da un puñetazo en la cara.

Puedo sentir como de mi boca sale sangre sin parar.

—Denle una lección. — les ordena el rubio.— Ya saben la orden. Si les dan ganas de cogérsela, no lo hagan. Tenemos otros planes para ella. Vayan por otra mujer y libérense de lo que sea que quieran.

Me llevan hacía los tubos del piso blanco, traen unas cadenas, me amarran las manos, lo más fuerte que pueden y pasan la cadena por el tubo. Le dan un estirón y me ponen de pie. Amarran la cadena a una especie de clavo en la pared.

Uno de los hombres me estira del cabello para levantar mi cara.

—Descuida, no te dolerá. Bueno, no mucho. — el maldito hombre flaco con ceja cicatrizada se ríe.

Los otros 3 se sientan en el sofá y empiezan a hablar.

— ¿Cuánto crees que aguante?.— dice el más joven.

—No creo que mucho. — ya está muy golpeada. — le contesta uno gordo.

—Eso es lo que dicen sus mujeres. — Eso diría Liz. Pero yo no.

—Es graciosa. — dice el flaco, aunque los otros dos no se están riendo.

El que está en la entrada le habla.

—Deja de jugar y has lo que te dijeron. Enséñale una lección.

— ¿Qué estás esperando?.— le chiflo como le chiflaría a un perro y le trueno los labios.— Vamos chiquito, sé un buen cachorro.

Me mete un golpe en la costilla derecha, después en la izquierda. Mi cuerpo se dobla e intenta caerse, pero las cadenas en mis manos me lastiman, intento mantenerme, pero es imposible. Quiero llorar.

— ¡Who! — grita el joven.

El otro gordo sólo se ríe.

El flaco celebra los golpes que me dio, me logro enderezar un poco. Estoy temblando. Lo veo cerca de mí.

Me golpea en el estómago. Vuelvo a vomitar.

—Whoop. — hace que me recargue en su hombro.— Lleva tres y sigue consciente.— le dice a los otros.

—Es porque no lo estás haciendo bien. — le dice el gordo. Cuando menos acuerdo ya está en frente de mí. — Mira y aprende.— me estira del cabello me golpea en la cara y sale más sangre, el dolor ya es insoportable. Me vuelve a golpear en la cara.

Maldita sea. Damián ¿Dónde estás cuándo te necesito?

Papá, encuéntrame. Sálvame. Por favor. Encuéntrame. Liz, mátalos. Mátalos a todos.

—Sigue consciente la maldita. — dice el gordo. Ahora asustado.

Levanto mi cara despacio. Los miro y sonrío por unos segundos.

Los dos me miran asustados.

— ¡Bu!. — les susurro y me río.

El gordo me da un último golpe en la cara y es todo.

Una brisa me recorre la cara. Intento abrir mis ojos.

Una sombra me está pasando un trapo frio en la cara. Es negra.

¿Mamá, eres tú? Me encontraron.

Hay música. La escucho. Música ranchera, de esas que escuchan los abuelos

"Y, sin embargo, sigues
Unida a mí existencia
Y si vivo cien años
Cien años pienso en ti
Pasaste a mi lado
Con gran indiferencia
Tus ojos ni siquiera
Voltearon hacia mí
Te vi sin que me vieras
Te hablé sin que me oyeras
Y toda mi amargura
Se ahogó dentro de mí."

La sombra se va y el aire me recorre el cuerpo.

Conozco esa canción.

Una sombra más grande viene hacía a mí.

—Noa. — me dice un susurro.

¡Damián? Eres tú.

Un golpe de agua helada cae en mi cuerpo. En mi cara y en mi pecho.

Abro los ojos.

Sigo atada al tubo.

¡Todo fue un sueño! Ni mi madre, ni Damián están aquí.

Mi cara duele. Mi cuerpo está pesado.

—Bájenla. — ordena el rubio. Que está justo frente a mí. Trae una férula nasal.

Caigo de golpe al suelo. Escucho risas a mi alrededor.

Un sonido sale de mi garganta. Me duele todo el cuerpo.

El agua y el piso frio se sienten bien. Un cosquilleo recorre mis brazos, es la sangre que ya está fluyendo correctamente.

—Levántate. — me ordena el rubio.

—No dijiste por favor. — le contesto y le sonrío.

El rubio me regresa la sonrisa y me patea en el estómago. Todo el aire se escapa y por alguna razón no puedo respirar de nuevo.

—Sigues sin aprender a quedarte callada. — me dice molesto.

Me pongo de rodillas como puedo. ¿Dónde están mis tenis? ¿Por qué estoy descalza?

— ¿Por qué? — dice mientras camina a mi alrededor.

—Porque eso te molesta. — le digo con esfuerzo.

—Tienes razón. — me dice y me patea de nuevo. Me levanta un poco del suelo y cuando caigo giro un poco, aún encadenada.

Camina hacia mí, dejando la cadena entre sus piernas.

— ¡Chinga tu madre!.— le suelto entre sonrisas. Oye, deberías de estar agradecido.

— ¿Agradecido? ¿Por qué?. — me pregunta divertido.

—Dos cosas. Una, hice que tu nariz hiciera conjunto con tu horrible rostro. — me acomodo estando de rodillas frente a él. — Y dos, por demostrarle a todos estos el par de pelotas que te faltan. — estiro la cadena lo más fuerte que puedo y logro pegarle en las bolas. El rubio cae de rodillas muerto de dolor. Su cara está casi morada del dolor.

— ¡Métanla al agujero! — les grita a sus compinches.

Dos hombres que no había visto antes vienen a quitarme las cadenas y a levantarme.

Llegamos a la esquina, a un lado de la llave donde está la manguera.

Uno de los hombres me amarra con un mecate las muñecas.

Me golpean en la cova de ambas piernas, caigo golpeando fuertemente mis rodillas y después me dan un rodillazo en el pecho, caigo de cara al suelo y veo una pequeña reja en el piso que cubre un círculo. Una mano la abre. No.

Intento ignorar el dolor y trato de escapar, pero me toman de las piernas, los pateo y se caen. No tardo en sentir una patada en la cara. Estoy mareada.

Me meten al agujero sin que pueda evitarlo. Está muy pequeño. Como si lo hubieran hecho para mí.

Mis manos están contra mi pecho, mi cabeza topa con la pared, mis hombros igual.

No puedo respirar.

La reja se cierra y mis pies quedan fuera, lo siento. Y es peor tenerlos libre.

No puedo ver nada. No puedo moverme. Lucho, pero de nada sirve apenas y puedo moverme.

— ¿Dónde está tu esposo ahora! ¡Eh? — me grita el rubio.

— ¡Aaaaaa! — grito. No siento que haya aire, me sofoco. Siento calor. Por más que respiro, por más que intento moverme, por más que esfuerzo a mis pulmones. No hay aire. Comienzo a sudar. Escucho mi respiración y los latidos de mi corazón cada vez más rápidos y cada vez más fuertes.

Me empieza a doler la cabeza. Lágrimas caen por mi rostro.

¿Papi dónde estás? Liz. Damián. Por favor.

— ¡Aquí te vas a quedar toda la noche! Y mañana hablaremos de tu actitud.

Intento calmarme. Pero sólo logro hacerlo cuando ya estoy agotada, cierro mis ojos y finjo que ya estoy muerta.

No escucho nada.

Pero siento algo en mis pies, un cosquilleo.

Escucho como unas patitas que caminan, cada vez más fuerte. Más cerca.

Lo siento en mi codo y de pronto en mi espalda, caminando hacía mi cara.

Que sea una cucaracha. Que sea una cucaracha.

Pero tiene 4 patas que siento en mi cabeza. Empiezo a respirar rápido. De pronto se cae a un lado de mi cara. Es una maldita rata.

Entro en pánico.

— ¡No! ¡Ah ¡

Muevo como puedo mi cabeza, pero no hay lugar, la rata se asusta y trata de escapar. Me rasguña la cara y chilla. Estiro mis manos hacía mi rostro y lo cubro un poco.

Alguien me patea los pies.

—Hola ¿sigues viva?. — me pregunta una voz.

No me muevo para nada.

Me toman de los pies y me arrastran hacía afuera.

— ¿Qué es ese maldito olor? — dice uno de los hombres.

Estoy temblando. Tengo mucho frío.

Me levantan del suelo y la rata cae al suelo.

— ¿Qué asco! — dice uno de los que me tiene sujeta.

El rubio aparece a nuestro lado y se ríe.

—Mira, hiciste un amiguito. ¿Qué pasó? ¿No cabían? ¿O fue por comida?

Intento no escucharlo. El frio de la habitación me hace sentir muy bien, respiro por primera vez desde que me metió en ese hoyo.

Arrojo mi cabeza hacía atrás para ver el techo.

El rubio me toma de los cachetes y me hace mirarlo.

—Oye. — Me mira a los ojos y tiemblo un poco de frío.— ¿La drogaron?— le pregunta a los hombres.

—No. Así la sacamos del hoyo. — le contesta el que está a mi lado derecho.

Murmuro sonidos para que el rubio se acerque a mí.

— ¿Qué? — dice molesto. Porque no puede oírme. Y acerca su cara a la mía.

Le doy un cabezazo de nuevo en su nariz.

— ¡Eres un pendejo! — le digo y me rio.

— ¡Pinche vieja! Ya me tienes harto. ¡Cuélguenla! ¡Del cuello! ¡Y traigan el hielo!

Los hombres me llevan a colgar de nuevo, pero esta vez me ponen una soga al cuello. Han llenado la tina de agua.

Dos hombres traen cargando una hielera. Vacían la hielera en la tina, es hielo.

¡Mierda!

Otros dos hombres traen otra hielera igual y le vacían más hielo a la tina.

Aparece el rubio.

Sigue sangrando de la nariz.

Le sonrío un poco y se acerca.

—Tú ya no me tienes miedo. ¿No es cierto? — me dice.

—Lo que pasa con el miedo es que cuando lo vives una y otra y otra vez, te acostumbras. Te haces su amigo. Y te dice a qué le temes en realidad. Lo descubres, con el tiempo. Y a ti no hay mucho que descubrirte. Te faltaron huevos para ser alguien en la vida. Probablemente tu mami te abandonó. — noto que se sonríe.— ¿O te maltrató?.— su semblante es serio ahora.— Te maltrataba. Eso explica porque te dedicas a este negocio. Capturas mujeres solas e indefensas, como yo, mandas a los weyes más horribles que tienes, a quiénes también les faltan pelotas para ser hombres. Porque van en grupos y armados. Por una sola víctima. Quieres llegar a ser alguien en la vida. Cuando sólo tienes capacidad de perro faldero. Eres una perra. — esas últimas palabras, las estiro para herirlo.

Saca algo de su bolsillo y hasta que me lo pega al cuerpo, me doy cuenta lo que es.

Es un teaser.

Mi cuerpo se tensa y se retuerce al mismo tiempo.

Aleja esa porquería de mí. Tiemblo un poco.

Intento decir algo, pero el levanta su mano y los hombres tiran de la cuerda levantando mis pies del suelo por unos segundos que parecen eternos. Y me bajan.

— ¡Perdóname ¿Qué dijiste?. — me grita.

Miro su mano y después a él.

—Ahí está. El miedo. — me dice con una sonrisa.

Le escupo y por milagro le cae en la cara. Se la limpia, pero se ve tranquilo.

—Cuidado con la lengua. Si te la muerdes, te mueres. — la vuelve a encender y me la pega en el estómago. Puedo sentir cada musculo de mi cuerpo contrayéndose a diestra y siniestra.

La despega y me vuelven a elevar del cuello, para torturarme. Se ríen todos los que están ahí, incluido él.

—Parece una cucaracha! — dice uno de los hombres.

No puedo mostrarme débil. Debo darle tiempo a papá y a mi esposo.

Me vuelven a bajar e intento respirar.

— ¡Es todo lo que tienes?. — le digo. — ¿Falta de oxígeno y unos toquecitos? De verdad eres un inútil.

El rubio se sorprende y me mira un poco sorprendido, emocionado. No lo sé.

—Esto va a ser muy divertido. — me pega el teaser otra vez. Me ahorcan, me electrocutan. Una y otra y otra vez. Tantas veces que ya he perdido la cuenta. Mi cuerpo ya está cansado. Saliva sale de mi boca sin que pueda contenerla.

Mi cabeza se cae hacia atrás, mis piernas están dormidas. No puedo moverme. Me hago pipi encima, puedo sentir el líquido caliente escurriendo.

—Excelente. Ya es hora de darte un baño. — dice el rubio.— Cárgala y échala a la tina.— le dice a uno. — Amárrenle las manos. — les dice. Lo hacen y el hombre me arroja al agua.

Completamente helada. Sin querer abro la boca y trago agua. Tengo calambres en todo el cuerpo esto es insoportable. Me estoy ahogando. Cuando de pronto me jalan de las axilas hacia arriba. Sólo la mitad de mi cuerpo sale de la tina.

Jalo aire y tiemblo.

Todos se están riendo a carcajadas.

El rubio está a mi lado.

— ¿Sabes cuál fue tu error? Salir a caminar sola. No esperar a tu novio o papá o amigo. Salir sola fue tu error.

—Te voy a matar, desgraciado. — le digo tartamudeando y temblando.

—Te.te…te.— me arremeda.— Cállate.— voltea a ver al hombre que me tiene agarrada y como puedo estiro mis manos a su cuello y lo sumerjo en la tina. El rubio me empuja la cara con su mano Y los hombres me sacan de la bañera para que lo pueda soltar.

El rubio sale de la tina, con la cara completamente roja. Y me busca molesto.

— ¿Sabes qué! ¿Por qué no taremos a Carina a ver si necesita un baño?

Lucho con los hombres que me tienen agarrada.

— ¡No! — grito con desesperación.

— ¡Métanla ahí! — les ordena.

Y me sumergen de nuevo. Está vez si me dejan más tiempo. Intento mover las manos para salir, pero no puedo, no reaccionan. Me sacan a tomar aire. Yo manoteo y trato de mover los pies.

Mi piel está poniéndose morada.

—La próxima vez lo pensarás dos veces antes de salir sola a la calle, en especial cuando está a punto de anochecer. — dice molesto como si me estuviera regañando.

Me sacan del agua y me sientan en una silla que no había visto. Tiene cintos en los brazos y en las manos. Otros en las piernas. Me amarran por completo, mientras tiemblo.

—Aunque quisiera traer a Carina, no podría. Su papá pagó el rescate y ya debe estar en casa. Bueno en un hospital. Ustedes. — les dice a sus hombres. — váyanse a trabajar. Que se quede el soldado, solamente.

—Eres un hijo de la chingada. — le digo aun temblando y le escupo otra vez.— ¡Eres un imbécil!.— Es lo único que puedo hacer, maldecirlo. Se limpia con su camisa

A mi lado izquierdo hay una mesa de metal que tiene pinzas, alfileres y una navaja. Se sienta en la silla libre frente a mí.

—Elige uno. — me dice divertido y señala los artefactos con su mano.

Aun temblando, lo miro con coraje y niego con la cabeza.

—Elige...uno. — me dice, esta vez, molesto.

Miro los alfileres y después las pinzas. El alfiler me lo va a enterrar y con las pinzas me va a arrancar la uña. En una el dolor dura más tiempo, en la otra, es rápido.

Señalo con mi cabeza y contesto.

—Las pinzas. — mi voz todavía tiembla.

—El alfiler será. — dice emocionado.

Intento moverme, zafarme, pero sé que es inútil.

Toma mi meñique derecho.

Comienza a reírse, risitas nerviosas.

Comienzo a respirar rápidamente.

Me encaja el alfiler justo debajo de la uña.

¡Ah! — grito Es un dolor indescriptible que recorre no sólo mi uña sino todo el dedo. Siento como se calienta poco a poco y veo la sangre correr por mi uña hacia afuera. Siento punzadas a lo largo de mi garganta y en el pecho. Lágrimas comienzan a correr por mi rostro.

El rubio se ríe.

—Ay, por favor. Vamos empezando. — lo está disfrutando.

— ¡Eres un cabrón, hijo de la chingada!. — le digo con la voz entrecortada.

—Lo soy. — me dice tranquilamente. Y me encaja otro alfiler en otro dedo.

— ¡No! — grito una vez más. — ¡Aaaa!

—Nunca te he preguntado. ¿Cómo es tu esposo? Hace un momento le dije novio, pero recordé que le dijiste esposo en el estudio. Debe ser feo. Los ricos lo son.

Comienzo a ver borroso. La cabeza se me cae hacia adelante, aunque intento sostenerla.

—Oye. — me dice tiernamente.— no te duermas.— y me estira la uña por completo.

— ¡Aaaaa!.— carajo como duele. Mi garganta hace sonidos extraños que se van disminuyendo. Mi cabeza cae y finjo estar inconsciente.

—Maldita sea ya desmayo, suéltala. — le ordena.

Puedo sentir como los hombres me sueltan las piernas y después las manos.

— ¿A dónde la llevo?.— le dice el soldado. Lo único que tiene de soldado es la forma en que se para. No disfruta de lo que me hacen como los demás sólo vigila.

Abro los ojos y tomo la navaja que está sobre la mesa.

Se abalanza sobre mí y le encajo el cuchillo en el cuello, su sangre sale disparada y cubre mi mano por completo, saco el cuchillo y cae al suelo, el piso blanco se llena de sangre. Un rojo claro, hermoso. El rubio intenta agarrarme, pero le muerdo el brazo y le arranco un pedazo. Me suelta de inmediato. Me volteo para ir por el mientras muere de dolor y trata de detener la sangre que sale de su herida.

—Te dije que te mataría. — le digo molesta.

—Te voy a arrancar cada una de cada maldito dedo.— me grita enfadado.— Te vas a arrepentir. Te lo juro.

Doy un paso hacia él y me golpean en la cabeza. Caigo de rodillas y tiro la navaja.

Quiero ir a casa.

Abrazar a mi padre, una vez más. Ir de compras con mamá. Bromear con Liz de todo y nada a la vez. Hacer el amor con Damián y quedarme en sus cálidos brazos al terminar.

Pero no creo que lo haga.

No creo que pueda aguantar. Lo siento, papá. Dile a mamá que la amo. Liz, de verdad lo intenté. No soy tan fuerte como tú. y Damián, por favor, intenta ser feliz, nada de esto fue tu culpa. Te amo. Adiós, mi amor.

Adiós a todos.

Caigo boca abajo en el piso y termina mi vida.

Vuelvo a la habitación que soñé por primera vez, aquella en dónde escuché una canción.

Esta vez hay otra canción.

"Ojalá que mi amor no te duela
Y te olvides de mí para siempre
Que se llenen de sangre tus venas
Y que la vida te vista de suerte
Yo no sé si tu ausencia me mate
Aunque tengo mi pecho de acero
Pero nadie me diga cobarde
Sin saber hasta dónde te quiero"

Damián está aquí.

Mis manos están vendadas.

Siento un piquete en el brazo.

—Duerme. Todo está bien. Duerme. — me dice con su voz suave y protectora de siempre.

Y lo escucho.

Por lo menos estaremos juntos en mis sueños. Ese es mi único consuelo.

CAPÍTULO 6

CINCO AÑOS DESPUÉS

Han pasado ya cinco años sin Noa.

Me tomó mucho hacerme a la idea de que ya no la volvería a ver.

Maldije mi dinero. Mi vida. Todo.

Acudía a los eventos de las empresas para embriagarme sin tener que dar explicaciones.

No comía. Dormía todo el día y dejé que los negocios se fueran a la basura.

Los detectives que contraté no podían dar con mi esposa así que terminaron por renunciar.

Mi padrino me ha preguntado si yo tuve algo que ver con su desaparición.

Eso me puso furioso.

El segundo año de su desaparición conocí a Mia Raudales. Una psicóloga preciosa. Ella me vio en una fiesta, Su hermano Ricardo es un hombre muy inteligente. Empezó una pequeña empresa que hizo crecer el doble en menos de un año y ahora todos quieren invertir en lo que sea que el invierta.

En fin. Lo único que quería era morirme y volver a estar con Noa.

Hasta que una noche me embriagué de más y al salir del hotel, me caí en piso.

Mia estaba afuera fumándose un cigarrillo y fue a ayudarme.

Me cuido toda la noche en su apartamento.

Y al día siguiente intentó ayudarme respecto al tema de Noa.

Yo estaba tan furioso que le dije que no necesitaba su ayuda.

Y después intento ser mi amiga y disculparse.

Intentamos algo de su terapia y termine enamorándome de ella y haciéndole el amor en su consultorio.

Obviamente tuvimos que dar por terminada nuestra relación de doctor y paciente.

Salimos un par de meses. Es tierna, cariñosa, divertida y le gustan los deportes extremos.

En unas vacaciones la llevé a esquiar y le pedí matrimonio.

Nos casamos al día siguiente.

Ella no quiso invitar a su familia. Por alguna razón a su padre no le caigo bien. El de Noa al principio no me quería, pero era porque ella era su única hija. Aunque con el tiempo empezó a invitarme a carnes asadas y cenas familiares, hasta darme la mano de su hija.

A la que no pude cuidar.

A su hermano no le caigo mal. La verdad es que es un buen chico. Ha de tener unos 24 años, pero es muy listo y muy reservado. He visto cómo interactúan Mia y él cuando están solos y son muy diferentes a cómo se comportan estando con sus padres.

Son más libres. Más seguros de sí mismos.

Como era Noa.

—Damián. ¿Dónde estás?. — me dice mi ahora esposa del otro lado de la mesa.

—Lo siento, cariño. — le contesto con una sonrisa. —Estaba. Yo. Am.— comienzo a tartamudear como un idiota.

—Noa. — dice Mia y asiente con la cabeza.

—Lo siento. — soy un idiota.

— ¿Y qué era? Digo, si va a estar con nosotros, al menos compárteme los datos.

—Noa odiaba estos lugares. Prefería comer en algún puesto de tacos o hot dogs, comida callejera. — me río un poco.— Una vez la traje aquí y sólo pidió toda la carta de los postres y vino.

—Eso suena divertido. — dice Mia divertida.— ¿Por qué no hacemos eso?

— ¿Qué?.— estoy sorprendido.

—Sí. Por Noa. — me dice Mia y levanta la mano para que se acerque el mesero.

Nos pasamos unas dos horas comiendo pay de queso, pastel de zanahoria, brownies.

Debo admitir que he subido unos 12 o 15 kilos desde que Noa desapareció.

A Mia no parece importarle en lo absoluto.

— ¿Hablaste con tus padres?.— le pregunto nervioso.

—Sí. Mi papá sigue creyendo que nuestro matrimonio no va a funcionar. Aunque llevemos 3 años casados, justo hoy. —explica un poco burlona.

—Tal vez deberíamos pelearnos alguna vez ¿sabes? Vas a tu casa y te quedas a dormir ahí.

— ¡Oye! Esa es una muy buena idea. — me dice contenta.

— ¿Verdad?.— seguimos bromeando.

Hablamos de su trabajo y el mío. Algo que nunca le gusto a Noa, porque no entendía de qué le hablaba. Y no quería meterse en mi trabajo. Eso me lo dejaba a mí.

—Por cierto, hay una asociación que recauda fondos para niños, jóvenes y adultos que viven en la calle y si no te molesta voy a donarles unos 100 mil pesos. — me dice con el ceño fruncido, esperando que yo salte.

— ¿Por qué no un millón?.— le contesto.

— ¡Ah!— hace cara de sorpresa y se inclina sobre la mesa.— ¡Tienes un millón de pesos que te sobren?.— me dice en un susurro alarmado y fingido.

— ¡Tengo dos!.— le susurro de vuelta.— Pero el otro es para comprarte un coche nuevo.

—No necesito un auto nuevo. — se regresa a su lugar.— Ya te lo he dicho. Sirve muy bien.

—Si ya lo sé, pero es desde hace cuatro años. — me explico.

— ¡Ay, Gaxiola! Está bien compremos un auto nuevo.

— ¿De verdad?.— estoy emocionado. — ¡Mesero! La cuenta. — le grito al joven que nos estaba atendiendo. — ¿Qué tipo de coche quieres?.— le pregunto.

—Sorpréndeme.

— ¡Sí!— muevo mis brazos de arriba a abajo. Miro a mi alrededor buscando al mesero que no llega y me pongo de pie.

Desesperado saco mi billetera y dejo unos 3mil pesos en la mesa. — Ven, vámonos. — le digo a Mia y le ofrezco mi mano.

—Tienes que pagar la cuenta. — me dice Mia apenada.

—Ya le dejé dinero ahí. — le digo despreocupado.

Jalo a mi esposa y salimos del restaurante.

Coche tras coche veo el mejor para mi esposa.

Pero no me decido por ninguno.

—No me gusta ninguno. — le digo desesperado.

—Okay. Amm ¿Lo siento? — dice Mia divertida

— ¿Cuál te gustó a ti? — pregunto molesto.

—A mí me gustan todos. — me dice nerviosa.

— ¡No puede ser!.— miro para todas partes. Viendo todos los coches que hay y que ya vi por dentro y por fuera. — ¡Ya sé! Me voy a llevar los libros de los tres coches que más me gustaron y lo hablaremos en la noche.

— ¿Tú y yo? o ¿Tú y tu cabeza?.— pregunta Mia. Sabiendo que en realidad haré lo que se me dé la gana.

—Tú y yo, amor. — me acerco a ella y la traigo a mis brazos.

—Esas palabras me gustan más en un contexto diferente. — me dice Mia traviesa, mordiendo su labio.

— ¿Enserio?— le digo mientras me restriego en su cuerpo y le sonrío.

—Aja. — Mia me sonríe.— ¿Sabes qué deberíamos comprar?

—Lo que quieras. — le digo sin soltarla.

—Algo grande. Que usas para entrar y salir. Algo que puedes limpiar después de usar.

— ¿Aja? — demonios me estoy excitando.

—Una casa. — me dice con una sonrisa.

Suelto una carcajada y dejo de moverme.

— ¿De verdad quieres una casa? — digo divertido.

—Sí. No es que no me guste el apartamento, pero creo que...

—Es lo último que me falta por dejar ir ¿No es cierto?— le digo con una sonrisa nostálgica.

—Sí. Bueno eso y que me encanta verte gastar dinero. — me guiña un ojo y me besa.

—Okay. ¿Quieres ver casas ahorita? — No estoy tan emocionado como con el coche pero algo es algo.

— ¿Para qué tardes una eternidad en elegir una? No. La casa la elegiré yo y tú sólo la pagas. No te preocupes será una casa increíblemente carísima. — ahora ella es la divertida.

— ¿Qué tan cara? — finjo estar preocupado.

—Te voy a dejar en la ruina. — bromea.

—Mientras tenga una cama donde ponerte no me importa.

—Como si necesitaras una— dice apenas, entre risas.

—Vamos a casa. Necesito quitarte esta ropa y pasar las últimas horas de mi día libre haciéndote el amor o me volveré loco.

—Eres un pervertido. — me dice con los ojos muy abiertos. Se acerca a mi oído y me susurra.— pero me encantas, tal vez y esta vez sí me nalguees de vez en cuando.

—Tus deseos son órdenes. — le contesto y la beso.

— ¿Señor Gaxiola? — me dice una voz detrás de mí.

— ¿Mj? — contesto con un sonido sin dejar de besar a mi hermosa esposa.

— ¿Se decidieron por alguno? ¿Hay algo más en lo que lo pueda ayudar?.— dice un poco apenado.

Dejo de besar a mi esposa y volteo a ver al chico.

—No. Lo voy a pensar esta noche, si es que tengo tiempo y suelto a mi mujer un sólo segundo. — le digo divertido al muchacho.

— ¡Damián!. — me dice Mia apenada y me da un suave golpe en el brazo.

—Lo siento mucho. — le dice apenada al joven y me estira el brazo para salir de ahí.— Volverá mañana. Gracias.

Nos vamos directo a casa y en el elevador nos besamos.

Arrincono a Mia y la beso hasta que no puedo respirar y me separo de ella.

—Todavía sabes a chocolate. — le digo completamente excitado y me bajo a besar sus pechos, levanto una de sus piernas para poder pegarme más a ella. Quiero que me sienta, que vea lo loco que me vuelve.

—Y tú a vino. — me contesta.

Lo que me encanta de Mia es que me deja hacer lo que quiera y no tiene miedo en pedirme que intentemos cosas nuevas.

—Damián. Ya llegamos. Dime que traes la llave a la mano. — me dice también excitada.

—No las necesito, lo vamos a hacer en el elevador. — le digo bromeando.

— ¿Qué? No. ¿Estás loco?. — me dice nerviosa.

— ¿Por qué no? Sólo nos falta este lugar. — le digo en susurro.

—No me digas. ¿Quieres que el recepcionista nuevo me vea los pechos y como tengo un orgasmo?

Miro hacía la esquina del elevador y veo la cámara.

—No. — mi cara es seria y la rompo en una sonrisa, para jalar a Mia fuera del elevador.

Llegando a la puerta. Mia me quita las llaves e intenta abrirla, sé que podrá hacerlo, pero estoy tan desesperado que la beso y la beso.

Termina por abrirla y casi me caigo de espaldas.

Nos reímos de eso un poco.

Camino de espaldas con Mia pegada a mi cuerpo de nuevo.

— ¡Damián! Nos vamos a caer. Déjame encender la luz. — me dice Mia conteniendo la risa.

—No pienso esperar más. — la sigo besando y siento la luz sobre mis ojos cerrados.

Intento desabrochar el zíper detrás de su vestido.

— ¡Noa!.— dice Mia y se detiene de golpe. Su cara está pálida. Mia me voltea a ver, su expresión es cambia rápido, primero es una mirada aterrada, sorprendida.

— ¿Qué? — Lo dijo o lo pensé.

—Es Noa. — su mirada termina por ser una mirada de felicidad. Y señala con su dedo detrás de mí.

¿Noa?

Mi piel se pone completamente chinita. Tengo frío. Estoy aterrado. Quiero voltear, pero no me atrevo. Comienzo a dar la vuelta poco a poco hasta que la tengo frente a mí.

—Hola, amor. — me dice la voz de Noa a mis espaldas.

Es ella. Está viva. Y está aquí. Frente a mí.

CAPÍTULO 7

HOGAR, AMARGO HOGAR

Estoy en una parada de camión. Es de noche, mi ropa está llena de sangre. Miro a mi alrededor, asustada. No sé cómo llegué aquí. ¿Fue una pesadilla? ¿Me estoy volviendo loca? ¿Damián pagó el rescate cuando perdí el conocimiento y me dejaron aquí? ¿Es que acaso vendrá alguien a recogerme?

Un autobús se para frente a mí y 3 personas bajan de él por la parte trasera. La puerta de enfrente se abre y escucho que me hablan.

— ¿Niña, estás bien? ¡Oye! — me grita una voz masculina.

Me volteo a ver a la persona que me habla. Es el chofer del autobús. Es un anciano como de unos 60 años, delgado, morenito, con un pequeño bigote entre gris y blanco con su camisa blanca y pantalón negro.

— ¿Estás bien? — me pregunta amablemente. Ahora un poco preocupado al verme de pies a cabeza.

Lo cual me hace verme por un instante.

Traigo un pantalón de mezclilla sucio, lleno de tierra, sangre seca y desgarrado. Una blusa negra llena de tierra. Miro mis manos y están manchadas de rojo, sangre seca.

— ¿Dónde estoy?.— digo con voz baja.

—Juárez, León. — me dice el anciano.

Yo sigo sin estar segura de lo que está pasando y miro a mi alrededor, extrañada.

—Necesito ir a mi casa. Pero no tengo dinero para el pasaje.

— ¿Sabes dónde vives? — me pregunta el señor ahora un poco asustado.

No puedo hablar más así de que sólo asiento con la cabeza.

—Ven, sube. Yo te llevo a donde necesites. — me dice el anciano, moviendo su mano para que me suba. Y lo hago.

Me siento detrás del señor y avisa que terminará la vuelta pero que no subirá a más pasajeros y apaga las luces del camión.

Terminan de bajarse todos los pasajeros del autobús. Yo intento recordar que fue lo que pasó. Pero por más que intento no recuerdo nada. Estoy muy delgada, pero me tuvieron 4 días sin comida, así que puede ser eso. Le doy la dirección al señor y me lleva al edificio de mi departamento.

— ¿Es aquí, niña? — me dice el señor amablemente.

Miro por la ventana y le digo que sí con la cabeza.

Me abre las puertas del autobús y yo me sobo las piernas con mis manos, nerviosa.

—Oye.— me dice y me ve las manos.— sobreviviste y es lo único que importa.

Lo miro por unos segundos. Asiento con la cabeza y me bajo del autobús. Me giro a verlo una última vez.

—Gracias.

Cruzo la avenida para llegar al edificio de mi departamento.

Toco el timbre para que el guardia de la noche me vea, espero encontrarme con Hernán para que me deje entrar sin muchas preguntas pero sólo veo a un chico que nunca había visto. Me deja pasar y le pido las llaves del departamento, le digo que soy la Señora Gaxiola y necesito entrar a mi departamento.

— ¿Qué le pasó? — me suelta el chico con aspecto y olor a hippie.

—Salí a correr y me caí. Podrías por favor darme las llaves del pent-house.— le suelto un poco cansada.

Me las da. No parece importarle un carajo ¿Cómo podría? es un joven de 21 años, con el uniforme mal puesto y arrugado y su cabello parece que no ha sido tocado en meses ni por un estilista ni por el shampoo. Al parecer su vida es un infierno pero no creo que tenga idea de cómo luce en realidad el infierno, yo sí.

Tomo el elevador hasta el último piso y al abrirse me invade un nerviosismo. Mi corazón late muy rápido. Siento como si alguien me estuviera persiguiendo. Llego a la puerta de mi departamento, meto la llave, la giro y entro a mi hogar y cierro la puerta de golpe y me recargo en ella viendo por la mirilla asegurándome que no hay nadie afuera.

No hay.

Recargo mi frente en la puerta e intento respirar y calmarme.

Todo está oscuro. Hay un silencio que sólo es invadido por mi respiración y los latidos de mi corazón. De un momento a otro lo único que quiero es vomitar. No puedo detenerlo y corro al baño a sacar lo que sea que pueda. No recuerdo si ya comí, pero no me quedo con la duda.

Llego al baño, enciendo el foco de un golpe y regreso una gran cantidad de comida en el excusado.

Me limpio la boca con la mano y recuerdo que las traigo manchadas de sangre así que me meto a bañar. Me quito la ropa, estoy un poco mareada y la luz me molesta, así que la apago.

Me baño con la luz apagada. Abro la llave del agua caliente y se siente como la vida misma. Hace mucho tiempo que no me sentía así. Busco la botella de shampoo en el piso que es donde solía ponerlas yo. Lo huelo. Disfruto el olor. ¿Cuándo fue la última vez que tomé un baño? Hace semanas.

Comienzo a enjabonarme el cuerpo y siento bordes en todo mi cuerpo.

— ¿Qué es esto? — me pregunto extrañada.

No recuerdo haberme herido.

Termino de bañarme y salgo enredada en la toalla. Sigo sintiendo los bordes en mi piel. Así que enciendo la luz. El espejo está cubierto por el humo del agua caliente, lo limpio y lo veo.

Mi cuerpo está lleno de cicatrices.

Mordidas en mis pechos. Pequeñas cicatrices en círculos en lo largo de mis brazos. Tengo líneas que rodean los círculos como si alguien se hubiese puesto a jugar. Me falta el aire y trato de agarrar lo más que puedo en cada respirada. Llego a mi vientre y hay palabras: puta, perra y un nombre escrito a lo largo de mi costilla izquierda, Ramiro.

Mis piernas tienen más cicatrices, parecidas a las de mis brazos. ¿En qué momento pasó todo esto?

¿Quién lo hizo?

Por primera vez desde que llegué comienzo a llorar sin parar. En el piso. Sola.

Después de un largo rato logré calmarme lo suficiente para ponerme de pie y venir a mi habitación. Abro la ropería para buscar ropa que cubra todas mis cicatrices pero por alguna razón no recuerdo ninguna prenda de las que están colgadas. Pero no pueden ser de nadie más. No me fui por tanto tiempo. Tomo una camisa de vestir de Damián, rosa. Me pongo un pantalón leggins negro. Me queda un poco largo. No son míos. Y tampoco creo que sean de Damián. Me dejo el cabello suelto, semi mojado. Salgo de mi habitación buscando fotografías o algo más que me pueda decir que sigue siendo el departamento de mi esposo y no de alguien más.

Enciendo la pequeña lámpara en la mesa de la sala. No da mucha luz.

pero si la suficiente para moverme con confianza. Camino cerca de la entrada ahí me empeñe en colocar las fotos una vez que llegamos aquí ¿Quién es esa chica?

Hay una fotografía de Damián vestido de novio y una chica a su lado con su vestido de novia en un salón de fiesta. Pero no soy yo. Veo la siguiente foto. Es la misma chica esquiando en la nieve. Es alta, igual de alta que Damián, de tez morena, cabello negro rizado.

Comienzo a escuchar risas afuera del apartamento y el movimiento de las llaves. Es Damián.

Veo otra foto. En ella mi esposo y la chica se están besando. La puerta se abre y por un momento la luz del pasillo nos ilumina. — ¡Damián! — grita entre risas. — Nos vamos a caer.

Damián entra con la mujer de las fotografías la tiene tomada por la cintura y la besa en el cuello, ninguno de los dos me ve. Damián la besa con un deseo con el que nunca me ha besado a mí. —Déjame encender la luz— le dice la mujer y estira su mano al interruptor.

La luz me encandece un poco. Pero sigo sin hacer ni un sólo ruido. La mujer mira rápidamente en la habitación y mientras Damián la intenta desvestir, pero ella se queda inmóvil.

— ¿Noa?— me dice ya sin color en su piel y con los ojos más grandes y hermosos que he visto.

Damián se detiene y se endereza sin dejar de verla. — ¿Qué? — le dice serio, como si hubiera destruido el momento que tenían.

La mujer se limpia los labios, mira a Damián preocupada. —Es Noa— le suelta tranquilamente mientras me señala con un dedo. Damián la suelta poco a poco pero no voltea de inmediato. Se toma su tiempo, como si tuviera miedo de ver a algún fantasma. Cuando finalmente lo hace y me mira a los ojos suelta el aire que estaba conteniendo desde que escuchó mi nombre.

—Hola, amor. — le digo con una pequeña sonrisa llena de vergüenza. Damián está petrificado. Su respiración se acelera, sus ojos se llenan de lágrimas y da dos pasos hacia atrás. Aterrado de lo que está viendo.

Silencio. Es todo lo que recibo. Silencio y miedo.

La mujer detrás de él lo empuja un poco.

Damián se acerca a mí, viéndome de pies a cabeza y a un sólo paso lejos de mí, comienza a estirar su mano con temor para intentar tocarme.

—No soy un fantasma. Ni vine a torturarte. — le suelto con una sonrisa llena de esperanza.

Levanto mi mano para tocar la suya. Primero toco sus dedos con los míos y me acerco a su mano hasta quedar entrelazados. — ¿Ves? — le digo.

—De verdad estás aquí.— me dice finalmente con una sonrisa de emoción.

—Aquí estoy— le digo comenzando a llorar.

Me jala hacía él y me abraza lo más fuerte que puede o por lo menos como jamás lo había hecho, como si quisiera fundirme en su pecho. Mi cabeza queda justo en el corazón de Damián.

—Extrañaba esto. — le susurro.

— ¿Qué cosa? — me dice en voz baja.

—Tu corazón— le digo.

Y puedo escuchar una risa saliendo de su boca.

—Damián. ¿Quién es ella?

— ¿Quién? — me suelta sin pensarlo y aún con sus brazos rodeándome. —La mujer con la que llegaste. — le digo.

Damián me suelta preocupado, pero no por mí, y voltea a ver a la mujer y lentamente se aleja un poco de mí.

—Ella es…— comienza a decir pero la mujer lo interrumpe. —Nadie. —dice la mujer lo más rápido y tranquila posible. No soy Nadie. — me dice con una sonrisa.

—No. Ella— comienza a decir mi esposo. Intenta acercarse a ella, pero sin soltarme. — Ella es. — no encuentra la forma de decirlo. —Sí, Damián. No soy nadie. — le dice con una mirada desafiante. — ¡No! Noa, mira. Nosotros. — comienza a tartamudear Damián. La mujer se acerca a ella, lo toma de la mano y lo mira con ternura.

—No, Damián.— le dice suplicante.— De verdad, Noa. No soy nadie. Lo lamento. Voy a dejarlos solos. — me dice con una sonrisa. Mira a Damián con tristeza y sale del apartamento.

Por primera vez Damián suelta mi mano y corre tras ella. —¡Mia, espera! — puedo escuchar que le grita.

Me acerco a la puerta para escuchar mejor.

—Damián, basta. — le dice la mujer.

—Ésta es tu casa. — le susurra Damián.

—No esta noche.— le susurra de vuelta.— mira no sabemos qué le pasó o dónde ha estado todos estos años. Ella te necesita. Te necesita más que yo, más que cualquier otra cosa. Yo estaré bien. Llámame cuando puedas, sin presión.

—Mia. — le dice Damián con calidez.

—Shh. Lo sé. Yo también. — le contesta la mujer.

Me quito de la puerta y me regreso a mi lugar dándole esta vez la espalda a la puerta de entrada y me pongo a ver la ciudad.

Damián entra al apartamento y cierra la puerta. De pronto todo se siente pesado, el aire, nuestra presencia, la casa, hasta el silencio. El sonido de la puerta me hace girar hacía mi esposo.

Ambos nos vemos sin decir absolutamente nada. Puedo ver que él está luchando con todo lo que acaba de pasar y no sabe qué hacer. —Noa— me dice y por su mirada sé que quiere empezar a preguntarme todo, así que lo interrumpo.

—Muero de hambre. — le digo apenada. — ¿Podrías hacerme algo de cenar? O puedes pedirlo. La verdad no importa.

Damián me ve de nuevo, ahora preocupado.

—Sí. Claro. Vamos a la cocina. — me dice señalándome con la mano el camino.

Me prepara un omelette con champiñones y una copa de vino. Lo pone sobre la barra. El olor de la comida me invade y apenas entra por mis fosas nasales mi estómago cobra vida.

—Te voy a traer un tenedor. — comienza a decirme Damián. Pero no puedo esperarlo.

Me abalanzo a la comida y comienzo a comérmelo con las manos. No me importa que esté caliente o que no sea correcto. Sólo quiero comer.

Damián me mira, pero no dice nada sólo me sonríe y se voltea con la

excusa de lavar los trastes que ensució para darme privacidad. Me termino el omelette y me tomo la copa de vino que me sirvió, de gilo.

Intento respirar. Habiendo terminado todo.

Damián se acerca a mí, recoge mi plato y me ofrece una servilleta. —Gracias. — le digo.

—Noa— me dice a mis espaldas.

—No esta noche, amor. Por favor. — le digo sin siquiera verlo. —Está bien.— se pone a mi lado como si respetara un espacio que no le he dicho.— voy a…—sigue diciendo pero se detiene y piensa por un segundo— ¿Quieres que duerma contigo o en la otra habitación?— me pregunta preocupado.

—Amm. Yo. No sé. — me pongo nerviosa y miro para todas partes. —Noa. Noa. Está bien. Está bien. Oye. Dormiré en la otra habitación. — me dice tiernamente.

—Sólo no me dejes sola. No te vayas. — le suplico.

—No lo haré. — me dice seguro.

Caminamos hacia la habitación, yo por delante.

—Lamento no tener ropa tuya. Lo arreglaré mañana. — me dice. —Está bien. — le digo.

—Voy a tomarme una ducha ¿okay? Si necesitas algo sólo dilo. — me dice mientras me siento en la cama que alguna vez fue nuestra. Asiento con la cabeza y le sonrío.

—Okay— me dice y cierra la puerta.

Pasa el tiempo y estoy acostada viendo el techo. Sin poder dormir cuando escucho que tocan la puerta.

—Noa— me dice suavemente mi esposo— oye podrías pasarme algún pijama para dormir. La olvidé por completo.

—Voy. — le digo.

Abro la puerta está parado viendo el piso con la toalla enredada en la cintura. Le doy uno de sus pijamas en conjunto. Un pantalón azul y una camisa de manga larga gris con azul.

—Toma. — le digo para atraer su atención.

Se acerca a mí y toma la pijama.

—Engordaste. No lo digo de una forma negativa. Me gusta de hecho. —Si— dice apenado— dejé el ejercicio.

—Y tu cabello corto, combina con el resto.

—Gracias. — me dice apenado. ¿Qué hay de la barba?

—Te hace ver más atractivo. Mucho, muy atractivo. — le digo sonriente.

Nuestras miradas se cruzan y nos encontramos uno al otro. Con miedo, llenos de deseo, de amor, de esperanza.

—Noa— me dice como intentando detenerme. Pero le deseo. Quiero todo de él así que lo beso.

El entiende lo que quiero y me levanta. Automáticamente cruzo mis piernas en su cadera y mis brazos en sus hombros. Me lleva a la habitación y me acuesta en la cama. Comienza a besarme el cuello y entonces pasa, dejo de verlo a él y veo a los hombres de la casa. —Damián. Para. Para. Para. — le digo suplicante.

Damián se detiene y se aleja un poco de mí.

— ¿Noa? Está bien. Oye, me voy a ir. — me dice para tranquilizarme. —No te vayas. Sólo. Vístete y abrázame para dormir. ¿Por favor? —Okay. — me dice asustado. Sale por el pijama y regresa con ella ya puesta.

Levanto las colchas y me meto a la cama del lado derecho. Damián se acuesta a mi lado viendo hacía el techo. Y yo recuesto mi cabeza en su pecho. Escucho sus latidos acelerados.

—Sólo abrázame y no me sueltes. Te necesito. — le digo.

—Jamás volveré a soltarte, Noa. Lo prometo. — me dice. Me entrego a la oscuridad sabiendo que si quiere asfixiarme primero tendrá que enfrentarse a mi esposo y no podrá. No esta vez.

CAPÍTULO 8

PESADILLAS

Siento una corriente de aire gélido. Aún acostada en la cama. Me pregunto si Damián salió a la terraza. Abro los ojos con dificultad y veo su silueta detrás del vidrio.

—Damián— lo llamo desde la cama— vuelve a la cama. Hace frío. — me acomodo en la cama y me cubro con el cobertor para seguir durmiendo.

Escucho que Damián entra en la habitación. Y siento como entra a la cama para abrazarme de nuevo.

—Abrázame, por favor. — le suplico.

Siento como su cuerpo se pega al mío.

—Todo lo que quieras, mi amor.— me dice una voz extraña. Una voz que reconozco.

Me volteo y es el rubio. Está aquí y me sonríe. Intento gritar, pero me cubre la boca y se abalanza sobre mí mientras ríe a carcajadas.

Despierto de golpe. Sudada. Sola.

— ¡Damián! — grito completamente asustada. Damián no tarda en llegar a la habitación.

—¿Noa!— mi esposo entra preocupado y pone un vaso en la mesa de noche al lado de nuestra cama y se sube a la cama.

— ¿Por qué me dejaste sola?— le digo molesta y le doy un empujón.

—Lo siento, fui a hacer el desayuno. Oye, estoy aquí. Estoy aquí. Estás a salvo. — me dice y se pone detrás de mí para que me recargue en su pecho, lo cual hago. Uno de sus brazos rodea mi cuello y comienzo a acariciar los vellos de su brazo. — ¿Tuviste una pesadilla? — pregunta con miedo.

—Hueles a Bourbon. ¿Qué tipo de desayuno estás haciendo? — le digo intentando bromear un poco.

—Lo siento. Ese era mi desayuno. ¿Quieres un poco, para el susto? —

—Sí. Yo lo agarro.— estiro mi mano hacia el vaso y bebo un poco.— Gracias por haber pagado mi rescate. Espero no haberte dejado en la ruina.

— ¿Qué? — suelta extrañado.

—Mi rescate. La verdad, no creo haber podido sobrevivir más tiempo en ese lugar. Fueron unos días horribles.

— ¿Días?— me dice ahora más incrédulo que antes.— Noa.— deja de rodearme con su brazo y se coloca frente a mí como puede. Me mira por unos segundos como dudando.— ¿Cómo llegaste a casa anoche?

—Estaba en una parada de autobús, sola y un conductor de la ruta se ofreció a traerme a casa, pedí las llaves y subí.— le cuento.

—Noa. Yo no pagué tu rescate. Porque nunca pidieron uno. — me explica tranquilamente. ¿Qué día crees que es hoy?

Siento como si Damián quisiera decir algo, pero no se atreve, tal vez porque no quiere lastimarme o sólo no sabe cómo decirlo.

—No lo sé. — le digo, dudando que sea la mejor respuesta.

— ¿Cuántos días crees que han pasado desde que desapareciste?.— me pregunta con cara seria y el ceño fruncido.

— ¿Una semana? Dos a la mucho. — y al decir esas palabras la expresión de Damián se transforma en miedo.

—Hey— le digo para calmarlo y pongo mi mano en su rostro, acariciando su barba. —Creo que necesitas tu bebida de vuelta. — le entrego el vaso y él lo toma.

Se levanta de la cama y se toma el alcohol de gilo.

Se agarra la boca desesperada, los ojos, la nariz, la boca y la barba. Da un gran suspiro y me mira a los ojos. — ¿Por qué no vamos con tu mamá? ¿Ya le marcaste? ¿Sabe ella que estás aquí? Yo no tuve la cabeza desde anoche.

Es cierto. Mi papá. Mi mamá. Liz.

Insisto un par de veces a Damián que me diga qué es lo que está pasando, pero solo me insiste en que debemos ir con mi mamá. “Por favor, no insistas”. Es todo lo que dice.

Nos subimos a su auto y conducimos hasta la casa de mis padres.

Deben estar muertos de la preocupación, en especial mi papá.

En el coche, no dejo de pensar en cómo debe sentirse mi papá. ¿Estará molesto? ¿Triste? ¿Emocionado? Soy su única hija y nuestra relación siempre fue la mejor. No estoy diciendo que mi mamá y yo nos llevemos mal sólo que mi papá y yo somos más unidos. No hay nada que yo no haría por él o él por mí. Incluso mi boda con Damián no fue del todo su agrado. No quería dejarme y yo insistí. Tal vez, de no haber insistido tanto, nada me hubiera pasado.

Llegamos a casa de mis padres. Detrás del vidrio lleno de agua veo lo que alguna vez fue mi hogar. Está descuidada, despintada. No es para nada la casa de mis padres. El coche de mi papá no está. Sólo el de mamá y parece que no se ha movido en un tiempo.

Damián apaga el auto y se queda viendo a la nada, preocupado.

— ¿Estás bien, amor? — le pregunto.

Lo saco de sus pensamientos y me sonríe.

—Estoy aquí para lo que necesites. Por favor, nunca lo dudes. — me dice con una sonrisa tierna y me besa.

Se baja del coche y espero a que me abra la puerta. A él le encanta hacer eso.

Justo cuando me abre la puerta veo a mi mamá saliendo de la casa. Tiene una mirada cansada, su cabello está cubierto de canas, incluso su rostro envejeció.

Mi mamá comienza a llorar sin dejar de verme un sólo segundo.

Me bajo del coche y me acerco despacio a ella.

— ¿Mamá? — pregunto para asegurarme que es ella.

Mi mamá da unos pasos gigantes para alcanzarme y cuando estamos frente a frente, me toca la cara, está helada, y me abraza lo más fuerte que puede.

—Mi niña. Eres tú. ¿Qué fue lo que te hicieron, mi amor? — me dice y comienza a llorar sin control alguno. Estás con vida. Estás aquí. Mi cielo.

El abrazo con todas mis fuerzas y lloro, dejo que mis lágrimas se lleven el dolor, el miedo que tantas veces sentí en ese lugar maldito y que no me permití expresar pues sabía que sería mi perdición.

Entramos a la casa después de un rato. Papá instaló una chimenea frente a la sala, para que mamá pudiera leer o ver la televisión sin que pasara fríos. Nos sentamos frente a ella en el sofá blanco que tanto le gusta a mi madre. Mi esposo se sienta en un sillón alejado de nosotras.

Sin decir nada, por un largo tiempo. Damián tampoco dice nada. O siquiera yo. Recuesto mi cabeza en el hombro de mi mamá como si me fuera a arrullar, mi madre ha estado acariciando mi cabello con una mano y acariciando mi mano con la otra.

— ¿A qué hora llega papá?— digo de pronto y rompo la burbuja en la que estábamos todos.

Damián se incomoda, se acomoda en el sofá y mira a mi mamá, dejándola que ella conteste.

Mi mamá sigue jugando con mis manos y también hace que me enderece.

—Noa.— comienza a decirme mamá sin mirarme a los ojos.— tu padre te amaba con toda el alma. Él decía que tú eras su corazón y que sin ti él no podría vivir. No realmente.

—Lo sé, má. Pero ¿por qué hablas de él en pasado? — algo aquí está mal.

Mi madre mira a Damián y después a mí. Lamentando lo que está diciendo.

— ¿Qué es lo que no me están diciendo?— les grito a los dos.

—Hija, él te buscó. Por Dios, que te busco hasta por debajo de las piedras. Hizo hasta lo imposible por encontrarte, pero después de tantos años sin siquiera una pista, no lo resistió.

— ¿Años? ¿Qué? ¿De qué estás hablando? Han pasado un par de días, tal vez semanas. — me levanto del sofá y me empieza a faltar el aire.

Damián no mueve ni un músculo. Pero los dos se miran sin entender mi reacción.

—Mi amor, estuviste desaparecida por cinco años. — me dice mi madre un poco extrañada.

No. Esto no puede ser. No quiero que lo diga. Por favor, no.

— ¿Cinco? — empiezo a sentir náuseas y mucho calor. Intento recordar esos cinco años, pero no hay nada sólo las imágenes del secuestro, los golpes, la niña, más golpes. Es todo.

—Tu papá tuvo un ataque al corazón y murió.— me explica mi mamá con dolor.

—No. No. Eso no. No tiene nada de sentido lo que estás diciendo.

—Sé que es difícil, hija, pero— comienza a decirme para intentar calmarme. Se acerca a mi para tocarme, pero yo me alejo.

Miro a mi alrededor y hay fotos de mi padre conmigo, sobre un caballo, otras en alguna alberca de algún lugar y recuerdo el momento en el que la foto fue tomada, escucho la risa y voz de mi padre. Mi mamá está diciendo algo, pero no la escucho. Me acerco a la puerta que da hacia el patio. El patio en el que mi papá me entregó. El último recuerdo que tengo de él.

No puedo abrir la maldita puerta.

— ¡Estúpida puerta! ¡Maldita sea! — me acerco a la chimenea y tomo uno de los picos de fierro que están ahí para poder romper la puerta.

Damián se levanta e intenta abrazarme.

— ¡Noa, detente! — forcejea conmigo para quitarme el fierro de las manos. Lo empujo, lo golpeo. Pero aun así logra hacer que lo tire y me rodea con sus brazos. Forcejeamos los dos, yo para que me suelte y él, para evitar que yo haga alguna estupidez.

— ¡No! ¡no! — es todo lo que puedo decir. Pataleo y grito, grito tan fuerte como puedo.

Termino agotada en los brazos de mi esposo. Un sueño pesado me está arrastrando a la oscuridad. Y honestamente quisiera permanecer ahí para siempre.

Me despierto en la que solía ser mi habitación. Mi madre está sentada a mi lado.

—Hola, mi amor— me dice con una sonrisa en los labios.

— ¿De verdad está muerto?— por favor di que no, que es una mentira, una puesta en escena.

—De verdad lo está, cielo. — me confirma con dolor.

—Lo siento. Lo siento mucho— suelto con un poco de voz. No puedo hablar. Todo esto es mi culpa.— Intenté escapar, te juro que lo intenté pero no pude.

—No. No, no, no. Hija, nada de esto es tu culpa. Absolutamente nada. — me abraza con cuidado.

—El y Liz te buscaron como locos, nosotros también fallamos.— se culpa a sí misma.

— ¿Liz? — me emociono.— ¿Dónde está Liz?, necesito verla, hablar con ella.

—No lo sé— dice mi mamá preocupada.

—Desapareció al mismo tiempo que tu padre. Supongo que ella también se sentía culpable por no encontrarte y no ayudarnos y desapareció. He intentado llamarla, pero me manda a buzón.

—¿Qué pasó cuando, bueno, cuando me secuestraron?— necesito armar este rompecabezas.

—Bueno. Tu padre y yo íbamos de camino a verte cuando sentí una horrible punzada en el pecho. No sabía que era pero presentía que algo malo te estaba pasando, le dije a tu padre que acelerara y cuando llegamos al apartamento el anciano que atendía nos dejó pasar. No te encontramos e intentamos llamarte, pero nunca contestaste. Esperamos y esperamos, pero cada vez oscurecía más y más. Tu padre intentó localizar a Liz pero ella dijo que no estabas con ella. Y entonces llegó Damián que tampoco sabía nada de ti. Salió a buscarte, pero no te encontró. Damián no escatimo ni un centavo en hacerlo, campañas, detectives privados, la recompensa por saber algo de ti, lo que fuera eran millones. Incluso llegaron a golpearlo.

—¿Quién?— por qué Damián no me lo dijo.

—Nunca nos lo dijo. Pero después de eso el dejó de buscarte. — me dice triste.— tu padre pensó que había encontrado a alguien que sabía de ti y probablemente le dijeron que estabas muerta. Por eso se había rendido.

El siguió con su vida y bueno, tu padre lo maldijo por eso. Y siguió buscándote por su cuenta. Hasta que ya no pudo hacerlo.

— ¿Y eso cuando fue? — ¿De verdad quiero saber?

—Como al tercer o cuarto año que desapareciste. — Maldición. Luce tan triste.

—¿Y tú? — pregunto sin pensarlo.

—Supongo que estaba esperando a que mi otra hija volviera. Liz fue la única que siempre juro que estabas viva. "Yo sé que está viva. Lo sé. Lo siento y la voy a encontrar, la regresare a casa, se lo juro", siempre decía lo mismo. La gemela que nunca tuviste. Tal vez algún día regrese. Tal vez no.

—Quisiera ir a la tumba de papá, por favor.

—Claro. ¿Quieres que le llame a Damián? — pregunta sin mucha disposición.

—Sólo dile dónde estaremos. — quisiera pasar tiempo con ella.

—Muy bien, buscaré las llaves del coche. Hace mucho tiempo no conduzco.

Mamá me lleva a la tumba de mi papá. Sería un cementerio bonito si la lluvia no hubiera dejado lodo en el piso y todas las flores estuvieran agachadas por su peso. Le pedí a mamá que me dejara a solas con mi lo que queda de mi papá y ella accedió, después de decirme en qué dirección debía caminar.

El cementerio no tiene lapidas salidas. Solo es un campo con zacate y placas con los nombres de los difuntos, así como el año en que nacieron y murieron y una que otra frase de reconocimiento.

El reconocimiento de mi papá era:

AMADO PADRE

Supongo que mamá sabía que antes que cualquier otra cosa, era padre. Mi padre.

Lloro al ver su nombre y me arrodillo ante él.

—Lo siento. Por favor, perdóname. Nunca fue mi intención que todo esto pasara. No era el plan, yo sólo. Papá.

Y comienzo a llorar. Mis lágrimas las borra la lluvia de mi rostro, pero estando en el suelo puedo sentir como me inunda o ¿será la lluvia? Como sea, no importa. Ya nada importa.

—¿Noa!— escucho la voz de Damián a mi espalda.

—¡Creí que mi pesadilla se había terminado.— me pongo de pie y volteo a verlo— Pero las pesadillas no terminan. Solo se vuelven cada vez peor hasta que el terror se apodera de ti!— grito para que mi voz se escuche bajo la lluvia.

Damián tampoco trae una sombrilla pero su gabardina carísima que soporta la lluvia le cubre todo el cuerpo a excepción de la cara.

—Tenías razón ¿sabes? No importó cuánto dinero tuviera, el maldito no sirvió para nada. Intenté traerte a casa, pero terminé por alejarte más y más. Hasta que un día me dijeron que estabas muerta, No se lo dije a tus padres porque no quería herirlos. Pero supongo que tu papá lo dedujo y eso. Yo maté a tus padres, Noa. Los maté cuando dejé de buscarte y cuando— Damián está intentando no llorar, pero la garganta le falla. — ¡Ah, carajo! yo seguí con mi vida, cuando debía ocupar un lugar al lado de tu padre. Y lo siento. Te juro que lo siento.

Me acercó a Damián. Está sufriendo.

— ¡Oye!— lo tomo de su gabardina y lo estiro hacía a mi— Tu dinero no me sacó de ese lugar pero tampoco me metió y eso me lo dejaron en claro desde que llegué. ¡Sólo tengo una pregunta para ti! ¿Todavía me amas?

—Con toda el alma.— me dice sin pensarlo, sin dudarlo.—¿Todavía me quieres a tu lado?

—Para siempre. — le sonrío y lo beso.

— ¡Noa. Hay algo que aún no te he dicho!— me dice nervioso.— la chica que viste anoche.

— ¡Es tu novia? — digo con la idea de que será algo gracioso.

— ¡No! Su nombre es Mia y es mi esposa.

¿Esposa? Me alejo de Damián lo miro sin poder decir nada.

Es como dije, sigo sin despertar de esta pesadilla.

CAPÍTULO 9

MIA

—No has dicho nada desde que te dije de Mia. —dice mi esposo apenado desde el otro lado de la sala, ¿o ex esposo?

— ¿Qué quieres que te diga, Damián?— le suelto mientras me sirvo un vaso de bourbon en la sala de "nuestro" apartamento lo tomo de gilo.— ¿Que estoy molesta? ¿Qué me sorprende? ¿Que quiero llorar? Aún si estuviera molesta, no tengo ningún derecho a estarlo y aunque me sorprendiera, ¿qué quería yo? ¿qué me esperaras el resto de tu vida, incluso si yo terminaba muerta? eso no sería justo. ¿Y qué si me pongo a llorar? Eso no cambia el hecho que tu corazón ya no es mío.

— ¡Eso no lo dudes ni un segundo! — me grita molesto y dando dos pasos hacía a mí.

Me sirvo otro vaso de alcohol.

— ¿No crees que estas bebiendo demasiado? — dice molesto.

—Dame un respiro he estado 5 años sin beber una sola gota. Mi esposo está casado, mi padre está muerto y mi mejor amiga está desaparecida. Si quiero beberme la puta botella, la beberé. A diferencia de todos ustedes todo esto me acaba de pasar y no he tenido años para superarlo o sentirme mejor al respecto.

Me tomo el vaso de un solo trago.

—Noa— dice Damián ya tranquilo.

— ¿Qué! — digo a la defensiva. ¿Quieres el divorcio? ¿O que salga de tu casa?

— ¿Qué? — lo he herido.

—O que salga de tu casa ¿Tal vez?— digo con temor.

— ¡No! Maldición, Noa. ¡Estoy intentando decirte que lo siento! ¡Que soy un estúpido que no podía vivir sin ti y buscó consuelo en otros brazos para poder sobrevivir! ¡Carajo! Hice las cosas mal. Todo lo hice mal, deje de buscarte— y entonces su voz se quiebra y comienza a llorar, esta rojo, su coraje es evidente. — ¡Soy un maldito cobarde! Y entiendo que me odies por eso. ¡Pero estoy aquí! y haré todo lo que me pidas.

Ahora mi esposo está increíblemente cerca de mí. Me toma de los brazos y me zarandea.

— ¿Quieres que me olvide de Mia? Lo haré. ¿Quieres que nos vayamos de aquí, lo haré! Dime que es lo que quieres, Noa. ¿Qué quieres que haga! ¡Lo que sea! ¡Golpéame! ¡Grítame!

Los gritos de Damián se mezclan con gritos desconocidos. Creo que son recuerdos. Y entonces mi cuerpo se congela, jamás había visto a Damián de esta forma.

— ¡Por favor, no me lastimes! — no sé de dónde salió eso pero hace que Damián me suelte y de dos pasos hacia atrás, asustado.

—Lo siento. Perdóname. Lo siento. No era mi intención— levanta sus manos como diciendo que es inofensivo de esta forma.

No me había dado cuenta, pero me falta el aire.

—Yo no te odio— le digo. — Te necesito. La pregunta aquí es: ¿Me necesitas tú a mí? Porque si la respuesta es no. No tengo nada que hacer aquí.

Damián me interrumpe con un beso lleno de deseo, como los que solíamos darnos hace ya tanto tiempo.

—Yo también te necesito. — coloca su frente en la mía y nos abrazamos.

—Lo siento— le digo.— Tenías todo el derecho de seguir con tu vida y me alegra que hayas encontrado a alguien que te amará aun y estando en pedazos. Todo está pasando tan rápido. Un día fui secuestrada, al siguiente torturada y al siguiente volví y resulta que no han pasado 3 días sino cinco años de los cuales no recuerdo nada.

— ¿Cómo que no recuerdas nada? — pregunta preocupado y se aleja un poco de mí.

—No es como que quiera recordarlos, tampoco. Pero— doy un gran suspiro— podemos ir a dormir han pasado muchas cosas hoy y estoy agotada.

— ¿No crees que debas bañarte primero? Pasaste mucho tiempo bajo la lluvia.

—Sí. Probablemente tengas razón. — le digo con una sonrisa.

—Prepararé café.— me da un beso en la frente y se va a la cocina.

—Gracias— le digo— Damián ¿puedo pedirte un favor?

—Lo que sea— me dice completamente dispuesto.

— ¿Podrías fingir que nada de esto pasó y tratarme como siempre lo has hecho? — pregunto tímida. — Sé que es difícil, pero…lo necesito.

—Claro. — me sonríe.

—Y si no es mucho pedir. No llames a la policía. No estoy lista para eso. No todavía.

—Como gustes. — asiente con la cabeza y desaparece.

Me traje unas cuantas camisas de manga larga de la casa de mamá y un par de pantalones. No pienso dejar que mi esposo vea las marcas de esos años que fui prisionera.

Despierto y Damián no está a mi lado. Pero si el desayuno hecho en el buro junto a nuestra cama, un celular nuevo una chequera y una nota junto a él, sobre su almohada.

Tuve que salir a trabajar. No tardaré.
Llama si necesitas algo.
Te amo.
—Damián

El teléfono está encendido y completamente programado.
Le mando un mensaje a Damián.

Noa: Con que esto es lo que estabas haciendo
ayer que me dejaste con mi mamá.
Gracias por el desayuno y todo lo demás.
Damián**: De nada. Claro, no iba a permitir que anduvieras**
en la calle sin un centavo. O como localizarte.
O en que moverte
Noa: ¿Moverme?
Damián: Veo que no has agarrado tu desayuno.

Miro la mesa del desayuno y veo las llaves de un mercedes.
—Claro que ya hasta un coche me compraste.

Noa: Iré a casa de mamá. Probablemente esté ahí todo el día.
Damián: Está bien. ¿Necesitas algo?
Noa: No. Ya me diste todo lo que necesitaba. Gracias. Te veo en la noche.
Damián: Está bien. Te amo y cuídate.

Me como el desayuno que me preparó mi esposo y antes de que termine me dan unas nauseas horribles, corro al baño y devuelvo todo lo que había comido.

—Maldita sea. — suelto tirada en el baño mientras me limpio la boca. De pronto me da un escalofrío horrible aunque sé que no tengo frío.

Me levanto y voy por un trago más de bourbon para que se calme el asco y me preparo para ir a casa de mi mamá.

Damián me compró un Mercedes gris, no sé la marca y tampoco me interesa. Sólo sé que se ve caro. Caro para mí, barato para mi esposo. En eso quedamos cuando nos casamos: que me comprara lo que para mí era caro y para el barato, sería el punto medio. Algunas cosas nunca cambian. Estando en el estacionamiento no puedo evitar sentir que alguien me está viendo o está detrás de mí. Abro el coche para subirme cuando lo escucho.

— ¡Adónde crees que vas?— me dice una voz familiar. Me volteo de golpe, pues juro que sentí su aliento en mi oreja. Pero no hay nadie. Miro a mi alrededor, pero estoy sola. Escucho unos pasos a lo lejos, pero me subo al coche y me encierro.

—Relájate. Relájate. — respiro profundo pero lo más despacio que puedo para tranquilizarme. Puedo escuchar mis latidos, mi cuerpo me duele. Tomo el volante y lo aprieto una y otra vez. Aprieto mis ojos y cuando logro calmarme, me voy.

Ya con mi mamá, nos ponemos a comer. Le dije a mamá que tenía muchas ganas de su pastel de carne que me encanta y un poco de vino, así que me lo hizo. Yo no quería tocar el tema de papá y ella no quería tocar el tema de mi secuestro, así que estuvimos calladas la mayor parte del tiempo.

Terminamos de comer y mi estómago lo resiente un poco, o mi mente, no sé cuál de los dos.

—Probablemente debas llevártelo con calma, mi amor— dice mi mamá preocupada. — Dios sabe cuándo fue la última vez que comiste algo.— y entonces se le llenan los ojos de lágrimas.

—Mamá. Estoy bien. Mira, honestamente, no recuerdo nada de los últimos cuatro años.

— ¿Cómo que no recuerdas los últimos cuatro años, hija? — demonios, la preocupé.

—Mamá.— le tomo la mano sobre la mesa— No te preocupes por mí. Tal vez y eso sea algo bueno. Lo que importa es que estoy aquí.

Mamá intenta no llorar y me sonríe un poco.

— ¿Qué vas a hacer con Damián?— dice cambiando de tema a otro que no quiero tocar.

—¿A qué te refieres con eso?— soné un poco molesta.

—Vas a divorciarte, supongo. — ahora suena molesta.

— ¡No! ¿Por qué haría tal cosa? — aviento el tenedor al plato y me recargo en la silla.

—El continuó con su vida, Noa. — suelta con molestia.

— ¿Y qué se supone que debía hacer? No tienes ni idea de lo que pasó en ese lugar. El que yo esté viva hoy no significa que no estuve a punto de morir. Es normal que el haya continuado con su vida, pero todavía me ama.

— ¿Amarte! De verdad piensas que aún te ama, Noa. Está casado con otra mujer ¿Qué esperas que haga con ella? ¿Que tenga una casa chica de la que tú ya sabes?

— ¿Cuál es tu problema?, creí que te agradaba o por lo menos lo tolerabas más que papá. Mira yo…Okay, no vamos a hacer esto.— me levanto molesta de la silla y me pongo la chaquetina que estaba colgada en mi respaldo.

—¿Por qué mejor no se lo comparten y viven los tres juntos.— continua gritando mi mamá.

— ¿Sabes qué? Eso es una muy buena idea, lo voy a discutir con mi esposo y te mantengo al tanto. — le digo lo más sarcásticamente posible.

— ¡Noa, por favor! — intenta seguirme a la puerta.

— ¡Por favor, ¿qué, mamá? Acabo de regresar todo está de cabeza y quieres que me preocupe por algo por lo que no tengo por qué preocuparme.

— ¿Por lo que no tienes que preocuparte? Él te abandonó, dejó de buscarte, de amarte— me grita mientras me persigue al coche. ¡El ya no te necesita!

— ¡No! Ahora soy yo quién lo necesita a él. ¿Y sabes qué él no fue el único que dejó de buscarme y siguió con su vida.— le digo al subirme al coche

—Eso no es justo. ¡Noa! — me grita desesperada y arranco el coche.

Llego al departamento y me dirijo al pequeño carrito—bar que Damián compró para tener todo el alcohol que puede necesitar en alguna reunión. La parte de mero arriba es vidrio transparente y los "pisos" son de madera oscura. Tiene dos pisos y cada uno tiene el alcohol que necesitas: Brandy, Whisky, Tequila, Ron, Vodka.

Tomo la botella de vodka, sirvo la mitad del vaso y me lo tomo de golpe.

Me quema la garganta. Como la primera vez que bebí alcohol.

Escucho un golpe en la puerta que viene de mi habitación. Me volteo completamente asustada y veo a alguien saliendo con una maleta en mano.

— ¡Puta madre! —grito soltando el vaso al suelo, rompiéndose en mil pedazos.

—Lo siento. Lo siento. No era mi intención asustarte. Damián me dijo que no estarías hasta la noche y yo necesitaba unas cosas. — es Mia. Trae una chaqueta de piel negra, un pantalón de mezclilla negro y un poco roto. Una camisa de tirantes negra que le marca su cintura y unos tenis blancos. Su cabello es rizado, tiene una especie de trenza a mitad de la cabeza y el resto es su cabello libre, completamente abultado. Sus ojos son oscuros, su ceja es gruesa y sus labios no son pequeños pero tampoco gruesos, son perfectos y los trae con un labial color vino. Sus pómulos son grandes, pero no la hacen ver mal. Sólo la hacen verse como un nenuco. Así que es hermosa pero tierna a la vez. Ahora entiendo a Damián. Esta mujer es hermosa.

Intenta dejar su maleta a un lado y me mira nerviosa.

—Déjame ayudarte. — me dice y se acerca a querer levantar el vaso.

—No. No— la detengo con la mano.— Déjalo.— le digo mientras me sirvo otro vaso.— Maldita sea, de verdad me asustaste.— le digo entre risas. — ¿Gustas uno?

—No. Gracias. Mmm ¿no estás enojada conmigo? — me dice nerviosa.

— ¿Enojada? No. No te preocupes, todo esto ya lo saqué con Damián. Pero sí creo que te debo una disculpa.

— ¿A mí? — pregunta extrañada.

—Por arruinar tu matrimonio. — le digo, de verdad, apenada.

— ¿Estás preocupada por mi matrimonio? — sigue sin poder creer lo que digo.

—Claro que estoy preocupada por tu matrimonio. Lo estoy arruinando. Lo estoy arruinando a él.

Me sirvo un vaso más, tomo la botella y me voy a sentar al sofá.

Mia se acerca a mí, pero no se sienta sólo se queda frente a mí.

—Noa. No arruinaste nada y nada de esto es tu culpa.— se calla por unos segundos, como pensando que decir. ¿Estás bien? — ahora parece interesada en lo que sea que esté pasando por como bebo.

— ¿Bien? La ansiedad, la duda, el miedo, el trauma, el daño. Todo se reduce a esa palabra. A un sí y a un no. Es ridículo. Que una sola palabra involucre tantas cosas pero no diga nada— tomo un poco más de alcohol.

—Está bien sentir ira, Noa, pero— me dice mientras ve mi pierna, sigo su mirada y me doy cuenta que la muevo sin parar y me detengo. Nos miramos a los ojos y sonrío. Y vuelvo a tener otro escalofrío. ——¿Decías? — la impulso para que diga algo.

—Noa. Ya estoy metiéndome mucho en tu vida pero ¿Damián te ha llevado al hospital a que te hagan un chequeo?.— pregunta como si estuviera molesta.

—No. Ya no confío en nadie— le digo con una sonrisa.

— ¿Qué hay de la policía?— Mia no puede creer lo que está escuchando de mi boca.

—Especialmente la policía. — tomo otro vaso de alcohol y justo cuando voy a servir más, Mia intenta detenerme, se arrodilla en el piso y con ambas manos detiene las mías.

—No sé qué fue lo que te pasó pero sí sé que necesitas ayuda y tienes que dejarte ayudar.

No lo soporto más y la beso. Dos veces logro pegar mis labios a los suyos hasta que Mia toma distancia.

—Tienes unos labios magníficos. Ya no tengo duda de que eres perfecta para Damián. — me recargo en el sofá. —Lo único que sé es que necesito estar sola. Y necesito pensarme todo de nuevo. Si ya terminaste de tomar las cosas de la habitación, te pido me disculpes. Quisiera irme a dormir.

Intento ponerme de pie, pero ya me siento un poco mareada por el alcohol y pierdo un poco el piso pero Mia me sostiene en sus brazos. La miro a los ojos. Es un poco más alta que yo.

—Gracias. Si necesitas algo, por favor, esta es tu casa. — le sonrío y me voy a mi cuarto.

Ha pasado una semana encerrada en casa, sigo teniendo pesadillas pero no hay nada que un trago de lo que sea que tenga alcohol no arregle y media botella que no me mande a dormir hasta el día siguiente.

Intento tener música todo el día no muy fuerte, pero sí que llene la habitación. Cuando todo está en silencio no puedo evitar escuchar gritos y la voz del maldito que me tuvo encerrada y me torturo hasta el cansancio. Siento que está aquí y de alguna manera sé que lo está y me acompañara por el resto de mi vida. La otra noche desperté como es normal pero esta vez mi esposo no estaba a mi lado, intentando calmarme. Estaba al otro de la puerta susurrando. Como odio los susurros, ahora cada vez que alguien habla así me recorre un frio en el cuerpo.

—Ya sé que necesita ir a un hospital Mia, pero qué se supone que haga si ella no quiere ir. ¿La policía? ¡Te refieres a la misma policía que casi me mata a golpes por hacer preguntas sobre ella? ¡No voy a llevarla con ellos y esta discusión se acabó!. Perdón, amor. Tengo miedo de que me la vuelvan a quitar o que la lastimen. De la forma que sea. Ni siquiera sé cómo llegó hasta aquí, yo no pagué ningún rescate y ¿qué? ¿La dejaron ir de buenas a primeras? Hay michas cosas que ninguno sabe y Noa, sólo necesita tiempo. No sé cuánto, pero por favor, dame tiempo. Sólo eso te pido. Por favor. Buenas noches.

Es cierto lo que dijo Damián. Mi único amigo ahora es Hernán. Una vez que se enteró que había regresado y que estaba viva me llamo desde la recepción y me dijo que le daba mucho gusto que estuviera bien y que estaría al pendiente por si necesitaba algo. Lo que fuera.

Me llama todas las mañanas y "desayunamos" juntos. Él desde el teléfono y yo desde mi cocina. Me contó todo lo que pasó desde que desaparecí.

Me lleva los periódicos que el guardó de mi noticia. Duró más de un año. Mi rostro salía en el periódico. En otros Damián lucía cansado y más delgado con ojeras. Se estaba muriendo. Hasta que llegó Mia. Se hizo un reportaje de **Damián Gaxiola, afortunado en el juego, desafortunado en el amor**. En él hablaban de mí, su entonces esposa, a quién no pudo salvar y yacía muerta en algún terrenal. Y las diferencias de cada una: Mia Raudales, Psicóloga con especialización en Neuropsicología clínica. Padre, Dr. Miguel Raudales, cirujano cardiotorácico. Madre, Julia Raudales, director de Hospital "San Pedro". Hermano, Ricardo Raudales Empresario. ¿Y yo? Bueno. Hija única, padre jubilado y madre destrozada. Ese era mi resumen.

Y aunque no sé cómo se conocieron ella y Damián puedo pensar que fue gracias al hermano que decidió ser empresario. No lo sé tal vez acudieron a una fiesta y ella con sus estudios quiso ayudar a mi esposo, aunque terminó enamorándose de él. Y bueno la razón por la que Damián mejoró es ella.

Mientras yo lo destrozaba, ella lo curaba. Mientras me daba por muerta, él moría por ella.

CAPÍTULO 10

MUTILACIÓN

Mamá vino a verme para pedirme disculpas y me ha invitado a salir, pero le digo que simplemente no tengo ganas. La verdad tengo mucho miedo de salir. Prefiero estar en casa y darle espacio a Damián, sé que aun piensa en Mia cuando está conmigo. A veces lo veo mirando a través de nuestra ventana, triste y pensativo. He intentado decirle que puede seguir con su vida y yo puedo regresar con mamá, pero necesito de Damián. Es el único que puede protegerme.

Contrato seguridad extra para mí. La recepción tiene un guardia, el pasillo de nuestro departamento siempre está custodiado y llama un par de veces al día para asegurarse que estoy bien. Le pedí que no me pusiera un guardaespaldas dentro del apartamento porque no me sentía segura. No he salido en ningún periódico así que asumo que nadie sabe que he regresado. No todavía. Mi madre dice que necesito salir. Estar en contacto con mis amistades y volver al trabajo, aunque sea desde casa y poco a poco. Y una vez que dije que no, la solución de mi esposo y mi madre fue: hacer una fiesta con familiares y amigos.

Damián me compró un par de vestidos en tirante, como si las marcas de lo que me pasó pudieran presumirse sin esperar pregunta alguna. Aunque siendo justos, él no las ha visto. No sabe que existen. La verdad es que creo que he sido un poco injusta con Damián, es un buen hombre. Y lo único que siempre ha querido hacer es cuidarme. Y yo solo quería hacerle daño.

Elijo el vestido amarillo con flores de manzanilla. y arriba me pongo un ligero suéter blanco y mis tacones amarillos.

No siento ningún interés por esta fiesta. Pero mamá también quiere que vuelva a conectar con el mundo. Creo que, al igual que Damián, quiere que vuelva a ser, bueno, yo.

— ¡Noa, ya es hora! — me grita Damián después de dar unos leves golpes en la puerta.

— ¡Ya voy! — le contesto resignada y salgo de la habitación. Damián trae unos pantalones caqui y una camisa amarilla para combinar conmigo, un peinado de niño rico, relamido y unos zapatos cafés.

—Te ves ridículo. — le digo entre risas.

—Lo que sea por hacerte reír — me dice, orgulloso de que haya dado resultado. — Vámonos. — me dice levantando la mano, dándome el paso para caminar frente a él.

Llegamos a este parque "privado". Se levantaron unas carpas para poner el área de comida, las mesas y el conjunto en vivo de 3 personas. Fuera de la carpa hay personas platicando, grupos de hombres, amigos de Damián. Vestidos igual de ricos que mi esposo. Y niños corriendo por todas partes. Tomo el brazo de Damián como si me quisiera esconder.

—Noa. Está bien. Los conoces. Todos fueron a nuestra boda. Bueno, la mayoría.

—Dijiste que seríamos mamá, tú, un par de amigos y yo. — le digo molesta.

—Por favor. Inténtalo. Te prometo que no voy a dejarte ni un momento sola.— me ruega.

Demonios de verdad necesita esto. Lo puedo intentar. Se lo merece.

—Okay. — suspiro y sigo caminando.

A medida que nos vamos acercando a las personas, sus voces van disminuyendo y sus ojos se posan en mí. Mi respiración se acelera, me siento incómoda, juzgada.

— ¡Cariño! Llegaste— la voz de mi madre me saca de mis pensamientos. Sus brazos me rodean y me regresa la paz. Estoy a salvo. Mamá me acaricia el rostro y me lleva a su mesa y me dice que me siente. —Todos tus amigos están aquí. Cuando supieron que habías regresado todos querían verte y aceptaron venir.

Les sonrío tímidamente. Mis compañeros de trabajo no saben que decir. Así que sólo me sonríen. Mi madre es capaz de notarlo.

— ¿Por qué no vas a la barra y tomas algo de comer?— me invita con esperanza en los ojos.

—Claro, ma. ¿Quieres algo? — le digo mientras me levanto sin ver a nadie.

—No, cariño. Estoy bien.

Me levanto de la mesa y camino hacia la barra que está del otro lado de la carpa y tengo que cruzar con lo que supongo es una pista de baile.

¿Dónde carajos está Damián?

Hay 6 bandejas de acero a lo largo de la mesa. Un mesero de unos 15 o 16 años me entrega un plato al inicio de la fila.

—Gracias. — le digo tímidamente.

Empiezo abrir las bandejas una por una. La primera tiene unos sándwiches. La siguiente tiene unas papas en gajo, supongo para acompañar los sándwiches. Pongo un poco de papas en mi plato y paso a la siguiente bandeja que tiene carne con verduras. De pronto escucho un grito detrás de mí. Al voltear veo a una rubia muy energética caminando, casi corriendo, hacia mí.

— ¡Noa? ¡Noa!. — me dice sin parar y sin dejar de apretujarme. Tuve que hacer el plato a un lado para que no me lo embarrara.

—Hola, Cinthia. — le contesto, con una media sonrisa. Incomoda al abrazo que me dio.

—Me da tanto gusto que estés vi..aquí. Creímos que no volveríamos a verte.

—Créeme. No fuiste la única. — le digo, intentando ser amable.

—Deberías pasarme tu dieta, estás guapísima. — me suelta.

—Ser secuestrada es la receta.— le digo, y la miro a los ojos un poco molesta.

Se da cuenta. Probablemente ya recordó que fui secuestrada. Deja de sonreír y mira detrás de mí, buscando una salida de esta conversación.

Sonríe a una persona detrás de mí que no creo que exista.

—Hola. Bueno me da mucho gusto verte. Hablamos después, ¿sí? — me dice y se va.

Sigo abriendo las bandejas y en una hay coctel de frutas, en la siguiente postres, pasteles pequeños de diferentes sabores. Lo único que puedo pensar es que es demasiada comida. Muchísima más de la que tuve por mucho tiempo y no se me apetece.

—Es mi turno. — me dice una voz que me da escalofríos y me hace tirar el plato con comida que traía. Es Damián.

—Noa. Está bien. Soy yo. ¿Estás bien?

— ¿Dónde estabas!— lo regaño mientras me agacho a recoger lo que tire y él se agacha conmigo.

—Noa, déjalo. Tus amigos quieren saludarte.

—Damián.— trato de decirle que no quiero estar ahí. Que quiero irme a casa.

—Ven. — me dice emocionado y me toma del brazo. — Te hará bien.

Le habla al joven que me dio el plato y le dice con una seña que recoja lo que tire y me lleva fuera de la carpa, pasando por entre las mesas y gente.

—Me gusta esta. — escucho a mis espaldas. Me volteo y veo a un hombre gordo riendo a carcajadas con Cinthia. Lo ignoro y sigo caminando.

—Nos vamos a divertir mucho.— otra voz, otro hombre que está a mi lado y me sonríe. Su rostro. Lo he visto.

—Lo conozco. — digo en apenas un susurro.

— ¿Qué dices, linda? — me dice Damián.

—Nada. — le contesto con una sonrisa.

Salimos de la carpa y ahí están. Mis compañeros de trabajo. Reconozco a los chicos.

El alto, moreno y robusto es Ricardo el asistente de editor. O lo era, ya no sé.

Están Verónica y Sofía. — las encargadas del departamento de espectáculos.

Y Pablo, el RH, homosexual de closet. Así le decía Liz.

Todos y cada uno de ellos comienza a abrazarme y a apretarme.

—Me encanta tu cabello. — me dice Sofia mientras pasa sus dedos por él.

—Tiene buen pecho. — escucho a mi derecha. Ricardo me sonríe, pero no fue su voz la que escuche. Es la de ellos. Los hombres del cuarto. Están aquí. Me están viendo. Me conocen. Vienen por mí.

— ¿Noa? ¿Estás bien? — me pregunta Pablo un poco preocupado mientras me toca el hombro.

Uno de los niños grita y me asusta. Otro está llorando. Los veo, a los niños del sótano. Asustados. Solos. Como yo. No pude ayudarlos. Cierro mis ojos, tratando de apagar sus gritos y sus rostros.

Doy un par de pasos hacia atrás.

— ¿Me disculpan un minuto? — les digo y camino hacia la carpa.

Paso de nuevo entre las personas.

—Estás preciosa. — una voz.

—No te dolerá, lo prometo. Bueno, no dolerá tanto. — otra voz.

— ¡Te gusta! Yo sé que sí. — otra voz, cada vez son más fuertes.

— ¡Cállate! — otra voz.

Gritos. Gritos de dolor, gritos de miedo. Lo escucho todo. Una y otra vez, se repite sin parar. Quiero que pare.

Un flash de una cámara frente a mí. Es fotógrafo joven del evento y es el único que está aquí.

—Señorita ¿Está bien? — dice preocupado.

Lo ignoro y sigo caminando.

Llego a las bandejas y comienzo a buscar entre ellas cuando una mesera me distrae.

— ¿Señorita? ¿Necesita algo? — me dice, aunque apenas puedo oírla.

—Un cuchillo. Necesito uno. — le digo tratando de mantener la calma.

—Lo siento. No tenemos uno aquí. Tal vez en la cocina. Puedo conseguírselo, si quiere.

—No. Está bien. Puedo conseguirlo yo. ¿Dónde está la cocina?

—Detrás de la carpa. — me dice mientras me señala un camino a mi derecha.

Salgo de la carpa y hay un pequeño edificio, de un piso y de color gris, con un par de puertas de vidrio y justo cuando voy a entrar sale otro mesero con una charola con un par de bebidas.

— ¿Disculpa? ¿Tienes un cuchillo que pueda tomar prestado por unos segundos?— los gritos se están intensificando.

—Sí. Está cerca del lavaplatos. Úselo con cuidado, tiene mucho filo. — me dice y desaparece dentro de la carpa.

Entro al edificio y me doy cuenta de que es una cocina. Tiene 4 estufas, muchas ollas y no hay nadie dentro. Busco la tarja donde se ponen los trastes sucios y busco el cuchillo en los alrededores. Los gritos me ensordecen.

— ¡Mami! — un niño grita.

— ¡Por favor! ¡No! — más gritos.

Cierro los ojos y me cubro los oídos, no puedo más. Los abro un poco y veo el cuchillo debajo de unos platos dentro de la tarja con agua y lo tomo.

Agarro mi oreja izquierda y comienzo a cortarla con el cuchillo. Siento algo caliente, que me escurre. Me duele, pero no quiero parar, quiero dejar de escuchar los gritos de dolor, de súplica de terror.

—Aaaaa!. — grito, termino de cortarla y la arrojo lejos de mí. Se va el sonido. Por unos segundos y de pronto los escucho de nuevo, del otro lado. Me siento mareada y un poco débil. Pero no me importa.

— ¡Basta! ¡Cállense ya! ¡Basta!. — digo mientras corto la otra oreja. Esta caliente, mi cabeza, mi cara, mi pecho, mis manos están chiclosas. El sonido va desapareciendo hasta que termino de cortarla.

—Está bien. Todo está bien. Estoy bien. — Doy un paso hacia atrás y me giro. Doy unos pasos hacia la salida y mis piernas me fallan. Hay alguien frente a mí. Mi vista está borrosa y trato de enfocarla.

Es Mia.

Trae un vestido naranja con los hombros cubiertos, pero sin mangas y plancho su cabello.

Me mira con unos ojos gigantes. Asustada.

Me miro el vestido, ya no es amarillo. Es rojo.

—Los callé. No los escucho más. — digo alegrada y suelto el cuchillo y mi oreja.

Todo se vuelve negro. Todo está en silencio.

CAPÍTULO 11

QUÉDATE

¡Damián! — escucho un grito desgarrador de Mia a lo lejos del evento y no fui el único, su padre y su hermano también lo escuchan y nos miramos para asegurarnos que los tres lo oímos.— ¡Papá! ¡Necesito ayuda, por favor! — vuelve a gritar Mia y los tres corremos en su dirección. Llegó al pequeño edificio que alberga la pequeña cocina detrás de la carpa. Soy el primero en llegar y no puedo creer lo que veo.

Mia está cubierta de sangre y entre sus brazos sostiene a Noa. Con sus manos cubre los oídos de Noa, hay un charco enorme de sangre en el piso. Noa está completamente inconsciente. Mi suegro llega detrás de mí y me empuja a un lado.

Busca alrededor de la cocina y encuentra dos servilletas blancas, le dice a Mia que quite una mano. Noa lo hace y veo por primera vez lo que pasó: Noa no tiene oreja.

— ¿Qué fue lo que pasó? — pregunta mi suegro con mucha calma.

—Llegué cuando se terminó de arrancar la segunda oreja.— dice Mia un poco molesta.— No sé dónde está la otra.

No me doy cuenta de que no me he movido hasta que escucho la voz de mi suegra.

— ¡Noa! — grita su mamá. Asustada y preocupada.

Me volteo y la detengo.

—Sra., esperé. Ellos son médicos. Deje que se encarguen de ella. — la tomo de los brazos hasta que escucho a mi suegro hablarme.

—Damián. Busca la oreja de tu esposa, hijo. Tal vez podríamos devolverlas a su lugar. — me dice con esperanza y saca su celular de su bolsillo del saco y llama a una ambulancia. — Hola, Soy el Dr. Raudales, necesito una ambulancia en el parque Los Soles, lo más rápido posible tengo una persona con mutilación de cartílagos y está perdiendo mucha sangre.

Mi suegra y yo nos ponemos a buscar la otra oreja de Noa y la encontramos lejos de ella. Como si la hubiera arrojado.

— ¡La encontré! — grita mi suegra. Y la recoge.

No me había dado cuenta pero la entrada de la cocina está cubierta por los invitados, unos murmuran, otros están asustados. Uno que otro mesero escuchó los gritos de Mia y también están aquí. Atónitos.

— ¡Excelente!— contesta mi suegro desde el otro lado de la cocina.— ¡Muchacho!— grita mi suegro al joven mesero que está sin color viendo la escena.— ¡Muchacho!— le llama por segunda vez y este reacciona.— Necesito que me des una cubeta con hielo y una bolsa de plástico, por favor.— le pide sin dejar de verlo.

—Sí. Sí, señor. Enseguida. — El joven se mueve lo más rápido que puede y pasa a mi lado.— Con permiso, señor.— Pasa a un pequeño cuarto que tiene un par hieleras industriales. Abre la cubierta y saca hielo en una de las ollas que su usan en la cocina para hervir agua.

Se dirige a mi suegro y le entrega la olla con el hielo.

—Sra.— le dice mi suegro a mi suegra. — Tráigame la oreja, por favor.— A lo que mi suegra obedece.

Mi suegro la coloca en una servilleta limpia, junto con la otra que tenía Mia y las pone dentro del hielo.

No he podido reaccionar a lo que está pasando pero sé que lo mejor que puedo hacer es quitarme de en medio. Estoy empezando a sentir mucho calor en el cuerpo.

Mia y su papá se han hecho cargo de la situación. Escucho el sonido de la ambulancia cada vez más fuerte, cada vez más cerca. Pero me rehúso a moverme hasta que mi esposa esté segura.

No sé cuánto tiempo ha pasado o si Noa está viva, por la cantidad de sangre que veo mi cerebro me traiciona y me dice que no. Pero mi suegro y Mia se ven tan tranquilos que sé que dentro de todo, Noa está bien.

Llega la ambulancia y los paramédicos piden a las personas que salgan para poder hacer su trabajo.

Sólo nos quedamos los familiares. Mia y mi suegro.

Ya en la ambulancia los paramédicos informan que sólo pueden llevar a un familiar.

Mi suegra dice que ella es su madre y será quien suba a la ambulancia.

Yo no me opongo. No tengo idea de lo que debo de hacer. Se llevan a mi esposa y a mi suegra. Mi suegro camina detrás de ellos y llama al hospital.

Al final quedamos sólo Mia, su hermano y yo.

Mia se acerca al lavabo y trata de quitarse toda la sangre de las manos y el pecho.

—Ricardo ¿Me dejas a solas con Damián, unos minutos? Ya salgo.

Su hermano le sonríe y sale dándome unas palmaditas en el hombro.

—Mia— digo apenas con un poco de voz y aun así tiembla un poco al salir por mi boca.

— ¡Te dije que necesitaba ayuda! ¡Que esta fiesta era una pésima idea! ¿Sí o no te lo dije Damián?— me grita Mia, molesta y sin verme a la cara.

Un nudo en mi garganta empieza a formarse. De pronto mis ojos también se cristalizan. Maldición todo es mi culpa.

—No sé qué hacer. — digo en voz muy baja.

— ¿Qué?— dice Mia, porque no logró escucharme.

—Lo siento. No, yo no puedo hacer esto. — digo derramando mis lágrimas.

—Damián. — el tono de Mia ahora es tranquilo.

—Lo siento, Mia, pero no puedo hacerlo. — me limpio el rostro e intento respirar. Me toco la cabeza, está a punto de reventarme.

— ¿Qué hay de tu esposa! — Mia vuelve a molestarse conmigo.

—Esto es demasiado. — estoy asustado. No sé si pueda ayudar a Noa.

—Tienes razón, Damián.— me mira Mia y se cruza de brazos.— Es demasiado, pero no eres tú quién importa ahora. Y lo siento. Siento mucho que tengas que ver a la persona que amas completamente destrozada. Pero tú la diste por muerta ¡todos! la dieron por muerta y cada una de las personas que la rodeaba siguió con sus vidas. Fue ella quien vivió en un bucle por cinco años y cuando regresó todo avanzo increíblemente rápido y tu "para siempre" te duró sólo un año.

— ¡No sé qué hacer! — le grito desesperado con las manos frente a mí.

—Quédate. Sólo, quédate.— Mia toma mis manos y me mira a los ojos para después abrazarme lo más fuerte que puede y comienzo a llorar sin poder detenerme.

—Shh. Shh. Lo siento. Lo siento. — me dice en voz baja cerca de mi oído.

Apenas llegamos al hospital. Un oficial, y Dos doctores vinieron hacía mí.

—¿Señor Gaxiola?— me dice el oficial.— De este lado por favor.— y me señala una pequeña oficina.

— ¿Qué está sucediendo?— pregunta Mia a la defensiva.

—Tenemos unas preguntas para el señor. Señorita. — dice el oficial arrastrando la palabra, esperando que Mia conteste.

—Sra. Gaxiola.

El oficial mira a Mia y después a mí. Sin entender que es lo que está pasando.

—Es complicado. — le dice Mia, entendiendo nuestras miradas.

—Muy bien. Necesitamos hacerle unas preguntas al su esposo sobre la otra Señora Gaxiola. No tomará más que un par de minutos.

—No me parece que sea el momento— comienza a decir Mia. Lo tomo de la mano para que se relaje. —Oye. Está bien. No pasa nada. — le digo. Hazme un favor y habla con tu padre a ver que puedes averiguar de Noa.

Mia sigue molesta, pero termina aceptando y se va.

Me meto a la oficina que cuenta con vidrios como paredes y persianas. Persianas que cierra el oficial. Un escritorio pequeño para cuatro personas y me siento en una de las sillas.

—Espere aquí, informaré que ya llegó.— me dice el oficial robusto sin cabello y sale dejándome solo.

Unos minutos después entra un Doctor, una doctora y me sonríen.

La doctora es una mujer de 1.50 con cabello rojo con fleco y unos lentes igual de color rojo. Trae unos legajos en las manos y sus uñas son moradas y un poco largas. No es gorda pero tampoco puedo decir que es delgada. El Doctor es un hombre alto de 1.69 o 1,70, tiene mucha frente y cabello canoso corto. También usa lentes, es delgado con estómago extendido. El pantalón le queda en el tobillo pero no parece importarle.

—Buenas noches, Señor Gaxiola. Soy el Dr. Ramírez y mi colega la Dra. Covarrubias del departamento de psiquiatría.

— ¿Me necesita dentro, Dr.?— pregunta el guardia desde la puerta.

Ambos doctores se sientan frente a mí.

—Mmm. No. Luis. Estaremos bien. Puedes esperar afuera. Gracias. — le dice el doctor amable. Bueno digo amable porque la Dra. tiene la cara seria y no me dice ni una palabra.

Ambos colocan unas carpetas sobre el escritorio.

—Disculpen, pero ¿me podrían decir de que se trata todo esto?— digo ya un poco desesperado.

—Sólo queremos hacerle un par de preguntas. Es todo— me dice el doctor con una sonrisa falsa en el rostro.

—La mujer que llegó con las orejas mutiladas es su esposa ¿correcto?— pregunta el doctor sin verme.

—Así es. — contesto tranquilamente.

— ¿Su esposa sufre de alguna enfermedad mental?— sigue preguntando. Miro a la mujer mientras apunta algo en una pequeña libreta y no deja de mirarme.

—No que yo sepa, no. — contesto extrañado.

— ¿Adicta a alguna droga o a la bebida?— pregunta el doctor una vez más.

—No. Bueno, últimamente si ha estado bebiendo, pero es normal.

— ¿Normal? ¿Lo dice por su otra esposa? — lo dice para molestarme.

— ¿Disculpe? — digo molesto, pero sin gritar.

—¿Lo dice porque tiene otra esposa y ella se enteró y su solución fue ponerse a beber para olvidar el hecho de que tiene una amante?— me dice ahora retante.

—Mia Raudales no es mi amante. Y le voy a pedir que hable con más respeto sobre mi esposa.

— ¿Cuál de las dos? — me dice sonriente.

—Esto es ridículo. — me río y me pongo de pie para salir de ahí.

—Su esposa. Bueno, la mujer que a quién acabamos de operar, llegó con cicatrices en ambos brazos, cicatrices que solo un adicto a la heroína cuenta. No me sorprendería que al enterarse de sus amoríos y teniendo todo el dinero del mundo se haya lanzado a ese mundo.

Golpeo la mesa con una mano y señalo al Doctor con el dedo.

— ¡Usted no tiene ni una puta idea de lo que está hablando! — maldita sea, la otra Dra. está apuntando algo.

El doctor no se asusta, ni siquiera se mueve un poco. Sólo me mira. La puerta se abre y el guardia se asoma.

— ¿Todo bien, Doc.?— pregunta sin quitarme la vista de encima.

—No lo sé, Luis. ¿Señor Gaxiola? ¿Por qué no se vuelve a sentar?— me señala la silla.

Me río molesto y me vuelvo a sentar. El guardia sale.

—Mire. Mi esposa, Noa, la mujer que operaron jamás ha consumido drogas, ni tampoco es una adicta a la bebida. ¿Okay? — digo mirando a la doctora.

—¿Usted es así de violento cuando está con ella?— dice finalmente la Doctora.

— ¡No! Jamás le he puesto un dedo encima o levantado la voz a mi esposa.

—Señor Gaxiola su esposa— comienza diciendo, pero no la dejo terminar.

—Fue secuestrada hace cinco años.— le digo y ambos se callan por completo y se ven el uno al otro.— Jamás pidieron un rescate. La busqué por todas partes. Contraté detectives, publicidad televisiva, de radio, marchas, todo lo que se podía hacer. Pero nada funcionó. Puede verificarlo poniendo mi nombre y el nombre de mi esposa en internet.

Los doctores se miran de nuevo y el Doctor saca su celular y empieza a buscar lo que le dije, espero.

—Y si nunca le pidieron rescate ¿cómo es que ella está de regreso? — pregunta la Doctora, sin terminar de creer lo que le digo.

No puedo decirles la verdad, eso pondría en riesgo a mi esposa. Podrían llamar a la policía. Tengo que mentir, tengo que hacerlo.

— ¿Señor Gaxiola? — dice el doctor.

—No lo sé. Uno de los detectives que contraté la llevó a casa y no me dio detalles de nada. — le digo cansado. — Y tampoco se lo pregunté. Perdón si lo único que me importaba era abrazar a mi esposa y alegrarme de que estaba viva. — digo a la defensiva.

El doctor encuentra algo y se lo enseña a la Doctora.

— ¿Le ha avisado a la policía que ella regresó? — pregunta el doctor ahora intrigado.

—No. — digo molesto.

— ¿Por qué no? — dice la doctora.

No creo que deba decirles lo que pasó. Mi suegra lo sabe y Mia, pero me rehúso a decirle a los doctores lo que sucedió.

—Porque fueron ellos quienes me dijeron que estaba muerta y que no seguirían buscándola. No pienso terminar su trabajo. El trabajo que no quisieron hacer. Además, mi esposa no quiso. Y antes de que lo pregunten, tampoco quiso que la trajera a un hospital.

—Su esposa pesa 45 kilos, 20 kilos menos de lo que debería, tiene desnutrición, tiene…— dice, pero no continua.

— ¿Qué! — la presiono.

—Tiene un traumatismo craneoencefálico. Y cicatrices de quemaduras en su cuerpo. — dice tratando que sus palabras no suenen graves.

—No. Eso. Eso no puede ser. Ella. — mi Noa. Mi Noa. Dios ¿por qué?

— ¿Sabe si su esposa escucha voces o tiene pesadillas? — pregunta la doctora.

— ¿Por qué? — pregunto con lágrimas en los ojos.

—Eso podría decirnos más acerca del estado mental de su esposa. La mutilación que sufrió la suelen tener los pacientes esquizofrénicos.

—No. No. Ella está bien. Ella regresó y dormimos juntos, tiene pesadillas, pero salió con su mamá, condujo por la ciudad, el primer día estuvo sola. Y parecía mi esposa, empezó a beber cuando se enteró que su papá había fallecido, su mejor amiga siguió con su vida y bueno que yo me había casado. Pero. — explico desesperado, más para convencerme a mí que a ellos.

—Su esposa pudo haber estado en shock, Señor Gaxiola. Incluso hoy. Su esposa necesita una evaluación psicológica y con su autorización, me gustaría realizarla una vez que ella esté recuperada.— me pregunta la doctora.

Asiento con la cabeza sin decir nada.

—¿Señor Gaxiola?— pregunta ahora el doctor.— ¿Tiene alguna pregunta referente a su esposa?

Levanto la mirada, pero no logro decir nada. Veo la mesa, al doctor, de nuevo a la mesa y finalmente salen palabras de mi boca.

—Sí. Ella ¿va a estar bien? Había mucha sangre en el piso cuando la encontramos. — digo en voz baja. Mi cabeza va a mil por hora.

—Por mi parte, puedo decirle que sí. Perdió mucha sangre, pero la asistencia que tuvo en su momento le salvó la vida. Le dimos transfusiones de sangre y cocimos sus orejas, tardará un poco en sanar pero estará bien.— me dice con una sonrisa amable.

—Y por el lado psicológico, tendremos que esperar a que se recupere físicamente de la operación.— informa la doctora.

—Lamento mucho por lo que ha pasado, Señor Gaxiola. Y lamento haberlo atacado como lo hice, necesitaba saber si debía proteger a su esposa de usted. Ahora ¿qué le parece si vamos a ver a su esposa? — me dice amablemente.

Me lleva al cuarto de mi esposa

—Lo dejo un par de minutos. — me dice el doctor y se va.

Veo a mi esposa.

Su rostro está totalmente cubierto pero las vendas del lado de sus oídos está con sangre. Su ritmo cardiaco está tranquilo y eso me tranquiliza, por lo menos un poco. Su brazo tiene una intravenosa con la transfusión de sangre.

Me acerco a mi esposa. El tomo de la mano está helado.

—No cumplí la primer promesa que te hice cuando nos casamos y lo que sea que te diga ya no importa. Por favor, Noa, regresa a mí porque voy a pasar el resto de mi vida tratando de enmendar lo que está roto y si en esta vida no lo logro, te seguiré a la siguiente. Voy a quedarme a tu lado aun así te haya perdido o me llegues a olvidar.

Beso su mano helada.

CAPÍTULO 12

ALMA GEMELA O AMOR DE TU VIDA

Noa tiene la mirada perdida desde su cama hacia la ventana. No ha dicho absolutamente nada. A pesar de que la Doctora Covarrubias le ha estado haciendo muchas preguntas.

La doctora me pidió que saliera y les diera privacidad, pero Noa se negó.

—No pienso hablar con nadie, si Damián no está conmigo. — le dijo y tuvo que aceptarlo de mala gana.

—Yo sé que no. Pero la necesitas, amor. Lo que sucedió, no debió haber pasado. Por favor, has un intento. — le suplico.

Noa me mira un par de segundos.

—Lo que sucedió. No volverá a pasar. Fue un error. — me dice con frialdad, una frialdad que no conocía.

—Yo no estoy lista para hablar de lo que sucedió.— le dice a la Doctora.— Por eso le dije a mi esposo que no requería de ayuda.

—Eso lo entiendo, Sra. Gaxiola.

—Damián ¿me puedes pasar una liga para el cabello?, están en esa pequeña mochila azul de la ropería. — me dice. Me giro a la ropería que hay en la habitación y le paso una de las tantas ligas que hay.

Noa se amarra el cabello en una pequeña cebolla y sigue hablando con la doctora.

— ¿Por qué no me dice qué es lo que quiere saber Doctora? ¿De lo que pasó en la fiesta? Concuerdo en que fue una pésima idea, si es lo que quiere escuchar. ¿Qué no salgo de mi casa? La última vez que salí, a correr, mientras esperaba a mi esposo y a mis padres, sola, me secuestraron. No quisiera que eso vuelva a repetirse. Esta aventurita me costó cinco años, mi matrimonio y la muerte de mi padre. ¿Por qué me arranqué los oídos? Porque efectivamente, como usted piensa, escucho voces. Pero no son voces que me dicen que me lastime o lastime a otros, todavía no estoy tan loca, entre el murmullo, había niños. Y el lugar donde tome mis “vacaciones”— dice moviendo los dedos en el aire— estaba plagado de ellos.

— ¿Niños? — pregunta la doctora.

—Correcto. — dice mientras cierra los ojos y su piel se eriza.— Sólo quería que ese recuerdo parara. Lo cual fue un grave error de mi parte porque eso nos trajo aquí. Con usted. El día que yo quiera tomar terapia, la tomaré. Por ahora sólo intento recuperar mi matrimonio y lo que sea que queda de mi vida. Que no es mucho. — le dice con una mirada retante. Nunca había visto a Noa de esta forma.

—¿Qué pasa si no puede recuperar ninguna de las dos cosas, porque ya no existen?— le dice la Doctora molesta, poniéndose de pie.

—En ese caso, tendré que agendar una cita con usted. — le sonríe Noa.

—No es sólo su bienestar el que me preocupa, Señora Gaxiola. Esta vez se lastimó a usted misma. ¿Qué pasará el día de mañana si lastima a alguien más porque su voz, su rostro, su olor le recuerda algo de lo que vivió? ¿Qué pasará cuando terminé hiriendo a gente inocente?

—Usted tendrá el increíble placer de decir, te lo dije. Pero yo me voy a asegurar de que eso no suceda.

Ambas se miran con coraje por unos segundos hasta que la doctora suspira profundamente y habla.

—Muy bien. Ordenaré que se le dé un acta responsiva a ambos. El caos que pueda ocasionar quedará en sus manos.

—El caos no es más que la herramienta utilizada para destruir el pasado y poder construir el futuro.

— ¿Ahora eres poeta? — se burla la Doctora.

—No. Sólo estoy jodiendo. Lo siento. — Noa parece divertida.

—Al parecer no está tan loca como pensé. Sólo es una mujer idiotamente inestable— se da la media vuelta y sale de la habitación.

—La hiciste enojar. — le digo sorprendido a Noa.

—Lo sé. Pero seguía insistiendo, así que tuve que ser grosera. — dice viendo de nuevo a la ventana.

—Okay.— le digo mientras me acerco a su cama para sentarme a su lado.— mi pequeño Van Gogh.

— ¿Van Gogh? — pregunta sorprendida. Ah, lo dices por. — y me señala sus orejas.— Ja Ja, muy gracioso.— No te he pedido una disculpa por esto.— me dice con una sonrisas tierna. Se deshace su cebolla, supongo que es cierto y cuando las mujeres de verdad están concentradas se amarran el cabello.

—No te preocupes, el vestido no costó tanto. Y la publicidad que recibí aumentó el precio de acciones, a ver si se te ocurre algo igual aunque con menos sangre de ser posible— bromeo mientras jugueteo con los dedos de su mano.

—Lo tendré en mente. — se ríe un poco.

De pronto suena mi celular, Mia me está llamando. Declino la llamada y me guardo el teléfono.

— ¿Es Mia? — pregunta Noa amablemente.

Intento negarlo, pero…soy un idiota.

—No. Es mm, la empresa, un negocio que. — comienzo a tartamudear y Noa se inclina para que voltee a verla y lo hago, sabiendo que es un pésimo error. — Sí.

—Damián sé que yo no soy tu esposa. —Intento ponerme a pelear pero Noa levanta la mano para callarme y dejarla terminar.— Por lo menos no la esposa que alguna vez tuviste pero sí sé que te amo y que si me das una oportunidad voy a hacer que te enamores de mí, otra vez. De mí y de quién sea que sea ahora. — me dice colocando su manos en mi rostro.

—Nunca dejé de amarte, Noa. Intenté seguir con mi vida pero cada mañana eras lo primero que pensaba y en las noches, lo último. Sé que no debería decir estas cosas porque no fui del todo honesto con Mia y es ella quien está sufriendo ahora.

— ¿Sufriendo? — pregunta Noa, preocupada.

—No es que me lo haya dicho, pero desde que estás aquí. Ha sido distante y llama para preguntar cómo estás y si necesitamos algo.

— ¿Has hablado con ella respecto a su relación? — pregunta más preocupada que molesta.

Doy un largo suspiro.

—No sabes cómo.—leyendo mis pensamientos, como siempre lo hizo.

—Es complicado, Noa. — le digo apenado.

—La amas ¿no es cierto? — mierda, mierda, mierda.

Asiento con la cabeza.

— ¿Más que a mí? — pregunta preocupada.

— ¡No! Sé que tengo que elegir. Pero la elección no es fácil cuando tienes que hacerlo entre el amor de tu vida y tu alma gemela. ¿Cómo se supone que lo haga? ¿Acaso se puede?

— ¿Cuál de las dos se supone que soy? —pregunta Noa, asustada.

Niego con la cabeza, no puedo decirle eso. Nos miramos un par de segundos sin decir nada hasta que Noa suspira.

—Creo que debería llamar a la Dra., ya hice de todo esto un caos. — dice intentando relajar el ambiente.

—Y no te tardaste ni 15 minutos.— le sigo el juego.

—Hagamos algo. — comienza Noa

—No voy a separarme de ti de nuevo. — le digo serio.

—Sé que no. Pero, yo estaré aquí las próximas cuatro semanas. ¿Por qué no pasas esos días con ella? Hablen, pelen, hagan el amor.

—Noa. — digo molesto.

—Escucha, escucha. No puedes borrar 4 años de tu vida, así como así, yo si lo olvidé por razones completamente diferentes pero, si lo que tú viviste con ella es siquiera un poco parecido a lo que tú y yo tuvimos, vale la pena luchar por ello.

—No quiero dejarte. Tienes que mejorar para que podamos regresar a nuestras viðas. —le acaricio el rostro.

—Damián yo— comienza a decir pero se queda callada, sus ojos se llenan de lágrimas, toma mi mano y le da un tierno beso— te amo, quiero estar contigo pero no puedo hacerlo ahora. No quería decírtelo, pero eres un recordatorio de lo mucho que perdí. Y tú relación con Mia me lo acaba de recordar.

Tienes que entender— cierra los ojos y derrama una lágrima. —que no puedes ayudarme y no puedes salvarme. Lo único que puedes hacer es apoyarme, el resto lo tengo que descifrar yo, al igual que tú. Necesito que arregles el desastre que ocasione en tu vida porque esta vez no puedo hacerlo yo. Con la mano en el corazón te pido perdón, pero sí quiero tener una oportunidad a tu lado necesito recuperarme primero.

— ¿Quieres que te deje? — pregunto destrozado. Ahora soy yo quien quiere llorar. Por favor di que no. Di que no.

—Sí. — me dice con firmeza. Necesito tiempo y no pienso dejar que detengas tu vida, una vez más, por culpa mía.

Mis lágrimas comienzan a caer.

—Tienes mi corazón en tus manos ¿lo recuerdas? Necesito que me lo regreses. Aunque sea sólo por un momento. — me dice en lo que parece una súplica susurrada.

Coloco mi frente sobre la suya.

—Te amo—le digo.

—Te amo. — me contesta y me besa tiernamente en los labios— Ahora ve por tu chica. Ya esperó demasiado.

Me levanto de la cama y sin soltar su mano me alejo de ella hasta que es imposible sostenerla.

—Has que tu amor sea la mejor disculpa que puedas ofrecer.

—Lo haré.

Salgo de la habitación y lo último que veo es a Noa viendo a través de la ventana.

Dejo al amor de mi vida para recuperar un pedazo de mi alma.

CAPÍTULO 13

UN ROSTRO FAMILIAR

Damián se fue el día de ayer y no regresó. Quiero suponer que Mia lo aceptó y van a intentar salvar su matrimonio o terminarlo. Le pedí a mi mamá que estuviera conmigo.

Mi habitación es amplia, como siempre, lo mejor que el dinero puede pagar.

Parece una habitación de hotel, tengo una regadera de vidrio, hay dos sofás, una ropería amplia y una mesa con 4 sillas, como si los sillones no fueran suficientes o una persona tuviese tantas visitas en un día. Y claro una vista increíble del hospital. Algo que también pagó Damián y se lo agradezco. Odiaría estar en estas cuatro paredes sin poder ver el exterior y sin duda me llevaría a ese maldito lugar que arruino mi vida.

Se supone que debo caminar e intentar recuperar mis fuerzas, así que camino por mi gigantesca habitación y me paro frente a la ventana y dejo que los rayos del sol me calienten.

— ¿Estás bien, cariño? — me pregunta mi mamá, sacándome de mis pensamientos desde el sofá, mientras lee el periódico.

—No, mamá. No lo estoy— le contesto con una sonrisa, intentando no llorar.

—¿Es por Damián?— deja su periódico a un lado y se enfoca en mí.— No quiero iniciar una pelea sólo quiero saber si puedo ayudarte, bueno, si quieres que te ayude.

—Lo sé. Lo siento. La última vez no me había hecho a la idea de que ya no me pertenece.—le digo con una sonrisa.— Pero no, no es por Damián. No del todo. Es mi cabeza, mi papá, Elizabeth, mi vida, bueno, lo que sea que tenga ahora.— El nudo en mi garganta se empieza a formar.— mejor cambiemos de tema.

—¿Por qué hija?, soy tu madre y estoy aquí— habla conmigo ya que no quieres hacerlo con un doctor y tu amiga no está. Puedes decirme lo que viviste, donde lo viviste, sobre tu matrimonio, lo que pasa por tu cabeza, lo que quieres. Lo que sientes.

Niego con la cabeza y trato de caminar de un lado para otro.

—Dime algo, lo que sea— dice mi mamá con voz alta.

— ¡No quiero lastimarte! Pero todo lo que estoy sintiendo ahora es dolor y furia y odio y todo está saliendo tan rápido y necesito un algo o alguien a quién culpar pero no es su carga así que por favor, te lo suplico, deja que me consuma a mí misma, deja que el odio y el dolor me corroan el cuerpo, tal vez me llegue a acostumbrar y pueda vivir con eso.

Mi mamá separa del sofá y se acerca a mí.

—Yo soy tu madre. Tu dolor es mi dolor. Tu furia es mi furia. Y tú odio es el mío. No fuiste la única que estuvo sin vida por tanto años, cariño. Cuando te perdimos, tu padre y yo, nos volvimos locos. Él te buscó por cielo, mar y tierra. Pero no había señales de ti. Inclusive…—comienza a decir, pero se detiene y se aleja de mí.

— ¿Qué? ¿Inclusive qué mamá? — aquí hay algo que no me gusta.

—Tu padre estaba convencido que Damián tenía algo que ver con tu desaparición.

No puedo creer lo que acabo de escuchar.

El cuerpo se me tensa y mi respiración cesa.

— ¿Por qué mi padre pensaría tan cosa? — incluso hablar es difícil. Mi quijada no quiere abrirse.

—No lo sé. Jamás me lo dijo, pero tanto el cómo Elizabeth pensaban lo mismo. — dice mamá camino al sofá.

— ¿Mamá? Elizabeth no aparece. Yo no logro encontrarla por ningún parte, correo, redes sociales, su teléfono. Nada. Y ahora se te ocurre decirme que mi papá estaba convencido de que mi esposo tenía algo que ver con mi desaparición. ¿Entiendes que es lo que me estás diciendo?

—Sí, Hija. Claro que lo entiendo. Tu padre y Liz te buscaron por todas partes y un día los dos comenzaron a estar en contra de tu esposo.

— ¿Y por qué se te ocurrió decírmelo hasta ahora!— le digo desesperada.— He estado intentando recuperar mi matrimonio. ¡A mi esposo!

—Y nadie te está diciendo que no lo hagas.— me dice ofendida.

— ¡Tú me lo estás diciendo mamá! Si papá y Liz llegaron a pensar que mi esposo tenía algo que ver en mi desaparición no fue por nada. Sabes quién es Liz. Lo que hacía antes de estar con nosotros. ¡Ella mataría por nosotros! — le digo mientras me acerco a ella.

Alguien toca la puerta y me callo.

Apenas volteo a ver quién es cuando un hombre alto, gordo y con bigote canoso entra dándole lo que son las últimas mordidas a un pedazo de pan y se chupa los dedos. Detrás de él vienen dos oficiales.

—Buenas tardes. Espero no estar interrumpiendo.— dice aún con comida en la boca.— Soy el detective Hernández y él, El oficial García.

— ¿A qué debo el placer de su visita, detective? — le digo sin perderlo de vista. Creo que lo conozco.

El oficial detrás de él no pierde de vista a mi mamá y revisa mi baño y los alrededores.

El detective se pone a abrir mi ropería y ver entre el par de camisetas que hay.

—Bueno yo era, al parecer soy, el detective a cargo de su desaparición.

—Creo que sus servicios ya no son requeridos. — le digo sarcásticamente.

—Eso parece. — dice divertido. Aun así hay muchas preguntas por hacer y supongo una historia que contar— dice mientras saca una silla de la mesa y se sienta sin perderme de vista.—

Mi mamá está tensa y tampoco ha dejado de ver al detective.

—Jamás he sido muy buena para contar historias detective. Pero estoy de acuerdo con usted. Hay muchas historias que contar, como por ejemplo ¿La golpiza que recibió mi esposo a manos de su gente?

El policía mira al detective y la niega con la cabeza.

—No. No. No. No. Lo que pasó ese día no es como su esposo lo cuenta, Sra. Gaxiola. Él llegó a mi oficina a acusarme de no hacer mi trabajo. Le dije que sus detectives privados estaban entorpeciendo la investigación, le dije que si seguía sin recibir una llamada pidiendo rescate tendría que prepararse para lo peor y se volvió loco. Me atacó enfrente de toda la estación. Puede preguntarle a cualquiera. Mis muchachos me defendieron y eso fue todo. Su marido dijo que no quería volver a vernos. Dijo que él se encargaría de usted.

— ¿Se encargaría de mí?— le digo mirando a mi mamá y después al detective.

—Ah, sí. Dijo: No quiero que ninguno de sus hombres siga en este asunto. Yo mismo me encargaré de mi esposa. Textualmente.

Le doy la espalda al detective.

Damián. ¿Por qué haría algo así si intentaba buscarme? ¿O acaso no lo hacía? ¿Mi papá tenía razón?

—Sra. Gaxiola. Aunque su esposo haya cerrado la investigación por su cuenta y nosotros no lo hicimos, su caso es sólo un caso sin resolver, pero al enterarnos que sigue con vida y está de vuelta necesitamos hacerle unas preguntas y cerrarlo. Es por ello que estamos aquí.

Trago saliva y me volteo a ver al detective.

—Bueno, en ese caso. Pregunte lo que deba, detective. Aunque no crea que le sirva de mucho. — le sonrío y me siento frente a él en la mesa.

— ¿Cómo fue secuestrada? — pregunta.

—Estaba corriendo en el parque, un auto llegó y 3 hombres descendieron para subirme a la fuerza. Intenté escapar, pero evidentemente no lo logré. Me llevaron a una clase de hacienda y.— de pronto recuerdo. Carina. — Había una niña, Carina Carrera, la secuestraron junto conmigo.

El detective mira al policía.

Los miro a ambos pues se pusieron muy serios.

— ¿La conocen? — pregunto.

—Claro, la niña Carrera fue uno de los casos en los que se pidió un rescate. El señor Carrera tardó un poco en juntar el dinero y lamentablemente lastimaron a la pequeña pero regresó a casa y se ha adaptado.— me brinda una sonrisa, es todo lo que quiere contarme al respecto. ¿Cómo volvió usted a casa, Sra. Gaxiola? —pregunta y su mirada se clava en mis ojos.

No puedo decirle que estaba en una estación de autobús y mi ropa estaba llena de sangre y suciedad.

—No lo sé. — le digo.

— ¿No lo sabe? — dice sorprendido.

—Un hombre me llevó a casa. Me subió a su coche y me llevo hasta mi departamento.— no pienso mentirle pero si pienso tergiversar la verdad.— ¿Cómo escapó de la hacienda?

—Yo nunca le dije que era una hacienda. — le digo.

Se pone nervioso, pero lo disimula muy bien.

—La niña menciono ese lugar. Y usted acaba de decirme que estaba con ella. ¿no es así?

—Sí. Lo siento. He estado a la defensiva desde que regresé. — le sonrío, finjo vergüenza. —No sabría decirle, Detective. En ese lugar me tenían drogada las 24 hrs del día. Hay cosas que pudieron ser verdad, como productos de mi imaginación.

—Claro. Lo entiendo.

El detective se queda pensando.

—Supongo que no sabe si el hombre que la salvó tuvo algo que ver con todas las muertes de los que estaban en esa hacienda. Así que. — se levanta de la silla y mira a su oficial.

— ¿Muertes? — me pongo de pie, al igual que él.

—Sí. Fue un verdadero desastre. Había cuerpos sin cabeza, acribillados, incluso con uno se ensañaron, lo mutilaron, lo castraron y le prendieron fuego.

— ¡Jesucristo! — dice mi mamá a mis espaldas. Asqueada.

— ¿Hay alguna posibilidad de que el hombre que la salvó, haya hecho todo esto? — me pregunta amablemente.

Pienso un poco la respuesta. Claramente no existe ese hombre. Pero yo sí.

—No. — digo con brusquedad. No puedo permitir que involucren a nadie más. Lo poco que vi de él, estaba limpio. No tenía sangre ni nada por el estilo. Sé lo que está pensando detective, pero mi esposo no está involucrado en semejante atrocidad. Y en cuanto al hombre que me salvó, con gusto puedo pasar a su oficina mañana a dar un retrato hablado de él.

— ¡Perfecto! — suelta alegrado.— Hasta mañana, entonces.— se disponen a salir y al llegar a la puerta le hablo.

—Detective. No quiero que mi esposo tenga nada que ver en esto. Por ahora él está intentando arreglar su segundo matrimonio. Todo lo que yo sepa se lo diré, pero sin que él lo sepa.

—Escuché sobre eso. Un hombre suertudo. — se arrepiente al instante. — Lo siento.

—No se preocupe. No es muy suertudo de su perspectiva. — muerde el cebo.

—Igual que en los negocios. Lo que para unos es malo para otros es solo un trabajo. — Te tengo.— Buen día.— Ve a mi madre y le sonríe.

Ambos salen de mi habitación.

No lo había notado pero mi respiración es pesada y me hierve la sangre.

—Hija— comienza mi mamá. — ¿fuiste tú?

—No lo sé, mamá. Pero estoy segura de dos cosas, uno: el detective que se acaba de ir trabajaba para los que me secuestraron. Y dos, si mi marido tuvo algo que ver en eso, le voy a quitar lo que más ama en esta vida. Su esposa.

—Pero ¿Qué estás diciendo, cariño?— pregunta sorprendida.— Tenemos que denunciar a ese oficial.

Niego con la cabeza y camino hacia ella.

—Esto lo pienso arreglar yo. — le digo con la mirada perdida.— Por ahora ve a pedir el alta, es tiempo de ir a casa. Dame mi celular, le mandaré un mensaje a mi esposo.

Mamá salió a pedir el acta y recibo una llamada de Damián justo cuando acabé de cambiarme.

—Eso fue rápido. — le digo al contestar.

—Noa. ¿Estás bien? ¿Por qué quieres salir del hospital? — me dice alarmado.

—Teníamos un trato ¿recuerdas? — le digo amablemente.

—Sé que lo tenemos, pero. — se calla por unos segundos. — por lo menos déjame ir por ti y llevarte al departamento.

—Mamá está aquí. No hace falta. Ella me llevará. Además, no regresaste al hospital, desde que te fuiste, supongo que Mia y tú lo están resolviendo.

—Eso no es importante ahora. Puedo ir

—Por favor no. Necesito estar sola ahora. Por favor. — le ruego.

—Está bien. — acepta de mala gana.

—Saluda a Mia de mi parte. Te amo.

—Yo también. Llamen si necesitan algo.

— ¡Vas a venir o no? — escucho el grito de Mia a lo lejos.

— ¡Voy! — contesta Damián.

—Ve. Te llamaré si necesito algo. — le digo para tranquilizarlo.

—Muy bien. Adiós, amor. — y cuelga.

—Adiós, Damián.

CAPÍTULO 14

LA PRIMERA VEZ

Hace 8 días salí del hospital, con mi mamá.

Busqué en toda mi casa, documentos, fotos, cualquier cosa que me dijera por qué razón mi papá pensaba que Damián tenía algo que ver en mi desaparición, pero no la encontré.

Intenté localizar a Liz por todas partes. Correos, mensajes de texto, llamadas, redes sociales. Incluso busque noticias sobre mujeres desaparecidas. Nada. Como si nunca hubiera existido.

— ¡Explícame ¿Cómo se supone que desconfíe de mi marido, mamá? De un hombre que no es capaz de matar un gusano porque altera el orden natural de las cosas. ¡Si mi papá sospechaba de él debe de haber pruebas! No solo un pensamiento de un hombre desesperado por encontrar a su hija.— una vez más discuto con mi mamá en el patio de su casa. Mientras el aire gélido rosa mi cara.

— ¡No lo sé, hija! No lo sé. Pero yo confío en tu padre. — dice mi mamá asustada.

—Bueno, pues él ya no está.— demonios, aún me duele decir eso.— Ya no está. Y yo pienso continuar con mi esposo si es que él desea continuar a mi lado.

—Hija, tienes que..

El sonido de mi celular interrumpe nuestra conversación.

Recibo un mensaje de texto de mi esposo.

Volveré a casa. ¿Te parece bien?

Es hora de regresar a mi apartamento.

Claro. Te veo aquí.

—Mira, mamá. No sé qué ideas pudo haber tenido mi papá. Pero si sé que Damián es un hombre bueno a pesar de lo que nosotros hayamos pensado. Incluido mi padre. Damián movió cielo, mar y tierra por encontrarme y ahora está haciendo hasta lo imposible por aceptarme, por amarme. No me pide nada a cambio, al contrario. Soy yo la que pide y el obedece. Siempre fue así. Me tengo que ir. Te amo. — me acerco a ella y le doy un beso de despedida.

Llego a nuestro edificio y estaciono el coche afuera para acceder por la entrada principal.

Saludo a Hernán, que parece muy contento de verme.

—Sra. Gaxiola. Buen día. ¿Cómo se encuentra? — me dice con una enorme sonrisa.

—Es Noa, Hernán. Sólo Noa. — le digo.

—Un hábito difícil de morir. — se disculpa.

—Estoy muy bien, gracias. ¿Sabes si mi marido ya llegó? — pregunto nerviosa.

—Lo siento, no. — me dice apenado.

—No te preocupes. Bueno, iré arriba. Gusto en verte. — me despido.

—Gusto el mío. Me alegra verla de nuevo. Si necesita algo, lo que sea.— comienza a decirme.

—No se lo pediría a nadie más Hernán. — le sonrío y me voy.

Camino a los elevadores y me subo.

Llego al departamento y al entrar escucho la voz de Damián.

— ¡Noa? ¿Eres tú? — me grita.

— ¡Sí! — lo digo sin emoción alguna.

Sigo caminando. No sé si está en nuestra recamara o en la sala o en la cocina.

Llego a la cocina, deja un vaso en la barra y viene hacía mí, completamente feliz, me abraza y me besa.

Nos separamos y lo miro sorprendida.

—Ammmm. — no sé qué decir. Pensé que venía a pedirme el divorcio.

—Te extrañé, bastante. — me dice muy emocionado. — ¿Cómo estás? ¿Todo bien? ¿Cómo te sientes?

¿Qué demonios?

—Extrañada. — le digo y me alejo de él.

— ¿Qué? — me dice asustado.

—No te he visto en 8 días. Desde que te fuiste con tu otra esposa. Vengo a casa y me recibes con besos. Oh, no. ¿Se van a divorciar? — le digo sorprendida.

—Acordamos a estar separados hasta que te recuperes.— me dice tras un largo suspiro.

—Oh, gracias. Pero no tienen que hacerme ningún favor. Yo también puedo darte el divorcio.

Luce molesto.

—Noa, basta. No hagamos esto ¿Vas a tomar la terapia que te dijeron? — me dice, rodeándome con sus brazos mientras veo por la ventana.

Me recargo sobre su hombro derecho y cierro mis ojos.

—Todo está bien. — me susurra en el oído.

—No. No lo está. — le digo divertida.

—Tenemos comida en la mesa. — comienza a decir, pero lo interrumpo.

—¿Cocinaste?.— me volteo a la mesa pero él no me suelta y me regresa a mi lugar.

—Figurativamente. — dice entre risas. — Tenemos salud…

—Figurativamente, también.— ahora soy yo quien se ríe.

—Dinero en nuestra cartera. Uno al otro.— y me da un tierno beso en el cuello.

Y como es normal, mi cuerpo respondió solo a su tacto hasta que nuestros labios se encontraron.

Una vez me besó con la pasión con la que me besaba antes de toda esta porquería.

El frío que pasé afuera ya es un vago recuerdo.

Ahora sólo siento un calor que se hace más intenso y se va extendiendo a lo largo de mi cuerpo.

Nos ponemos frente a frente, Damián pone sus manos sobre mi cintura y me acerca completamente a su cuerpo. Me lleva hasta el vidrio y me recarga sobre él. Comienza a besar mi cuello y con sus manos me quita la chaqueta que traía y entonces recuerdo. Las marcas. No puedo dejar que las vea, eso lo destrozaría, por completo.

Con mis manos en su cuello lo empujo.

— ¡Damián!.— le grito. —

— ¿Estás bien? — pregunta asustado.

Intento recuperar mi respiración. Pero lo deseo, Deseo su calor, sus caricias su lengua recorriendo mi boca y cada parte de piel que poseo.

—No me siento a gusto con mi nuevo cuerpo. Está más esquelético que a como tú lo recuerdas. — le digo tratando de lucir apenada.

—Yo estoy un poco más gordito.— me dice intentando evidenciar que su cuerpo tampoco es el que yo recuerdo.

—Eso me encanta. — le digo con una sonrisa.

Lo miro a los ojos. Tengo una idea, pero no sé si te guste.

—Noa.— me dice con una sonrisa.— podemos parar si quieres.

—¡No!— le digo rápidamente.— Bueno, si.— agacho la mirada, apenada.— Es que. No quiero que me dejes porque no puedo satisfacerte. No como Mia podría.

—Oye. — me susurra y con su dedo toca mi barbilla y la levanta para que lo vea a los ojos. — Eso jamás pasará.— Comienza a reírse y mira a través de la ventana, pero no para ver el exterior como si viera un recuerdo.— ¿Recuerdas el primer año que salimos? No tuvimos relaciones en todo ese año. Y no te dejé.

—Eso no fue culpa mía. Los primeros 8 meses sí. Pero el resto del año, no. Ese fuiste tú. — le digo mientras me empiezo a reír.

— ¿Recuerdas cómo me gritaste en el restaurante esa noche? "¡Damián. Me he pasado toda la noche diciéndote que quiero que me cojas sobre esta mesa si quieres y simple y sencillamente no la captas. O tal vez es sólo que no te atraigo. ¿Es eso, verdad, no te atraigo como mujer!". — dice intentando arremedarme.

No puedo parar de reír.

—Perdón. — le digo cubriéndome la boca con la mano.

— ¿Perdón? Todos en el restaurante y en especial las mujeres me estaban odiando y tragando con los ojos. Y me dejaste ahí.

—Te tardaste mucho en ir detrás de mí.— le digo.

—No sabía qué hacer. Y la mesera se acercó a mí. Se sentó en tu silla y me dijo "¿La deseas sexualmente?" Y le dije: sí. Y me dijo: bueno, entonces te vas a levantar de esta silla, la vas a perseguir, le vas a pedir perdón por ser un idiota y le vas a quitar ese vestido en el coche y te la vas a coger hasta que tus vidrios estén tan empañados que no puedas ver nada hacia afuera".

— ¿Por eso cogimos en el coche? — le doy un golpecito en el hombro.

—Sí. Estaba siguiendo los consejos de una mujer. Y no falló porque te pedí que te casaras conmigo y aceptaste. — me dice muerto de risa.

Lo miro y recuerdo esa noche.

La primera vez que lo besé.

La primera vez que estuvimos juntos.

La primera vez que supe que era suya por y para siempre.

La primera vez que pensé en no hacerle daño.

Y aunque no quiera hacérselo ahora, no puedo evitarlo.

Al parecer Damián notó mi nostalgia porque me abraza para consolarme.

—Oye. Quédate aquí, a mi lado. No te vayas al pasado. El pasado hace daño. — me dice mientras me abraza.

—El presente sólo me atormenta diciéndome que no hay un futuro para nosotros.—lo aprieto fuerte a mí.

—Si de verdad no hay un futuro para nosotros Noa, tomaré este preciso momento y que se repita eternamente. Desde el momento en que te besé hasta estas palabras.

Maldita sea.

Lo necesito.

—Damián. — le susurro aún recargada en su pecho.—Necesito pedirte un favor.

—Lo que sea. — dice sin dudarlo.

Traje mi auto al estacionamiento del sótano.

Es puro concreto con luces blancas casi azules. Lo estacioné en la parte más alejada de la entrada, lugar donde a ninguno de los inquilinos se les antoja dejar su coche porque queda lejos de los elevadores, detrás de una columna y le dije a Damián me esperará. Que se pusiera ropa fácil de quitar, como unos shorts o algo así.

Yo me puse unos leggins, sin ropa interior y mis camisas de manga larga.

Dentro de mi auto. Damián se sienta en el asiento de copiloto y yo en el de conductor.

Damián luce nervioso y tiene frío.

— ¿Qué estamos haciendo? — pregunta viendo para todas partes.

Lo miro por unos segundos con una pequeña sonrisa que se convierte en una ceja fruncida al poco tiempo.

—¿Recuerdas cuando te demostré que coger, tener relaciones y hacer el amor, eran diferentes?— lo miro para que no pueda mentirme.

—Sí. — contesta un poco nervioso.

—Bueno. Quiero. No. Necesito que me cojas. No me quitarás la ropa, ni tocaras mi piel. Puedes tocarme por encima de la ropa, pero eso es todo.

—Noa, podemos...— comienza a decir para detenerme, pero no pienso permitir que lo haga.

Me monto sobre él, con mi piernas abiertas y pegadas a su

—No quiero esperar. No esta noche. Sé que te estoy pidiendo demasiado. Pero necesito que me lleves a esa noche en el estacionamiento del restaurante. Necesito me lleves al pasado. El pasado que alguna vez compartimos. Lleno de amor, de vida, de deseo.

Comienzo a frotarme sobre él, despacio, lento, lo suficiente para que cobre vida y no dejo de verlo a los ojos.

Lo cual parece funcionar porque Damián empieza a respirar más rápido, traga saliva y cierra los ojos al poner sus manos en mi cadera.

—No creo...que.— me dice mientras se recarga en el asiento.— No creo que pueda resistir sin quitarte la ropa.

—Tienes que.— dejo de moverme y lo sentencio.—Dame las manos.— le digo pero las tomo antes de qué me las dé. Las sostengo por las muñecas coloco sobre mi pecho, apenas los dedos y las deslizo hacia mis pechos.—Aprieta. Suave. — le ordeno.

Lo beso en los labios y sigo con mi movimiento de roce sobre él.

—Ese día traías un vestido y era mil veces más sencillo.— me dice sin despegar sus labios de los míos y un poco divertido e intentando quitarme el pantalón, lo cual no logra.

—Rómpelo. — le digo.

— ¿Con qué? — mira a su alrededor divertido. — Sólo quítate el pantalón.

—No. Algunas veces.— le digo incorporándome y recuperando mi aliento.— eres muy desesperante.— me quito en anillo de piedra gigante que me compró y yo misma rasgo el pantalón, lo suficiente para que introduzca su pene en mí.

—Estoy tan feliz de haberte comprado esa joya. — dice divertido.

Le sonrío y busco las cuerdas de su pijama o los botones mientras lo manoseo.

— ¿Qué? — dice desesperado.

— ¿Dónde está el hueco de tu pijama? — le digo desesperada.

—Este no tiene. Me lo tengo que quitar. — dice apresurado mientras se intenta quitar.

—De todos los pijamas que tienes decidiste ponerte esta. Ahorita.— le digo molesta y me apoyo en su asiento para poderme levantar y que él se lo quite sin problemas.

—No pensé que fuéramos a hacer esto. Creí que iríamos a la tienda o algo así.— se excusa.

—Justo después de que hablamos de la primera vez que cogimos, en el coche, afuera de un restaurante y te dije que te pusieras ropa cómoda.

— ¡Ay, ya cállate!. — me dice y de golpe me penetra.

Gimo. No sé si de placer o porque no estaba lista pero se me olvida la segunda y tercera vez que lo hace y me besa. Busca la mano que tengo recargada en su respaldo. Ya está sudado de la cara y rojo.

—Ouch. — le digo con una sonrisa atrevida.

—Dijiste que te cogiera. Eso voy a hacer. Recarga tu cabeza en mis hombros o en el asiento intenta apoyar tus rodillas en el asiento. — coloca mis manos en la espalda. Yo apoyo mis rodillas como puedo para estar un poco levantada y la cabeza sobre el asiento. Y él hace su trabajo.

Arriba. Abajo.

Dentro y Fuera.

Me da un escalofrío en el cuerpo. No sé qué es.

Intento concentrarme en el momento.

Cada vez es más violento.

Damián empieza a hacer ruidos de garganta.

Y lo escucho.

Al rubio.

— ¿Te gusta? No te muevas y no te dolerá, más. — de pronto lo veo. Borroso sobre mí.

Una lágrima cae por mi rostro. ¿Qué fue lo que pasó?

Damián termina con un grito y me suelta inmediatamente las manos.

¿Estás bien? — me pregunta.

Me limpio el rostro e intento sonreír.

—Vamos a dormir. — le digo con una sonrisa.

Damián duerme como un bebe, boca abajo y abrazando la almohada a mi lado.

Me levanto de la cama y voy a tomarme algo.

¿Qué fue eso? Recuerdo su voz y su cara. Pero no recuerdo muy bien lo que estaba pasando. No podía moverme. Debió atarme como estaba acostumbrado.

Necesito recordarlo para poder hacerme a la idea y superarlo. Pero no quiero tomar terapia. Eso tomará mucho tiempo. Tiempo que no tengo.

Mia.

Mia me puede ayudar a saber. En sus manos estaría el terminar mi matrimonio o salvarlo y el resultado, por lo menos uno, le conviene.

Me sirvo un poco de vodka en un vaso y justo cuando voy a tomármelo.

— ¿Me extrañaste?. — escucho al rubio decir detrás mío.

Doy un salto y tiro el vaso al piso.

— ¿Señora Gaxiola?. — me dice una chica detrás de un mostrador.

Miro a mi alrededor. Hay bolsas y bolsas con zapatos y ropa y una señora que me ayuda a sostenerlo todo.

Estoy en una tienda departamental.

Traigo una chaqueta de cuero, las manos en los bolsillos, tenis.

—Sólo necesito su firma, aquí. — me señala el papel y me da la pluma.

—Claro. Lo siento, recordaba los pendientes del día.— digo con una sonrisa y firmo el papel.

¿Cómo carajos lleguen aquí? Esto es peor de lo que pensé.

Tengo que hablar con Damián. Necesito ayuda y tiene que ser la de Mia. Rápida y sin preguntas.

Me entregan mi tarjeta y la guardo en mi chaqueta.

— ¿Todo esto es mío, ¿verdad? — pregunto.

—Así es, Señorita. Enseguida traen el coche para acompañarla hasta su auto con todas sus compras. — me dice la señora de lentes chaparrita que sostiene, no sé si son vestidos o trajes. Pero es una bolsa larga con un gancho.

Llego al departamento.

Y sé que no voy a poder con todas las cosas.

En el estacionamiento hay un teléfono que te comunica con la recepción, lo levanto esperando que alguien me conteste.

—Recepción, Hernán a su servicio. — dice Hernán del otro lado del teléfono.

—Hernán. Gracias al cielo estás aquí. ¿Puedes mandar a alguien a bajar unas cosas de mi coche? Estoy acá en el sótano y si tienen un carrito estaría padrísimo. Son muchas cosas. Dejaré las llaves en el colgador.

—Claro, Sra. Gaxiola. Enseguida mando al muchacho. — me dice amablemente.

—Gracias. — cuelgo el teléfono.

Me subo en el elevador directo al departamento.

Llego a la puerta y la veo entreabierta.
¿Yo la dejé así? La empujo suavemente y entro dudosa.
— ¡Damián! ¿Estás aquí?
Conforme me acerco a la sala veo una mancha de sangre grande y otra que se extiende a la cocina como si alguien hubiera arrastrado lo que sea que estaba sangrando. Hay vidrio alrededor de la sangre, una botella de vodka tiene el fondo lleno de sangre. No está rota. El sofá tiene una mano de sangre marcada.
Un frío me recorre el cuerpo.
¿El rubio estuvo aquí?
¿Y si Damián luchó contra él?
Mi respiración empieza a alterarse y sigo el rastro de sangre.
Llego a la cocina y detrás de la barra está Mia, con sus manos sobre el estómago de Damián que sigue sacando sangre. A su lado hay una botella rota con picos. Hay trapos de cocina empapados en sangre.
Mia está nerviosa sosteniendo una de las heridas.
— ¿Mia? — pregunto sorprendida.
Mia me mira por unos segundos, pero no me dice nada.
Se concentra de nuevo en Damián.
—Está bien. Ella está bien. Resiste un poco más, por favor.— le dice en susurro y con calidez.
Los paramédicos entran guiados por Hernán.
—Dios Bendito. —dice Hernán a mi espalda.— Sra. ¿Necesita algo?
—Hernán. ¿Sabes si alguien entró anoche o esta mañana? — le pregunto asustada.
—No. Nadie. — dice el también asustado. Sólo ha salido usted. De aquí. — dice en voz baja.
— ¿Estás seguro? — le contesto también en susurro.
Hernán asiente con la cabeza.
Miro a Damián, la botella, la sangre.
¿Fui yo?
Lo último que recuerdo es intentar beber algo y después la tienda departamental.

—Noa. Voy a irme con Damián en la ambulancia. — la escucho distante.

Mi respiración se vuelve a acelerar. Los latidos de mi corazón retumban en mis oídos.

— ¡Noa!.— me toma por los brazos y me sacude una vez.

—Necesito llamar a mi mamá.— le suelto mientras la veo.

Mia me mira por unos segundos.

—Señora, nos tenemos que ir.— le dice un paramédico mientras salen del apartamento con Damián.

—Hernán. No llames a la policía. Si alguien te pregunta, no sabes nada. — le ordena Mia y se va.

—Sí, Sra.— dice apenado. —

—Hernán.— le digo.— voy a llamar a mi madre. ¿Podrías prepárale una tina con lo necesario para limpiar y dárselo cuando llegue? ¿Por favor?

—Claro, con permiso. — me dice y sale del apartamento.

Meto la mano al bolsillo de mi chaqueta y saco mi celular.

Llamo a mamá. Suena cuatro veces y finalmente me contesta.

—Mamá. Necesitas venir al apartamento. Hay sangre por todas partes.

No sé cuánto tiempo ha pasado pero escucho a mi mamá entrar a mi apartamento.

Se acerca a mí, deja la tina roja con cosas que le dio Hernán y me abraza para después revisarme.

—Hija ¿estás bien? ¿Te hiciste daño? ¿Qué pasó?. — me toma del rostro y la miro por primera vez.

—No lo sé.— le digo con ojos llorosos.— creo que maté a Damián.

— ¿Qué? — se extraña.

—Creo que fui yo. — y giro la mirada a la sangre. Ella sigue mi mirada.

—Jesucristo. — se pone la mano en la boca.

Mamá no dice nada más y se pone a limpiar todo.

Deja los pisos impecables, no parece que alguna vez hubiese habido sangre sobre ellos. Igual el sofá.

Se dispone a lavar las botellas, pero la detengo.

—Si las botellas tienen mis huellas, es normal. Yo vivo aquí. — sigo intentando recordar, pero no hay nada.

Mi madre suspira y se quita los guantes.

—Muy bien. Vayamos al hospital. — me ordena.

Llegamos al hospital y mi madre pregunta por el apenas entrando.

—El Señor Gaxiola, por favor. Lo trajo una ambulancia hace casi una hora. — dice tranquila y amablemente mi mamá.

—Está en cuidados intensivos, señora. Piso 6.— le dice el joven recepcionista.— Puede pedir más información en la ante sala.

—Gracias.

Subimos al sexto piso y al salir, está una pequeña sala y otro tipo de escritorio con personal del hospital. Mia está hablando con ellos y puedo escuchar mientras me acerco.

—Ha perdido mucha sangre, Dra. No podíamos esperar a que la recuperara. Cerramos lo más grave pero aun así tendremos que esperar hasta mañana para terminar las operaciones del vientre. No hay nada más que hacer. Sólo esperar. — le dice un doctor.

—Gracias. — le dice Mia y los doctores se van.

— ¿Morirá? — pregunto nerviosa. No sé si Mia vaya a gritarme o algo así.

Mia me escucha y se voltea para verme.

—No. Su condición es grave pero no creo que lo haga. ¿Estás bien?

—Tenemos que hablar. — le digo en tono serio, casi frío.

CAPÍTULO 15

HOLA, CRISS

Bajamos al piso dos del hospital. Sin decir una palabra en el elevador.

Entramos a una especie de oficina con sala de espera. La pared de la entrada es de vidrio con diseño para que no puedas ver de afuera a dentro y tiene sofás individuales. Hay una pequeña recepción.

Mia toca el switch detrás de la puerta, que también es de vidrio y el lugar se enciende. Tiene una pequeña recepción.

—Vamos a mi oficina. — me señala un pequeño pasillo al lado izquierdo de la recepción y me da un pequeño empujón.

Me abre la puerta y su oficina no necesita luz, tiene una ventana a lo largo que la ilumina. Pero de todas formas enciende la luz.

Hay una pequeña mesa del lado derecho con un par de sillas. Al lado de la mesa/escritorio tiene un sofá largo y almohadas. Supongo para que uno se acueste. Frente a ese sofá tiene una silla blanca, grande y acolchonado. Tiene el piso estilo madera café. De verdad le gusta el blanco en los muebles.

Me muevo por su oficina viéndolo todo y me deja por unos segundos hasta que me habla.

— ¿De qué quieres hablar, Noa? — me suelta de repente.

— ¿Qué te dijo Damián de mí?.— me giro para ver a Mia a los ojos.

— ¿A qué te refieres?. — dice extrañada y me ofrece la silla para sentarme.

Camina a la mesa/escritorio y se sienta. Pero yo no.

— ¿Qué te dijo de mi estado, Mia?— la miro apretando los labios y suspirando.

—Me dijo que estabas mejor. Que necesitabas ayuda psicológica pero que no querías tomarla. Me dijo que le habías pedido que salvara lo nuestro. No sé qué quieras escuchar. —dice extrañada.

—Necesito que me ayudes, Mia. Necesito que seas mi psicóloga/psiquiatra o lo que sea.— le digo desesperada.

—No es ético para mí tratarte, Noa. — contesta sin pensarlo.

— ¡No te estoy pidiendo que lo hagas! — suspiro cansada y molesta. — No quiero terapia. Sólo necesito saber que fue de mi vida en los últimos 5 años. Necesito saber qué pasó, ahora, no en 2 años de terapia. Por favor.

—Noa. — comienza a decir. Dispuesta a no ayudarme.

— ¿Por Damián?.— le suelto con delicadeza para chantajearla.

Me mira con esos hermosos ojos verdes que tiene.

Me acuesta en el sofá blanco que tiene almohadas.

Miro al techo, entrelazo mis dedos mientras coloco mis manos en mi vientre y suspiro nerviosa.

— ¿Estás segura de todo esto?.— me pregunta mirándome a los ojos.

—Sólo dime que tengo que hacer.

—Muy bien. ¿Qué es lo que quieres saber, Noa?

— ¿Qué? — pregunto ignorante.

— ¿Qué tan lejos quieres que vaya? ¿Tu infancia? ¿Tu adolescencia?

—Desde el día que me llevaron. Por favor.

—Okay. Cierra los ojos. — me dice con voz firme.

Cierro los ojos y muevo mis pies de arriba hacia abajo.

—Necesito que te relajes, Noa. La habitación está cerrada y sólo estamos tú y yo. Respira, sostén y libera y mientras lo haces trata de escucharte.

Hago lo que me dice.

—Otra vez. — me dice tiernamente.

Lo hago.

—Una vez más. — me dice con una voz un poco más baja. — Muy bien. Voy a encender el metrónomo, ahora. Vas a escuchar un golpecito constante. ¿Te gusta la playa?

—Sí.

—Muy bien. Necesito que visualices el mar frente a ti. El sol está a tu espalda. Puedes ver el choque de las olas, la espuma que hacen al llegar a la orilla. Puedes sentir el calor en tu espalda, tus pies en la arena caliente. Puedes escuchar gaviotas a lo lejos. Sientes el viento en tu piel. Estas relajada. El mar te relaja. El mar te da sueño. Estás bien. Estás segura. El mar te da sueño. Quieres dormir. Estás tranquila. tus piernas de adormecen. Tus brazos de adormecen. Una pesadez te llena. Tu cuerpo se relaja y se pone pesado. Tan pesado como el plomo. Yo cuento...uno, el sonido del mar desaparece. Dos... estás relajada. Nada te preocupa. Tres...empieza a oscurecer. Cuatro...está completamente oscuro. Cinco...duerme. Duerme profundo. Seis...Nada podrá despertarte. Siete...duerme más profundo.

MIA

Reviso los parpados de Noa, su respiración y noto que sus dedos muestran un tic. Señal de que está bajo hipnosis. No sé siempre se ha visto así, pero acostada en el sillón, luce tan inocente y tan frágil. Podría jurar que sólo está tomando una siesta. Dios si tan sólo pudiera. ¡Mia! me regaño a mí misma por tener tales pensamientos tomo mi libreta de apuntes de la mesa de enfrente, me siento y comienzo a preguntar.

— ¿Recuerdas que sucedió el día que te secuestraron?

—Sí. Iba a tener una cena con mis padres y mi esposo.

—Puedes decirme lo que hiciste ese día?

—Hablé con mi amiga, le dije al chef que preparara la comida una hora más tarde, hable con mis padres y salí a correr.

— ¿Qué pasa cuando sales a correr?

—Doy un par de vueltas, corro sin detenerme. Escucho música. Hasta que un auto casi me atropella.

— ¿Puedes ver quiénes son?

—Cuatro hombres. Dos se bajaron de atrás y uno de enfrente. El último se quedó adentro.

— ¿Y qué quieren?

—A mí.

La respiración de Noa se vuelve pesada.

—Nada de esto es parte del plan. — dice Noa.

—Me suben al coche, estoy entre dos hombres y trato de escapar. Pero no lo logro. Me golpean.

— ¿Puedes ver a donde te llevan?

—No. Me quedo inconsciente

— ¿Qué pasa después? ¿Dónde estás cuándo despiertas?

—En el suelo, en una jaula. Hace frío y me duele la cara.

— ¿Estás sola?

—No. Hay más mujeres aquí. Están asustadas.

— ¿Las conoces?

—No.

— ¿Qué más hay a tu alrededor?

—Más jaulas. Y...

Noa hace una pausa.

— ¿Qué? ¿Qué más?

—Niños. Pequeños. En otras jaulas.

Mi corazón se detiene. Dijo: Niños.

—Hay una niña con dos coletas y uniforme escolar detrás de mí. Me acerco a ella.

— ¿Sabes cómo se llama?

—Carina. Carina Carrera, tiene 12 años. Quiere a su mamá. Le digo que todo estará bien. Alguien viene. Es un hombre delgado, alto rubio con una coleta pequeña. Todos gritan asustados. Carina se esconde detrás de mí. Los hombres la buscan y también a mí.

—Nos llevan a un cuarto, igual de frío y con olor a cigarro y a animal muerto. Nos llaman VIP. Hay 5 hombres más, armados y sudados.

— ¿Qué quieren?

—Los papás de Carina no pudieron pagar. Les digo que Damián lo hará. Que me dejen llamarlo. Me dicen que la entregue. Pero no lo hago y me golpean. Caigo de rodillas. Se llevan a Carina al escritorio. Van a cortarle una mano. Alguien me toma del brazo, un joven, tiene unos 18 años o 19. Tiene un arma dentro del pantalón. Se la arrebato y disparo al hombre que tiene a Carina. Carina está llorando. Les digo que se alejen de ella.

— ¿Lo hacen?

—Sí. Carina me abraza por la espalda. Llorando. Me acerco a la puerta. Salimos, me golpean. Carina y yo caemos de espalda. Dejo caer el arma. Todos los hombres se acercan a nosotras. Los golpeos. Los muerdo. Les digo que la dejen. No me escuchan. Me golpean. Siento el sabor de la sangre.

— ¿Dónde está Carina?

—Detrás del escritorio. Los hombres se ríen. Les digo que la suelten. Que yo les pagaré. No quieren mi dinero. Le enviarán la mano al papa de Carina para que pague. Lucho por zafarme. No puedo. Se la cortan. Me obligan a verlo. Le queman la mano con una placa al rojo vivo. Carina se desmaya.

No puedo contener las lágrimas. Pero intento no hacer ruido. Paso saliva y trato de hablar, aunque no puedo.

— ¿Qué pasa contigo? — le pregunto a Noa.

—Estoy furiosa. El hombre se me acerca. Me amenaza.

— ¿Qué te dice?

—Voy a aprender a no meterme en donde no me llaman. Le sonrío y le doy un cabezazo. Le saco sangre. Me abofetea. Les ordena que me den una lección. Me golpean, me patean. Me meten a un agujero. No hay espacio. Huele horrible. Esta oscuro. No puedo respirar. Hay una rata y la aplasto con mi cabeza. Me desmayo.

— ¿Qué es lo próximo que ves?

—Lucho contra ellos. Me cuelgan con una cuerda del cuello y me levantan hasta que pierdo el aliento. Se ríen. Lo hacen varias veces hasta que pierdo la consciencia.

— ¿Qué pasa cuando despiertas?

—Me meten a una tina con agua helada.

Necesito vomitar. No puedo seguir con esto. Tengo que terminar la sesión. Pero sigo preguntando.

— ¿Qué pasa después?— casi no puedo decir las palabras.

—No lo sé.

— ¿Qué más recuerdas?

—Estoy en una silla, con las manos atadas. Estoy cansada. El rubio está aquí. Me habla de Carina.

— ¿Qué dice?

—Su papá pagó el rescate y está en casa. Quiero matarlo. Le escupo en la cara. Me clava alfileres en las uñas y me las arranca. Lo maldigo. Me arranca más uñas y finjo desmayarme. Me sueltan tomo una navaja y apuñalo a uno en el cuello. Mis manos están llenas de sangre. El rubio me abraza fuerte, lo muerdo y arranco un pedazo de su brazo. Me suelta. Alguien me golpea en la cabeza, siento algo caliente, es mi sangre.

Tiro la libreta al suelo con todo y pluma y corro detrás de mi escritorio y vomito en el pequeño bote negro que sirve para tirar papeles. No puedo resistirlo más.

— ¿Qué pasa después de eso?

—No lo sé.

Me callo por un tiempo. ¿De verdad quiero seguir indagando? Como ser humano, no. Como psicóloga/psiquiatra, sí.

— ¿Qué más recuerdas?

Me regreso al sofá frente a Noa y recojo mi libreta. No encuentro la pluma así que me inclino en el piso pudo haber rodado, no lo sé.

—Nada.

Estás sentada en la silla ¿Qué más sucede? — le suelto, presionándola.

—Nada.

—Estás a salvo, Noa. Dime ¿Qué más pasó?—Le digo desesperada mientras busco la pluma.

—No lo sé.

—Intenta recordarlo. — le digo mientras sigo buscando la pluma cuando siento a alguien detrás de mí, giro y es Noa con mi pluma.

—Ella no puede recordarlo. Porque no lo vivió. Creo que esto es suyo, Doc. Soy Cris, mucho gusto.— me dice con una sonrisa y una voz más grave que la de Noa.

—Hola, Cris. Un gusto conocerte. — le digo a la otra personalidad de Noa y tomo mi pluma de sus manos.

Noa camina lejos de mí, hacia la ventana que está al lado de mi escritorio y mira hacia afuera.

— ¿Cuántos días crees que pasaron en todo lo que te dijo? — me pregunta divertida.

—Un par de semanas. — digo levantando mis hombros.

—Fue todo un año. — y comienza a reír.— La drogaron, la golpearon, la violaron y torturaron. Como acaba de decírtelo. Pero solo recuerda un poco. El resto de nosotros soportamos una cosa diferente.

— ¿El resto de ustedes? ¿Cuántos son? — pregunto desesperada y me doy cuenta muy tarde.

—¿Cuántas personas necesitas para sobrevivir a ese infierno?— dice mientras se acerca a los libros que tengo detrás del sofá, sacando uno que otro, ocasionalmente.

—Y ¿Noa sabe de su existencia? — esto es muy extraño.

Y por un momento su expresión es ignorante.

— ¿Quién? — pregunta sorprendida

—Noa— le digo y señalo su cuerpo de pies a cabeza.

—Oh. Esta chica.— me dice, como si lo hubiera recordado de golpe pero al mismo tiempo sin importarle. Niega con la cabeza— ¿Por qué?

—Está lastimando gente. — digo con cuidado.

Noa, bueno, Criss se voltea a verme divertida.

—¿Te refieres al esposo?—No confío en ese tipo. Pero yo no lo mandé al hospital.

—¿Quién lo hizo— pregunto sin quitarle la vista de encima.

—Alguien más, Doc.— me sonríe de una manera que me da escalofríos. Lo que pasó con Damián fue un accidente. Noa — dice arrastrando el nombre— estaba alucinando y el chico sólo hizo su trabajo.

— ¿El chico? ¿Y qué hay de ti? ¿No pudiste ayudarlo? — pregunto un poco molesta.

—Ya te lo dije, Doc. Hay algo que no está bien. El miente sobre algo. — me explica en forma lenta y da dos pasos hacía a mí hasta estar frente a frente con su manos sobre los antebrazos de mi silla y acercándose a mí. ¿Tú no sabrás lo que es o sí?

— ¿Por qué lo sabría?— le suelto con la mejor cara de póker que he tenido en mi vida y trago saliva.

Me mira por un largo tiempo. Ojos con ojos.— Este cuerpo— comienza a decirme despacio mientras recorre su dedo índice de mi hombro hacia mi brazo y mano— te desea. Te desea más de lo que desea al esposo.— me dice cuándo comienza a tocar los dedos de mi mano izquierda.—Respire, Doc.— Me sonríe una vez más pero esta vez sensualmente y se acerca más a mi boca y se deja caer de nuevo en el sofá.— Bueno. Espero que ésta... Noa, lo tome bien cuándo le diga que ya no está sola o peor aún. Que casi mata a su esposo. — Me guiña el ojo y se sienta en el sofá. Mantengo contacto visual con Noa, su postura comienza a cambiar de estar completamente recta a encorvarse un poco, no parpadea, esta callada. Hasta que de pronto comienza a ver a su alrededor. — ¿Y? ¿Funcionó? — pregunta nerviosa.

— ¿Noa? — pregunto, intentando ser cuidadosa.

— ¿Mía? — me dice imitándome.

Me relajo. Respiro. Todo esto fue nuevo para mí. Jamás me había tocado una persona con trastorno disociativo.

—Mia ¿estás bien? — me dice preocupada.

—Sí. Perdón. — me toco la frente y cierro los ojos un par de segundos.— Noa ¿alguna vez has escuchado de...— comienzo a decirle antes de que mi celular comience a vibrar en mi escritorio. Y doy un salto. — ¡Puta!. Lo siento, creí que lo había apagado.

Me dispongo a declinar la llamada, pero veo que el id es del hospital. Podría ser respecto a Damián, así que lo contesto.

— Diga. Sí. Voy enseguida. Gracias. — cuelgo el teléfono y hablo con Noa. — Disculpa. Tengo que ir al ala de psiquiatría a checar a un paciente, lamentablemente no puedo esperar. Noa. Necesito que esperes aquí no tomará mucho tiempo. ¿Okay? Estarás bien aquí, nadie te molestará. — le digo mientras tomo mi bolso, mi celular y los apuntes que hice sobre la hipnosis.— Volveré y te lo diré todo.

—Okay. — me dice, amablemente.

Llego al piso de pediatría. Camino a la estación de enfermeras. Me dirijo la enfermera rubia y joven. No ha de tener más de 25.— Necesito hablar con el Doctor Vega. ¿Está libre?

—Claro. Está en su oficina, Dra.— me dice amablemente.

—Gracias. — le digo y camino lo más rápido que puedo.

Llego a la oficina de Vega, toco la puerta y entro sin que me haya contestado. El me escucha llegar y levanta la mirada y me ve completamente alterada.

— ¿Mia? Tranquila. Él no se va a morir. Está con transfusiones y suero, con hematomas y cortadas. — me dice lo más tranquilo y honestamente posible.

No me muevo. No digo palabra alguna y comienzo a respirar muy rápido. Me permito tener un ataque de pánico.

—Respira. — me dice Vega, aún sentado en el escritorio. Sus lentes para leer de verdad le hacen sus ojos con heterocromía se vean más grandes y hermosos. Se levanta y camina hacia mí.

Me recargo en la puerta y me deslizo lentamente hacia el piso. Me está diciendo algo. No sé qué es, pero asumo debe ser el "respira hondo, estás a salvo".

Después de un rato. No sé exactamente cuánto. Logro calmarme y contarle todo a Vega, desde mi matrimonio hasta la sesión que acabo de tener con Noa.

—No mames! — expresa mi amigo sentado en el piso frente a mí.

—¿Eso es todo lo que vas a decir?— le suelto absorbiendo mis mocos de la nariz, después de haber llorado.

—Lo siento, Mia. No sé qué decir al respecto.

Asiento con la cabeza, dándole la razón.

—Está de la verga todo este asunto. — me dice, aún en shock.

—Gracias, amigo. Eso era lo que necesitaba, sin duda.

— ¿Qué vas a hacer? — pregunta preocupado.

— ¿Yo? ¿Por qué debo ser yo la que haga algo? — le digo exaltada

—Aaaaa ¡Porque tu esposo está en estado crítico y acabas de descubrir que su esposa tiene múltiples personalidades, eres la única a cargo de Damián en este caso?— me grita.

— ¿Por qué me estás gritando? — le digo ofendida.

— ¡No lo sé! — grita de nuevo. Lo siento.

—Voy a llamar a su padrino. Necesita saber sobre Noa y elegir lo mejor para Damián. Legalmente yo ya no puedo tomar esa decisión.— le digo un poco triste.

—Aún puedes verlo. Eso es claro, si quieres.

—Me gustaría mucho.

—Okay— me sonríe y se pone de pie para ayudarme a levantarme.

Entro a la habitación de Damián y lo veo conectado a muchas máquinas y cables.

No puede respirar por sí mismo: máquina número uno.

Cables saliendo de su pecho: maquina dos.

Aguja en su brazo: maquina tres.

Me acerco a mi esposo. Tiene el rostro completamente hinchado y morado. Su brazo izquierdo está enyesado. Ambas manos las tiene completamente vendadas.

Recuerdo que cuando encontré a Damián, estaba en la cocina y lo único que dijo fue: Noa, por favor.

Lo sé. Fue Noa. Noa hizo esto. No. Fue "el otro chico" o "Cris". Maldición, Noa.

—Sé lo mucho que la amas. No te preocupes. Voy a protegerla hasta que despiertes. Te amo.

Llamo al padrino de Damián y le informo lo que está pasando. Llega al hospital y les da autorización para hacer lo que crea más conveniente para él.

Bajo a mi oficina y al entrar me doy cuenta de que Noa desapareció. Pero ¿A dónde fue?

—Mierda.

Subo al piso seis. Espero que Noa esté con su mamá.

El encuentro hablando con los doctores.

—...Su cerebro se está inflamando más de lo necesario y necesitábamos abrir su cráneo para evitar más daño. El padrino de su esposo nos dio la autorización para hacerlo, Sra. Gaxiola.

—Sí. Lo mejor será que él decida que hacer.— dice Noa apenada.— Gracias.

Los doctores se van.

—Noa. — digo nerviosa.

Noa y su mamá se giran a verme.

—Hola. Soy Mia. — le ofrezco mi mano y empiezo a tartamudear. — Soy...am...ee...

—La otra esposa de Damián. — me sonríe amablemente.

—Sí. — le digo con seguridad. No parece molestarle.

—Bueno. ¿Nos vamos, hija? — le pregunta a Noa.

—Sí. Vámonos. — dice Noa relajada y justo cuando van a caminar tomo a Noa del brazo. — ¿Crees que podamos hablar, esta noche? — le doy una mirada profunda para que entienda que es grave.

Noa entrecierra los ojos.

— ¿Pasa algo? — pregunta su mamá nerviosa.

—Sí. Nuestro esposo está en el hospital, ma.— dice Noa intentando que su madre no sospeche. — Te veo esta noche, en casa.

Se van.

CAPÍTULO 16

ELLA Y YO

Llego al edificio y sin darme cuenta uso mi tarjeta de acceso, me estaciono, subo por el elevador y al llegar sin darme cuenta intento abrir la puerta como siempre lo hice una vez que me casé con Damián. Pero recuerdo que está ya no es mi casa y toco.

Toc. Toc. Toc.

Doy un paso atrás para que puedan verme a través de la mirilla.

Noa abre la puerta, tare una chaquetina gris y un pantalón cómodo. Un pijama, básicamente.

Me mira por unos segundos y le sonrío.

—Bienvenida a casa.— me señala con la mano para que entre y me sonríe.

—Gracias. — entro al departamento y recuerdo la llamada que recibí de mi esposo. La sangre en el piso y por un momento me da escalofríos.

Noa nota que veo todo alrededor.

—Mi mamá es muy buena limpiando. Siempre le gustó ser ama de casa, de todos sus papeles.

— ¿Sus papeles?.— pregunto extrañada.

—Entrenadora de futbol, Mamá Líder de boyscouts,— comienza a decir Noa levantando uno a uno los dedos de su mano.— esposa, chef, mamá. No estoy diciendo que haya sido una mala madre, sólo que yo era más cercana a mi papá.— se pone triste cuando lo recuerda.

—Damián me dijo lo que pasó. Lo siento mucho. — Le digo tocándole el brazo suavemente.

Noa levanta los hombros y sonríe un poco.

—Gracias. Por lo menos ya no sufre por mí. Aunque me toca pagar por el dolor que provoqué. — por un momento se pone a pensar o recordar, no lo sé.

—Yo. No creo que te toque pagar nada, Noa. Lo que pasó fue— me interrumpe con una sonrisa.

—Ya pasó. — Toma una gran bocanada de aire y continua.— pero dime ¿Qué querías decirme? Pude notar que era algo importante.

—Claro. Noa yo. — no sé cómo empezar esta conversación.

—Perdóname. — me vuelve a interrumpir. — No tengo modales. ¿Te gustaría algo de beber? Tengo Té, café, agua, soda. Un poco de whisky.

—No. Gracias.— ambas nos quedamos viendo por unos momentos.—¿Por qué no te sientas?

—Okay. — me dice nerviosa.

Se sienta en el sofá largo y yo frente a ella en el sofá individual

Me tomo unos segundos para acomodar las palabras en mi mente.

— ¿Fui yo, no es cierto? Casi mato a Damián. — sus palabras salen frías, noto que está molesta.

— ¿Por qué piensas que fuiste tú, Noa?. — no estoy lista pare decírselo.

Noa se queda callada y juega con sus dedos, sus uñas las raspa con sus manos.

— ¿Noa?.— insisto. Puede darme más detalles.

—Anoche. Estábamos durmiendo y me levanté por un trago. No podía dormir y…

Noto que está intentando agarrar valor para continuar así que no digo nada.

—Creí que era una maldita pesadilla. — aprieta sus ojos y se pasa las manos por los ojos y la frente, desesperada.— Vi al hombre que me torturaba y cuando desperté, estaba en una tienda departamental comprando ropa. Vine a casa y te encontré en la cocina con Damián.

—No recuerdas nada de lo que pasó desde que tuviste la pesadilla. — digo suavemente.

—No. — dice y niega con la cabeza.

—Antes de que tuvieras la pesadilla. ¿Qué hiciste? Y no me refiero a ese preciso momento si no a lo que hiciste en el día ¿Te acuerdas?

—Sí. Pero no es algo que te alegres de oír. — me dice apenada.

Le sonrío.

—Dime tu rutina, Noa. — la animo.

—Estuve en casa de mi mamá. Vine al apartamento, Damián y yo hablamos de ti. Que le darías, bueno, que me darías tiempo y después nos besamos. Y.— se detiene y niega con la cabeza y aprieta los labios.

— ¿Hicieron el amor?.— le suelto. Sin una gota de molestia en mi voz o cara.

—No. O sea, sí. Pero no. Sólo cogimos. En el coche. Y nos venimos a dormir. — se ha puesto un poco roja. Se ve muy linda. No puedo evitar sonreír un poco. Mia concéntrate. me regaño a mí misma.

—Okay. — le digo con una sonrisa. — Esta bien, Noa. Tenemos el mismo esposo, sé cómo puede ser a veces.

— ¿Alguna vez has intentado matarlo? — me dice fría.

—No. — maldición, esta mujer es dura.

—Al parecer yo sí. ¿No es cierto? — me lanza una mirada amenazante. No quiere que le mienta.

—Sí y no.— intento hacer que me permita explicar. Y levanto mi mano derecha para pedirle tiempo.

Me lanza una mirada molesta.

—No seas condescendiente. En estos momentos su vida corre peligro.— maldición está molesta.

— ¿Lo recuerdas? — intento sonar dura.

— ¡No! Te acabo de decir que no recuerdo nada más.— dice enojada.

— ¡Eso es porque no fuiste tú!.— maldición. Eso son muy agresivo.— Lo siento, estoy intento explicarte lo que pasó, pero si te alteras no voy a poder.— la sentencio.

—Okay, me dice y trata de relajarse.

— ¿Alguna vez has escuchado sobre la personalidad múltiple? — le digo suave y despacio.

—Sí. Es cuando alguien desarrolla como personitas en su cabeza para salvarse a sí mismos de algún abuso.— me dice nerviosa.

—Correcto. Bueno, por lo general se desarrolla en la infancia, pero ha habido casos en los que personas que pasan por los abusos que tu pasaste también lo desarrollan.— le explico lo más rápido y claro que puedo.

Se levanta del sofá y se aleja unos pasos de mí. Parece que le está dando un ataque.

— ¿Me estás diciendo que...soy una maldita loca asesina?— sus ojos se cristalizan. Con sus manos toca su cabeza. La estoy perdiendo.

—Noa. — me levanto del sofá levanto mis manos hacía a ella, pero sin tocarla.

—Estoy loca. Me volví loca. Y Damián, lo maté yo. Yo lo apuñalee y lo golpee. — habla, pero no me ve.

—Noa no. — comienzo a intentar calmarla.

Toc. Toc. Toc.

Hay alguien afuera.

—Soy el Detective Hernández, Sra. Gaxiola. ¿Podría abrirme, por favor? Tengo un par de preguntas para usted.

Miro hacia la puerta y Noa también.

— ¿Llamaste a la policía?. — me pregunta Noa asustada.

—No. — le contesto con calma.

—No importa. Merezco ir a prisión. Maté a Damián. — No es completamente consciente de lo que dice. Maldita sea. Si la dejo hablar con la policía se la llevarán.

Me acerco a Noa, la tomo de la cara y le hablo en susurro.

—Escúchame. Yo no llamé a la policía. Metete a la recamara y espérame ahí. Yo voy a hacer que se vayan. No pienso permitir que te lastimen. ¿Entendiste? — le digo sin quitarle los ojos de encima. Ve. — le ordeno.

Noa se da la media vuelta y se mete a la habitación.

Vuelven a tocar la puerta. Tres veces más, pero esta vez lenta—men—te.

—Sra. Gaxiola. Abra. Por favor. — suena fastidiado.

Voy a la puerta y la abro.

El detective se sorprende y bromea al respecto.

— ¿Qué tal! La otra Señora Gaxiola ¿cierto?. — me dice el hombre.

Miro al oficial que trae detrás de él y lo saludo.

— ¿Puedo ayudarlo en algo? — le digo con falsa amabilidad.

Cubro toda la puerta con mi mano estirada para dejar en claro que no va a pasar, pero el detective pasa por debajo de mi brazo.

— ¡Ole!. En realidad. Vengo buscando a la primera Sra. Gaxiola.

Lo miro sobre mi hombro y me dirijo al policía.

—Por favor.— lo invito a pasar con un suspiro detrás.

El policía pasa, pero no cierro la puerta.

El detective mira a su alrededor. Husmeando.

—Noa, está descansando. No puede atenderlo ahora. — le digo caminando detrás de él.

—Mmm. Usted no, por lo visto. ¿Le molesta si le hago unas preguntas?.— pregunta divertido.

—Si es necesario. — le digo un poco molesta.

—Escuché que su esposo está en el hospital. ¿sabe que fue lo que pasó?

Abre la puerta corrediza de la terraza del apartamento y enciende un puro.

—No puede fumar dentro del apartamento hay sensores. — le digo molesta.

—He ahí por qué se abrió la puerta. — me sonríe y la señala.

Ambos nos miramos molestos. El esperando que yo le conteste y yo demostrando que no lo quiero ahí.

El policía se va a la cocina y nos deja solos.

—No sé qué es lo que quiere que le diga, oficial. — digo finalmente. El no cederá.

— ¿Qué fue lo que pasó?. — dice explicando la obviedad que al parecer ignoré.

Y si ese es el papel que quiere jugar. Lo haré.

Aprieto mis labios, abro mis ojos y niego con la cabeza a la par que levanto mis hombros y mis manos.

—No sabría decirle detective. Yo ya no vivo aquí.

—Y, aun así, aquí está.— fuma su puro y saca arroja el humo sin quitarme la vista.

—Mi esposo, tiene dos mujeres que lo aman. Es por eso que estoy aquí. Tenemos el mismo interés. Eso es todo.

—El mismo interés. ¿Usted y su esposo? O ¿Usted y la otra Señora Gaxiola?— se calla por unos segundos y continua.— ¿Son amigas?— intenta sacar más.

—Detective. Yo no llamé a la policía y tampoco lo hizo Noa. Tan segura como decirle que mi esposo tampoco lo llamó. ¿Cómo supo usted que él está en el hospital?

—Ah. Alguien del hospital me llamó. — mentiroso.

—Supongo que tendremos que esperar a que mi esposo despierte y le cuente que fue lo que sucedió. Porque yo no lo sé y, Noa, ya tiene suficiente con sus problemas.

El policía regresa de la cocina y los dos hacen contacto visual. El policía niega con la cabeza.

—Lo que sea que haya buscado su oficial, le voy a pedir que no lo vuelva a hacer sin una orden. Y lo mismo va para usted. Mientras mi esposo despierte, usted no puede entrar a este departamento si no es con una orden de algún juez, con motivo.

El detective se mofa por mis palabras y le dice a su policía que salga con la cabeza.

El policía joven camina con altivez y pasa muy cerca de mí con una sonrisa.

El detective se acerca al sofá y apaga el puro en el cojín, quemándolo.

—Su esposo. — dice entre risas. —Si sabe que su matrimonio ya no es válido ¿cierto?. Debió ser horrible que la verdadera Sra. Gaxiola volviera a reclamar lo que es suyo. Su esposo, su dinero, su futuro asegurado e inoportunamente, él tiene un accidente y sus esposas en lugar de ser enemigas y luchar por él, las dos son amigas. Dígale a la verdadera Sra. Gaxiola que necesito hablar con ella. O volveré con esa orden.

El detective sale del apartamento y cierra la puerta de golpe, lo que me hace dar un salto.

Respiro para calmarme un poco y voy a la recámara para hablar con Noa.

Toco la puerta y la abro lentamente. Asomo un poco la cabeza.

—Noa ¿puedo pasar?. El detective ya se fue y tenemos mucho que hablar, todavía.

No veo a Noa en la cama. Abro la puerta completamente y la veo en la columna de concreto que sostiene el vidrio de la terraza, de pie a punto de saltar.

— ¡Noa! ¡No! — salgo lo más rápido que puedo a la terraza.

El aire fuerte me golpea.

— ¡Espera! ¡Espera! ¿Qué estás haciendo? — intento acercarme a ella.

— ¡No!— me grita y mira mis manos y después mis ojos.— No puedo hacer esto.— dice casi en susurro.

—Noa. — intento decirlo de la manera más calmada que puedo.

Noa mira hacia enfrente, la ciudad, las luces. Luce calmada.

— ¿Damián alguna vez te dijo por qué elegimos este departamento? — relajada.

Intento acercarme un poco más.

—Por esto. — me señala con sus brazos abiertos. — Dile a mi mamá que lo siento, pero no puedo vivir así.— da un paso hacia adelante, va a saltar.

— ¡Noa, por favor! ¡Escúchame! Yo sé, que tu vida es un desastre ahora y todo se fue a la mierda. Lo que pasó con Damián, no fue culpa tuya. Eso se llama estrés postraumático y puede tratarse.

—Acabas de decirme que tengo personalidad múltiple y una de ellas casi mata a Damián. Me meterán al manicomio o a prisión. No puedo hacerles esto de nuevo.

—No voy a dejar que te hagan eso. — le digo, segura de mí misma.— Ahora soy parte de tu vida Noa, nos guste o no y te juro por mi vida que no dejaré que te lastimen. Nadie.

Mi mano sigue extendida hacía ella. Para que la tome.

Noa me mira extrañada.

— ¿Por qué?. — sale de su boca.

—Porque lo necesitas. Puedo ayudarte a tener una vida, de nuevo. Sólo dame la mano y te lo demostraré.

Noa levanta su mano y la acerca a la mía, dudando si es cierto que puedo ayudarla. La retrae un poco y por fin la extiende hasta tomar mi mano.

Me acerco a ella y la ayudo a bajar del concreto.

Noa es más pequeña que yo, tengo que bajar la mirada para verla, pero me encuentro con sus ojos oscuros.

— ¿De verdad vas a ayudarme? — pregunta nerviosa.

—Lo haré.— le digo sin soltar su mano y mirándola fijamente con media sonrisa en mis labios.

Acabo de romper todas las reglas.

Mi ética profesional.

Mi moral.

Mis valores.

Nadie puede saber que le sucede, por lo menos, no hasta que Damián despierte.

Ni la policía, ni su madre, ni los doctores.

Ni mi familia.

Tengo que cumplir mi promesa. La promesa que acabo de hacerle a ambos. Cuidar de Noa, hacer que mejore.

Ahora sólo somos ella y yo.

CAPÍTULO 17

MENTE, CUERPO Y ALMA

Mia se durmió a mi lado en la misma cama.

Primero porque planeaba dormirse en una silla cerca de la puerta, por si intentaba salir y saltar otra vez.

Después porque el cuarto extra que tiene el apartamento se convirtió en la pequeña oficina de Damián para cuando no quería ir a trabajar o leer algún libro.

Y para acabarla cuando se cansó de la silla, intentó dormir en el piso, sin mucho éxito.

—No voy a saltar. Te lo prometo. — le dije con los ojos cerrados, fingiendo que dormía. — Claro que si no me crees puedes dormir en la cama, a mi lado. Y si la razón es que no te sientes segura y temes acabar como Damián. Puedes atarme a la cama. Ya me han atado antes.

—Eso es justo lo que no haré. — me dice dulcemente.

Abro los ojos y enciendo la lámpara del pequeño buro a mi lado y la veo.

—Lo que le hiciste a Damián fue porque tener sexo con él fue un desatador de alguna memoria y bueno, tu cerebro pensó que estabas en peligro y te defendió. Si te atara pasaría exactamente lo mismo. Y no tengo muchas ganas de estar en el hospital.— bromea y me guiña un ojo.— Así que.— se acerca a la cama, levanta la colcha y se acuesta en el lado de Damián.— compartiremos la cama.

Despierto y escucho ruidos de la cocina.

Salgo y veo a Mia cocinando escuchando música pop en español.

— ¿Sabes cocinar?.— le digo con amabilidad.

—Claro. Siempre me ha encantado. A veces se me complica con el trabajo pero el desayuno y la cena corren por mi cuenta.— me dice mientras sirve lo que parecen huevos con pico de gallo en dos platos diferentes.— ¿Puedes sacar el pan tostado?— me pide.

Camino detrás de ella al tostador y tomo los panes y los pongo en un plato vacío.

— ¿Comemos aquí? o ¿En la mesa? — pregunta emocionada.

—Aquí está bien. A menos que tú prefieras la mesa.— digo apenada. ¿Por qué estoy apenada?

—No, está bien. A mí también me gusta más la barra. — luce tan tranquila. Como si hubiéramos hecho esto una y mil veces.

Me siento en una de las sillas y ella a mi lado, acomodando los platos de cada una.

— ¿Café o jugo? — pregunta.

—Jugo, por favor. — me siento muy rara.

Saca la botella de jugo de naranja del refri y me sirve un poco, dejando el bote en la barra en caso de que quiera más.

Ella se sirve un poco de café. Negro, con azúcar.

Me sonríe después de darle un sorbo a su café

—Provecho. — y se dispone a comer.

Esta faceta de Mia no la había visto, es tan alegre, tan vivaz. Y tiene una sonrisa que ilumina el ambiente.

Intento comer en silencio para no interrumpir la música que Mia parece disfrutar y tararear.

Hasta que empieza una canción de rap en español.

"Todas mueren por mi" del Cartel del Santa.

Mia se congela y voltea a verme.

—Lo puedo explicar. — me dice entre risas.

—No. No hay necesidad. Está bien.— le digo y sigo comiendo.— "No te asombres, esto es real, no es ninguna fantasía".— rapeo la canción.

—"Mami, no estés triste, soy tu papi todavía". — continua Mia.

Y después yo.

—"Soy tu vida, soy tu muerte y vivo para cogerte"

Y Mia

—"Tengo frio el corazón, pero la verga caliente"

Ambas nos reímos y seguimos comiendo.

—No pensé que te gustara ese tipo de música. — le digo.

— ¿Por qué?¿Porque soy una psicóloga?— dice mientras le da un sorbo a su café.

— ¡No!. — intento sacarme de esta. — Porque luces muy tierna y dulce.

—Bueno, gracias a mi carrera aprendí que las apariencias engañan.— lo dice como si un mal recuerdo la hiciera decirlo.

—No deberías olvidarlo. — le advierto.

Termino el huevo que me sirvió y me tomo el jugo de gilo.

La miro y Mia sigue con la mirada perdida.

— ¿Estás bien?.— suelto enseguida.

Mia reacciona a mi voz, baja la taza que tenía en sus manos, da un largo suspiro y sonríe.

—Sí. Perdona. Un recuerdo. — me dice señalando su cabeza y levanta los hombros como superándolo.

Me levanto de la barra y lavo mis utensilios.

— ¿Siempre has comido así de rápido? — pregunta Mia, aun comiendo.

—Amm...— no había pensado en eso pero no lo recuerdo y trato de hacer memoria.— la verdad es que no. Solía tomarme mi tiempo para hacer todo.— Termino de lavar mis trastes, el sartén , la cuchara todo lo que uso Mia para hacer el desayuno y me seco las manos en la ropa.— ¿Terminaste?— le digo a Mia.

—Yo iba a lavar los trastes.— me dice apenada.

—No. Tu hiciste el desayuno, lo correcto es que yo los lave.— le tomo su plato ya vacío y lo lavo.

—Muy bien. Gracias. — me dice.

—No hay de qué.— le sonrío y me voy al cuarto.

Mia se levanta y se despide de mí.

—Si necesitas algo por favor llámame.— y camina hacia la puerta de salida.

— ¿Vas a dejarme sola? — le digo asustada.

Mia se detiene y me mira.

—Yo. No. No pensé que me quisieras aquí. Yo planeaba venir en la tarde y en la noche a verte y hablar de lo que vayamos a hacer. — dice nerviosamente.

—No. No te vayas. — le digo en voz baja.— Mia voy a hacer todo lo que me digas si con eso mejoro pero...¿por qué no te mudas aquí?. Podemos traer una cama y ponerla en la sala si te incomoda dormir conmigo. No es que tenga muchos amigos que vengan a verme o familia.

—Okay. — Mia acepta con una sonrisa como si fuera de alivio.— aun así tengo que ir por mis cosas a mi departamento. ¿Quieres venir?

—Ammm. — miro a la puerta detrás de ella. Salir. Solas. A la calle.

—Tienes miedo de salir. — dice, descubriéndome.

—No. Sólo no quiero salir. No tengo ganas. — miento.

—Lo entiendo. Bueno, entonces iré por las cosas y regresaré lo más rápido que pueda. — me sonríe y se va.

Mia estuvo todo el día fuera.

Yo me la pasé viendo la televisión en mi cuarto y esperando que volviera.

Y cuando lo hizo trajo la cena. Un par de tortas.

— ¡Noa! ¿Estás aquí! — me grita Mia.

— ¡Voy!. — apago la televisión y salgo a verla.

—Hola. — me saluda cálidamente.

—Hola. — le regreso el saludo sin tanto eufemismo.

—Disculpa que me haya tardado. Fui por mis cosas, pero tuve que ir al hospital. Un paciente tuvo una emergencia y luego llegaron dos más. Pero ellos no fueron emergencia, sólo olvide cancelar las citas. Pero traje la cena. Espero que te gusten las tortas.

—Claro. — le contesto. — Traeré los platos.

Nos sentamos en la mesa. Mia se sienta en la cabeza y yo a su lado izquierdo.

— ¿Cómo estuvo tu día? — me quiere sacar platica mientras cenamos.

—Bien. Dormí casi todo el día y vi la televisión. ¿Y el tuyo?

—Bien. Fui a ver un par de pacientes y han progresado lo suficientemente bien. — y le da una mordida a su torta.

—Qué bueno. — y yo a la mía.

— ¿Quieres hacer algo mañana? Es mi día de descanso y pensé que podríamos hacer algo, si tú quieres.— me dice con un poco de comida en la boca.

—No. Estoy bien. Gracias. — le digo intentando zafarme de la situación. — pero tú puedes salir a donde quieras. Ver a tus papás, tus amigos. Yo estaré bien aquí. — le digo con una sonrisa despreocupada.

—Mis amigos están muy ocupados siendo padres de familia. Y cada vez que nos juntamos no dejan de preguntarme cuando me voy a embarazar. Así que. Me quedaré contigo, si no te molesta.

—No. — me chupo los dedos de la grasa y el aguacate que se le está saliendo por los dado a mi cena.

—Tu ¿has visto a tu mamá o hablado con ella? — me pregunta. No sé qué está pasando que el ambiente se siente diferente al de la mañana. Es pesado.

—No. — contesto fríamente.

— ¿Por qué no vamos mañana a verla? Te ha de extrañar. — vuelve a insistir con salir.

—La última vez que nos vimos nos peleamos y después pasó lo de Damián y no cruzamos palabra alguna. Pero sé que seguimos enojadas. Así que...— muerdo mi torta y me encojo de hombros.

—Lo siento. — Mia se ve apenada por lo que acabo de decir.

—No te preocupes.

Ambas nos quedamos calladas por unos segundos. Sólo se escuchan mis masticadas.

— ¿Sabes que podríamos hacer? Ir al cine, hay una película nueva que...

— ¡Mia, por favor, ya basta! No quiero salir. No. — dejo caer mi torta al plato y me reclino en la silla.

Mia se endereza de inmediato en su silla. Su mirada se torna calculadora. Está en modo alerta.

—Lo siento. No intento ser grosera. Es que. — no encuentro las palabras. Sólo suspiro.

—Noa, necesitas hablar de lo que te pasó el día que te secuestraron.— rompe el silencio de la habitación.

— ¿Para qué? — pregunto a la defensiva y sin verla a la cara.

—Porque te guste o no sigues con vida y te guste o no tienes que vivirla. No te la puedes pasar encerrada en el apartamento para siempre. — me explica con mucha calma.

— ¿Por qué no? Tengo todo lo que puedo necesitar. — comenzamos a pelear como cualquier adolescente. — Si tengo hambre pido de comer. Hernán la sube, la deja en la puerta y se va. A veces comemos juntos. Si quiero ver la tele, solo la enciendo. Si quiero aire fresco sólo salgo a mi pequeña y hermosa terraza. ¿Has estado ahí? Tiene una hermosa vista.

Mia da un suspiro y me sigue la corriente.

—Claro que he estado ahí. La primera vez que la vi, me di cuenta de que no tenías plantas. Solo un par de sillas, un asador y una pequeña mesa entre las sillas. ¿Nunca se te antojó adornarla?

—La verdad es que no. Por lo general salía a tomar un trago después de un día horrible en la oficina. A veces Damián me acompañaba. — Y entonces me pongo triste y me callo.

—Él va a estar bien, Noa. — me dice para tranquilizar mis pensamientos.

— ¿Qué tengo que hacer para no volver a hacer lo que hice?

—Vamos a hacer una rutina. ¿Qué te gusta hacer?.— pregunta emocionada.

Y a pesar de que lo pienso no se me ocurre nada. Lo que recuerdo que me gustaba no parece emocionarme así que sólo levanto los hombros, aprieto mis labios y niego con la cabeza.

—Okay. ¿Por qué no averiguamos que te gusta?

Niego con la cabeza. No estoy para nada interesada.

—No tiene que ser justo ahora. Puede ser mañana. Yo tengo que ir al hospital de nuevo, pero no volveré tarde.

—Gracias por la cena. — y levanto la mirada, pero la bajo en seguida. No tengo cara para ver a Mia. — Perdóname por haberte gritado.

Mia sonríe tiernamente.

—No te preocupes. No fuiste la primera adolescente que me gritó hoy.

— ¿Adolescente?. — me río.

—Te defendiste como una. — se ríe.

Llevo dos días intentando hacer lo que Mia me pidió. Pensar en qué cosas me gustaban.

Me salgo a la terraza con una libreta y una pluma en mano. Es lo más cerca que estaré de salir a la calle.

Comer

Dormir

Ver la tele

Escuchar música

Me tardé 2 minutos en escribir esas y después dos horas más sin escoger ninguna otra.

—Puta madre. Esto no va a funcionar. — Me digo a mí misma y de regreso a mi habitación veo a Hernán entrando con bolsas de supermercado.

—Señora Gaxiola. — me sonríe y saluda con amabilidad.

— ¿Hernán?. — no esperaba verlo aquí.

—Ahí en la cocina están bien Hernán. — es Mia que viene detrás de él. Con otro par de bolsas.

—Eso es demasiada comida. — le digo a Mia sorprendida.

— ¿Qué? Claro que no. Si es apenas para la semana. — me dice un poco molesta.

—¿Algo más que pueda hacer por ustedes, señoras?.— dice Hernán saliendo de la cocina.

—No, gracias, Hernán. — le dice Mia con una sonrisa.

Hernán nos mira a las dos, se despide con un leve movimiento de cabeza y se va.

Mia se va a la cocina.

—Gracias por la comida, pero podíamos pedir a algún restaurante. — le digo mientras la sigo a la cocina.

—De verdad no te gusta cocinar ¿verdad?— dice Mia no molesta pero tampoco con ganas de bromear.

—Siento que es una pérdida de tiempo. Es todo. — le digo un poco a la defensiva.

—Dime algo nuevo. — con tono molesto.

— ¿Disculpa?

— ¿Hiciste la lista que te pedí que hicieras?— Mia no quiere verme pero se pone a arreglar todas las compras en su lugar, los cereales, la leche, el huevo, los jugos, etc. Trae unos shorts cortos, el cabello recogido y una camisa de color verde con cuello V y unos tenis.

Carajo sus piernas lucen increíbles.— ¿Noa?.— me dice y me saca de mis oscuros deseos.— ¿La lista?

—Amm. Sí. Hablando de eso. Yo no. — apenas iba a empezar a explicarme cuando Mia me arrebata la libreta de las manos y lee las estupideces que escribí.

—Esto no es lo que.— se calla y toma un suspiro largo, para tranquilizarse.— ¡Necesito que escribas cosas que no sean necesidades fisiológicas!

— ¿Por qué estás tan enojado conmigo!.— le digo reaccionando a sus gritos.

—Porque estoy intentando ayudarte, Noa. Y todo lo que tú haces es burlarte, negarte y cerrarte a cualquier puta cosa que te digo o te ofrezco.

— ¡No quiero tu ayuda!.—le contesto sin pensarlo. Soy una maldita estúpida.

El rostro de Mia pasa de estar molesto a triste.

—Tú ganas, Noa. — me dice relajándose un poco. Se aleja de la cocina lo más rápido que puede. Cuando comienza a reírse de algo. — ¡Sabes que es lo peor de todo? Que no alcanzas a ver que eres un peligro para cualquier persona a tu alrededor. Esta vez sólo mandaste a Damián al hospital. La próxima vez, podrías terminar de matar a tu madre o a mí, o a Hernán o a quién sea que esté a dos pasos de ti. Y no parece importarte. Y si a ti no te importa ¿Por qué debería importarme a mí?.— me mira un par de segundos, se vuelve a reír y sale del apartamento.

Corro detrás de ella, pero me detengo en la puerta al tocar la perilla.

Mi corazón comienza a latir muy rápido. Me falta el aire.
Mis oídos tienen eco.
Suelto la perilla.
Me toco la frente y noto que tengo sudor.
Me alejo de la puerta y me voy a mi habitación.
¿Por qué no puedo siquiera abrir la maldita puerta?
Tal vez Mia tenga razón. Necesito hacer lo que me dice. Ella sólo quiere ayudar y yo lo estoy haciendo muy difícil, pero ¿cómo? ¿Cómo le explico a mi maldita cabeza cobarde que no pasará nada una vez que salga por esa puerta?
Me acuesto en la cama viendo hacia el techo y sin darme cuenta me quedo dormida.
— ¡Ayuda! ¡Suéltenme! ¡Ayúdenme! — estoy en mi secuestro de nuevo. Tres hombres, me suben al coche. Intento escapar. No lo logro.
Despierto de golpe y ya es de noche. Carajo. No sé ni qué hora es.
Estoy agitada y sudada. Otra vez.
Tomo el celular de la mesita de al lado y veo la hora son las 10 de la noche.
Escucho que las sillas de la cocina se arrastran.
— ¡Mia?. — me levanto de la cama, asustada pero también preocupada.
Salgo de mi habitación y veo a Mia tirada en el piso.
—¿Mia?.— me acerco a ella, la pongo boca arriba y le hablo dándole suaves golpecitos en la cara.— Mia. Oye, despierta.
Mira abre los ojos y se me queda viendo. Intentando reconocerme.
— ¿Por qué estás sudando? ¿Hiciste ejercicio? — me dice con esfuerzo y muchas pausas gracias a la cantidad de alcohol que corre por sus venas. Y me divierte un poco.
—Tuve una pesadilla.— le digo con una sonrisa.— ¿Puedes pararte?.— le digo mientras intento enderezarla.
—No. — dice entre risas.
— ¿Cuánto bebiste? — le pregunto preocupada.
—Cerveza. — ya que la siento.

— ¿Cerveza? No fue lo que pregunte, pero ¿La cerveza te pone así de mal?

—Cuando...paso...todo el día...bebiendo así, sí. — me dice con los ojos girando por toda la habitación.

—Ah. Bueno, pon tus manos alrededor de mi cuello, te voy a llevar a la habitación ¿okay?

—Okay. — cierra un poco los ojos y como puede me rodea con sus brazos.

—Una, dos, tres. — le digo levantándome con esfuerzo. Me quedo de pie intentando recobrar el equilibrio. Aprieto a Mia lo más que puedo para no dejarla caer. — Te voy a llevar al cuarto.

—No. — me dice y no se mueve.

— ¿Que?.— demonios está pesada.

—Te quiero. — me suelta Mia viéndome a los ojos.

— ¿Qué?.— le digo asombrada. ¿De verdad dijo lo que creo que dijo?

—...ayudar. — termina la oración.

No. No era lo que pensaba.

— ¿Por qué no me dejas? Quiero que tengas una vida. Sé que puedes lograrlo. ¿Por qué no quieres? Eres joven y hermosa. — ni siquiera borracha deja el tema por la paz. — ¿Por mí? Hazlo por mí.

—Mia. — le digo un poco molesta. — ¿Por qué no hablamos de esto maña?. — y entonces me besa.

Sus labios están pegados a los míos. Intento alejarme de ella. Pero sus manos aprietan mi cabeza en sus labios.

Es ella quién deja de besarme, me sonríe.

—Me debías eso. — me dice orgullosa de ella.

Empieza a soltarse más y me doy cuenta que se va a desmayar, así que para poder cargarla, la jalo del brazo y con mucho esfuerzo la recargo sobre mi hombro para poder llevarla a la cama.

—No. No. No. Demonios, Mia, estás pesada. — le digo a la inconsciente Mia.

Miro a Mia dormida sobre mi cama.

Me siento en el pequeño sofá dentro de la habitación, frente a la cama. Toco mis labios con mis dedos y pienso en ese beso y en el anterior. Nunca pensé verla borracha. O que la volvería a besar. O que ese beso me haría sentir cosas.

Para ser honesta, ya había olvidado el primero. Pero no pienso olvidar este o dejar de pensar en él. "Por mí". ¿Por qué quiere que lo haga por ella? O lo más importante ¿Por qué me besó? ¿Acaso Mia siente algo por mí? Tal vez sólo se estaba divirtiendo o estaba de bi-curiosa.

Para el día siguiente ya tenía todo lo que necesitaba en una libreta.

Lo que Mia quería para ya no estar molesta conmigo.

Pero aún no podía salir. Siquiera pensarlo me mareaba.

Así que ¿Cómo arreglamos eso?

Hablando.

Antes de cualquier otra cosa le pedí a Hernán que me trajera un Suero de la tienda, un par de aspirinas y que subiera el desayuno que pedí por línea para Mia y para mí.

Hernán llegó a las 8 de la mañana, me entregó todo y se fue.

Mia despertó con un terrible dolor de cabeza.

Tuve que cerrar las cortinas de la habitación para que no le hicieran la vida un infierno.

Así que la habitación estaba, no completamente oscura, pero no parecía que ya hubiera amanecido.

—Mmm.— empezó a quejarse Mia. — Puta madre. Mi cabeza. — se dijo a ella misma.

—Hay un par de aspirinas a tu lado y suero frío. — le digo con cuidado.

Mia da un pequeño salto y mira a su alrededor.

—¿Cómo llegué aquí?.— me dice tocando su cabeza.

Entonces no se acuerda del beso. Maldición.

—No lo sé. Pero llegaste y entraste sola. Caminaste hasta la sala y te traje a la habitación.

—No puede ser. Esto es tú culpa. — me dice.

— ¿Mi culpa!.— le grito sorprendida.

—Shh. — Mia no puede con el dolor de cabeza.— No grites.

Sonrío un poco y me pongo de pie para darle las aspirinas y abrirle el suero.

—Tómate las pastillas y el suero. Iré a calentarte el desayuno. — le digo.

—Gracias.

Después de desayunar el deje dormir un poco más. Hasta ya entrada la noche.

No hice ruido alguno. Me puse a ver películas en la sala, desde mi celular. Dormí un poco. Ordené más comida. Volví a dormir.

Hasta que su voz me despertó.

—Noa. — me dijo en un susurro.

—Hola. — le conteste amablemente.

—Hola. — y ella me dio una sonrisa.

—Gracias por el suero y las pastillas. — me dice un poco apenada.

—Y el desayuno.— le digo mientras me siento en el sofá para que ella se siente a mi lado.

—También. — me dice.

—Hay una hamburguesa, algunos boneless y pasta para cuando despertaras. — le señalo la cocina.

Mia se sienta a mi lado. Parece nerviosa.

—Noa. Tengo que ofrecerte una disculpa. — comienza a explicarse. — Ayer, perdí el control. Si fueras mi paciente. Ya hubiera perdido mi trabajo. Yo quiero ayudarte, pero no pienso obligarte a nada.

—Tengo miedo a salir.— llego la hora de confesarlo todo. Bueno, lo que ella necesita.— Es miedo a que haciendo algo tan simple y estúpido como ir a otro edificio o a correr termine en cinco años siendo torturada. No creo que lo soporte de nuevo. O que viva para contarlo.— me explico.— Y la verdad es que no me explico porque cuando regresé no sentí ese miedo. Salí como si nada. Fui a ver a mi mamá y me dijo que mi papá estaba muerto. Fui al cementerio y Damián me dijo que eras su esposa. Después pasó lo de Damián y mi cuerpo ya no quiso salir a ningún lado. Se pone tieso cada vez que intento siquiera acercarme a la puerta. — me levanto y camino a ponerme frente a la puerta. Mia sólo me sigue con la mirada.— No importa que tanto lo intente. No puedo abrirla.— Un nudo se forma en mi garganta y las lágrimas se juntan en mis ojos.— No puedo salir. Quiero ver a mi madre, pero no puedo. — empuño mis manos y respiro para calmarme. Me volteo a ver a Mia.— Hice la lista que querías.— le digo con una sonrisa.— está justo a ahí.

Mia ve la libreta y lee lo que puse.

—En la hoja de atrás escribí mis miedos. Los racionales y los irracionales.

Mia mira las otras páginas, las lee y continuo después de unos segundos.

—Y en la siguiente hoja hay. — estoy nerviosa y me tiembla la voz.

—Una disculpa. — dice Mia con una sonrisa.

—Básicamente lo que dice es que— empiezo a mover mis manos y brazos en tono con las palabras que salen mi boca.— soy una idiota. Y...que lo siento. Siento haberte hecho sentir que no valoraba o necesitaba tu ayuda. Voy a poner de mi parte para salir de este infierno. Y te agradecería que estuvieras a mi lado, no sólo como terapeuta, sino como amiga y de alguna manera como mi familia. Si es que aún me quieres ayudar.

Miro a Mia esperando ver en su rostro una negativa o algo similar, pero me encuentro con una sonrisa de oreja a oreja.

Se levanta del sofá y camina hacía a mi para abrazarme.

—No te preocupes, Noa. Saldremos de ésta juntas. Y felicidades. Es tu primera sesión de terapia y lo hiciste muy bien.

— ¿Tú crees?.— le digo divertida.

—Sí. — se separa de mí y nos miramos a los ojos por lo que parece mucho tiempo. Hasta que Mia sacude la cabeza y se aleja de mí. — ¿Dónde está ese espagueti? Muero de hambre.

—Sobre la barra.

—Okay. Cenemos. — dice emocionada y se va.

Palabras tras palabras
Comida tras comida
Día tras día.

Mi infancia, mis padres, mi adolescencia, mi trabajo.

Le conté todo a Mia. Incluso mi matrimonio. Intenté no ser tan explícita en cuanto ese tema. Pero a Mia no parecía molestarle. Incluso compartimos anécdotas sobre Damián.

Le hablo de las peleas constantes que teníamos sobre el dinero y ella me explico que ese es el lenguaje de amor de Damián. Gastar dinero, comprar cosas, regalar cosas. Y cuando yo no las aceptaba, mi esposo entendía que no lo amaba y por eso se derivaban nuestras peleas. Yo estaba tan acostumbrada a no depender de nadie y Damián a que todos dependieran de él por su cartera. Eso me dejó muchas cosas muy claras.

—¿Irás mañana a trabajar?— pregunto mientras Mia y yo cenamos.— Sé que no has ido por estar conmigo pero puedes dedicarme una o dos horas al día, por mi está bien. No tienes que abandonar a tus pacientes ni nada por el estilo.

— ¿Ya no quieres que esté aquí? — dice Mia nerviosa.

— ¿Qué?. — mierda no, grito sin darme cuenta. — ¡No! Me refiero a que, tú ya tienes una vida, no quisiera que la dejaras por mí.

—No estoy dejando nada por ti, Noa. Incluso los terapeutas tenemos vacaciones. ¿Has notado como a veces mi celular suena y me encierro en la oficina? Es porque mis pacientes tienen mi número para emergencias y lo contesto.

—Oh. — nunca pensé que fuera eso. — Okay.

— ¿Has hablado con tu mamá? Es una de las tareas que te encargué. — me dice Mia, de la misma manera que mi mamá me solía preguntar si ya había hecho la tarea pero ya sabía la respuesta. Y la respuesta era no.

—Aaaaam.— desvío la mirada de ella y comienzo a fingir que como.— No me contestó.

—Noa. — su mirada se clava en mí.

— ¿Podemos cenar y llamar después? — le digo con una sonrisa para distraerla de su molestia. Lo cual parece funcionar.

—Okay. ¿Intentaste abrir la puerta? — pregunta mientras come su ensalada.

—Sí. — le digo muy emocionada.

— ¿De verdad?. — contesta con comida en la boca.— ¿Y cómo te sentiste?

—Super bien. La abrí y me metí a bañar.— le digo, confirmando mi broma.

Mia deja de sonreír y se molesta.

—Ja ja.— me dice y se limpia la boca con una servilleta.

—Estoy hablando de la puerta a mis espaldas.

—Ya sé. Ya sé. Lo intenté, pero no pude. — intento explicarme. Volveré a intentarlo mañana, lo prometo.— le doy una mirada de perrito lastimado y me sonríe.

—Muy bien. Tramposa. Sé lo que haces. — termina su ensalada y le da un trago a su vaso de agua.

Le he dicho que puede beber vino si quiere, pero me dijo que no iba a ponerme la tentación enfrente. "No estás lista aún".

Recojo los platos de la ensalada y voy a la cocina para tirarlos a la basura. Mia aparece detrás de mí y me da mi celular.

—Te llaman. — me dice. La verdad es que sin pensarlo lo tomo y me lo pongo en el oído.

—Gracias. ¿Hola?.— y el sonido de marcación está sonando.— ¿Está marcando?

—Si.— me dice con una sonrisa traviesa— Dile que le mando saludos y sale de la cocina.

—Mia. — le susurro molesta.

— ¿Hola? Hija, ¿eres tú?.— escucho la voz de mi madre a lo lejos.

Agarro aire y me preparo para la siguiente conversación. Mi madre no sabe que estoy viviendo con Mia.

—Hola, ma.— le digo por fin.

—Hola, cariño. ¿Todo bien? — pregunta preocupada.

—Sí. ¿Tu cómo estás?.— dejo lo que estoy haciendo y me concentro en mi mamá.

—Mejor.— me dice a secas y sin ninguna información extra.— ¿Quieres venir el fin de semana?

—No sé, ma. No puedo— me callo por unos segundos.

— ¿Sigues enfadada conmigo? Te prometo no volver a hablar sobre tu matrimonio. — me dice con tono herido y suplicante.

—No. No es eso. Es que...No puedo salir.— finalmente se lo confieso. No quiero hacerlo pero a este punto no sé qué le dolería más saber que estoy tan traumada que no puedo salir de casa o no poder verme después de cinco años que me dio por muerta.

— ¿No puedes salir? — dice mi madre alterada.

Tal vez no debí decirlo así.

—Me refiero a que— ¿Cómo le explico esto?— el estar secuestrada por tanto tiempo me arruino la cabeza mamá.

—¿A qué te refieres con eso?— escucho a mi mamá y puedo sentir el miedo detrás de sus palabras.

—Tengo miedo. Miedo de salir. Siento que si abro la puerta hay alguien detrás de ella y si salgo a la calle que hay alguien detrás de mí y no puedo salir. Es por eso que no he ido a verte.

—Oh, cariño.— puedo sentir detrás del teléfono como se quiebra.

—Cuando volviste no te pasaba ¿o sí?— intenta mantener la compostura, lo sé. Después de todo, nada salió como se había planeado.

—No. Eso pasó después y no sé por qué. Bueno, mi terapeuta— cuando lo digo levanto la mirada, buscando a Mia, pero no está— dice que es porque estaba en shock y que mi cerebro relacionó que todo lo que vino después, pasaba porque salía del apartamento.

—Hija, tal vez deberías— escucho el timbre de la casa a lo lejos y mi mamá desvía su atención de mí— ¿Quién es!— grita mi madre.

Esto es extraño. Nadie nunca va a la casa.

— ¿Quién es, ma? — pregunto intrigada.

—No lo sé, déjame ver.—escucho que mi madre llega a la puerta.

—Cuelgue el teléfono. — escucho a una voz masculina.

— ¿Quién es usted? — intento escuchar lo que dice el hombre pero no logro distinguir sus palabras— No lo conozco.

— ¿Ma? Oye ¿Quién es? — me estoy alterando cuando escucho que se rompe algo y la llamada termina. — ¡Ma!

Puta madre.

¿Qué está pasando?

Vuelvo a marcar el número de mi mamá. Suena y suena, pero nadie contesta, me quedo ahí hasta que entra el buzón. Cuelgo y vuelvo a llamar.

Pasa lo mismo y marco al teléfono de la casa.

Nadie contesta.

Camino hacia la puerta del apartamento. Tomo las llaves de mi auto colgadas del porta llavero al lado de la puerta. Pongo mi mano en la perilla, pero mis piernas se han quedado tiesas. Mi mano no se mueve.

Suelto la perilla y doy un paso hacia atrás.

Soy una maldita cobarde. Lo sé.

Imágenes de mi madre aparecen en mi cabeza de golpe. No puedo dejarla. No pienso permitir que le hagan daño. Mi madre es lo único que me queda.

—A la mierda!. — me digo a mí misma y salgo corriendo del apartamento.

Llego al elevador y lo llamo sin cesar.

— ¡Noa!. — escucho a Mia gritar detrás de mí. Pero no me detengo. No tengo tiempo.

Tomo las escaleras de emergencia y bajo lo más rápido que puedo hasta llegar al sótano y me subo a mi coche.

Manejo como loca por toda la puta ciudad, me paso semáforos en rojo.

Intento llamar a mi mamá otra vez, pero sigue sin contestar.

— ¡Maldita sea! — arrojo el celular al asiento del copiloto.

Llego a casa de mi madre y me bajo lo más rápido que puedo. Está completamente a oscuras. Lo único que me da luz sobre la casa es mi auto.

Toco la puerta como loca.

— ¡Ma! ¡Mamá, estás aquí? — No tengo la llave de la casa y no puedo tirar la puerta.

En la jardinera de mi madre hay piedras. Tomo la más grande que encuentro y justo antes de romper el vidrio la Señora Luisa me grita.

— ¡Noa! ¿Eres tú?— me dice sorprendida y asustada al mismo tiempo.

—Señora Luisa, estoy buscando a mi mamá. Pero no me abre. Estaba hablando con ella, pero alguien llegó a la casa y se colgó la llamada.

—Ah, sí. — me dice la señora de unos 70 años con su perro salchicha en mano— Un hombre joven y fuerte se la llevó en una camioneta, blanca.

— ¿Qué?. — Se la llevaron. No puede ser. El calor se me va del cuerpo.

—Sí. No alcancé a verlos muy bien, pero acaban de irse. — me dice la anciana.

— ¿Hacia dónde? — le pregunto desesperada.

—Por allá— me señala a su lado izquierdo.

Corro al auto sin despedirme. Lo enciendo y conduzco como loca. Buscando una puta camioneta blanca.

Mi celular comienza a sonar.

Lo contesto, esperando que sea mi madre.

— ¿Mamá!.— digo desesperada.

— ¿Qué? No. Noa es Mia qué está pasando. ¿Dónde estás? — está preocupada.

—Mia no puedo hablar ahorita, mi mamá puede estar en peligro. Enseguida te llamo.

Conduzco con mi mirada en todos los ángulos posibles. Hasta que veo una camioneta blanca a lo lejos, con vidrios ahumados.

Piso el acelerador y justo cuando lo alcanzo veo a un hombre manejando, un hombre joven. Le arrojo mi coche y él logra quitarse. Frena la camioneta y me bajo del coche. Abro la puerta de atrás y la veo.

Es una mujer rubia de unos 35 años, rubia, con un bebé en brazos.

— ¿Qué chingados te pasa! — me dice la mujer completamente asustada.

El hombre que viene conduciendo no puede abrir la puerta, mi auto la bloquea completamente.

—Lo siento. Me equivoqué de auto. Perdón. — le digo a la mujer que se aferra a su bebé que puede sentir el miedo de su madre y está llorando sin parar.

Una patrulla se estaciona detrás de mí.

—Levanté las manos y dese la vuelta.— me ordena el oficial.

Me llevan a la oficialía y me atiende el detective de mi caso.

Estoy sentada frente a su escritorio.

—Señora Gaxiola. Entienda que no puedo dar a su madre por secuestrada. El que no le conteste no significa que alguien la sacó de su casa. El joven que menciona ¿podría llegar a ser su pareja?

— ¿Qué! ¡Pareja? ¿Cómo va a ser su pareja? Detective, por favor. — dejo mi rabia de lado y llego a las lágrimas. — Mi mamá es lo único que me queda. Por favor.

—Mire. Voy a mandar a mi muchacho a hablar con los vecinos. Váyase a su casa. Espere junto a su teléfono. Si para mañana a esta hora su madre aún no aparece, podré saltarme las reglas y ayudarla. ¿Está bien?

— ¿Mañana? ¿Cómo se supone que espere tanto tiempo?— me pongo a discutir de nuevo con el detective cuando escucho la voz de Mia.

Mia aparece en la oficina del detective y abre la puerta sin preguntar.

—Noa. Noa ¿estás bien?

—No. No estoy bien Mia. Mi madre pudo haber sido secuestrada y no quieren hacer nada.

— ¿Secuestrada? — Puedo ver preocupación y nervio en el rostro de Mia.

—Señora, Gaxiola. — Mia y yo nos volteamos a verlo al mismo tiempo. El detective se ríe ante la situación y señala a Mia. — Usted. No hay nada que yo o cualquier persona en este lugar podamos hacer por ahora. Lo único que le pido a la Señora— ahora me señala a mí— es que regrese a su casa, esté al pendiente del celular y espere.

—Porque eso le funcionó muy bien a mi esposo, la primera vez. — dice Mia molesta.

Lo cual parece molestar al detective.

—Noa. Escúchame. — yo no dejo de ver al detective con una mirada asesina por lo que Mia me toma de la cara y me la gira hacía ella— Mírame Noa— y lo hago— Salgamos de aquí.— me ordena y yo la sigo.

Paso la noche en vela. Mirando el celular. Esperando la llamada de mi mamá.

Mia hace tés cada hora para mantenerse despierta a mi lado.

—Duerme un poco, Noa. Yo estaré al pendiente del teléfono.— me ofrece sentadas en la sala.

No puedo decir ni una sola palabra, pero niego con la cabeza la idea.

—Okay. — dice sin insistir más.

A la mañana siguiente Hernán toca la puerta.

Yo me despierto de golpe. El celular sigue en la mesa.

Mia está recargada sobre mi brazo izquierdo, con los pies sobre el sillón y sus manos en las mías. No sé a qué hora me dormí. Ni qué hora es.

Un par de toques más fuertes se vuelven a escuchar.

Y esta vez Mia despierta.

—Señoras, soy Hernán. La Mamá de la Señora Noa, está aquí.

Mia y yo nos miramos sin movernos y me levanto de golpe.

Corro hacía la puerta y la abro in pensarlo.

Y ahí está.

Mi madre, completamente arreglada. Sonriente. Libre. Sana y Salva.

— ¿Mamá? — le suelto y salgo a abrazarla y no la suelto.

—Cariño. ¿Qué pasa, hija? ¿Y este abrazo? — me dice feliz.

— ¿Estás bien? ¿Nadie te secuestro? — le digo nerviosa al separarme de ella.

— ¿Secuestrarme? — pregunta preocupada.

—Hija ¿de qué estás hablando? — me dice con el ceño fruncido.

Despedimos a Hernán y nos metemos al apartamento.

— ¡Y porque escuchaste que se rompió algo y la llamada se colgó pensaste que estaba secuestrada?— me escupe desde el sofá, como si lo que le estoy diciendo fuera lo más estúpido del mundo.

—No lo digas como si fuera una de las cosas más estúpidas del mundo o imposible. — le digo aún molesta. — Fuiste tú quien no contesto mis llamadas.

—Porque mi teléfono se quedó sin batería. Además fuiste tú quien me mandó a ese spa nocturno.— dice ya cansada de mi actitud.

— ¿Qué? — de qué carajos está hablando.

—Tú mandaste a ese muchacho a recogerme y él me llevó a un spa que tú ya habías pagado. Dijo que lo habías pagado por una noche y que incluía un desayuno en la mañana.

Le lanzo una mirada a Mia.

Mi madre saca una hoja de su bolso.

"Ma, disfruta el spa. Te veo luego"

—Yo no— no sé qué está pasando. ¿Fui yo?

—Noa, cálmate. Respira. Noa. — Mia intenta acercarse a mí.

—Estoy loca. — comienzo a entrar en pánico. — Estoy loca.

—No estás loca, Noa. Escúchame. ¡Oye! Basta. — La mirada de Mia es dura.

— ¿Qué es lo que está pasando? — dice mi madre.

Mia me trae un vaso con agua y me hace darle un par de tragos.

Sienta a mi madre y le explica todo lo que se refiere a mí.

Y después de un par de abrazos y lágrimas por doquier...

—Lo siento mucho, amor. Nunca fue nuestra intención. Nosotros sólo queríamos lo mejor para ti.

—Ma, basta. No fue su culpa. Sólo sucedió. Y Mia está intentando ayudarme. Todo estará bien ¿verdad Mia?

Mia asiente con la cabeza.

Mi madre cena con nosotras y después se va.

—Será mejor que llamé al detective y le diga que mi madre está bien. — le digo a Mia.

—Mejor. — me dice con una sonrisa.

No le dije los detalles. Sólo le mencioné que ya había aparecido y que estaba bien. Le pedí una disculpa por mi ataque y me dijo que era comprensible. Y eso fue todo.

Ahora que ya no me da miedo salir. Mia empezó a llevarme al gimnasio y nos contrató un entrenador privado para las dos. En mi vida he hecho ejercicio, sólo salía a correr, y esta mujer me va a levantar a las 7 todas las mañanas para ir a sudar con máquinas y gente en encerrada en un mismo lugar.

Llevamos tres semanas. ¡Tres semanas haciendo esta mamada!

Estamos haciendo desplantes en el gimnasio, la última vuelta. Mis piernas ya no pueden ni existir.

—Tengo demasiada hambre!. — le suelto a Mia, completamente sudada y exhausta, y justo cuando doy un paso hacia delante me dejo caer suavemente al piso. Muerta.

— ¿Qué quieres comer?. — me dice Mia entre risas.

—Lo que sea. Pero que sea para llevar a casa. — apenas y puedo hablar. Me falta el aire, me duele todo el cuerpo.

Ella termina de hacer su ejercicio, pasando por encima de mí.

—No. Comeremos fuera. Ve a darte una ducha.

—Dame un segundo. — ruedo para ponerme boca abajo y poder levantarme pero me duele cada parte de mi cuerpo. Esta pesado y débil.

Llegamos a las duchas del gimnasio, Mia se mete a una regadera junto a mí.

Abro la llave caliente y me meto a bañar.

El agua caliente, casi hirviendo, me recorre el cuerpo.

— ¿Noa? — pregunta desde la otra ducha.

— ¿Sí?. — contesto, disfrutando de mi agua. Me pongo shampoo en el cabello y lo lavo.

—¿Te estás bañando con agua caliente?— su voz suena con eco y un poco sorprendida.

—Si ¿por?.— contesto sin importancia alguna.

—Porque hace demasiado calor para que te bañes así. ¿Tú no tienes calor?

—Nop.— le contesto comienzo a enjuagarme el cabello cuando por alguna razón el agua sale completamente helada. De golpe. Y me voy.

— ¡Maldito hijo de puta! — la maldita agua está helada. Cierro la llave. Maldita sea Noa.

—Hace un segundo te estabas bañando con agua hirviendo. ¿Qué pasó?.

Escuchó la voz de la Doc.

— ¿Dónde estás? — pregunto esperando que me diga.

—A tu lado. — me contesta la Doc.

Salgo de la ducha y me meto a la de ella sin preguntar siquiera.

—Noa ¿qué demonios?.. me dice y trata de taparse con las manos. Aunque el jabón de su cuerpo ya lo está haciendo.

—Hola, Doc.— la saludo y abro la llave caliente y comienza a salir.

— ¿Doc.? — dice nerviosa— ¿Criss! — ahora parece molesta.

—Lo siento. El agua fría me trajo aquí. — le explico.

Mia intenta tomar la toalla colgada al lado de la cortina.

—Ese es un lindo trasero. — le digo divertida.

—No puede ser. Podrías por favor no— y se calla.

—Es un tatuaje impresionante ¿no?— sé que está viendo la cicatriz de mi espalda.— Todo su maldito cuerpo es una bellísima obra de arte callejero.

Bajo el agua intento quitarme el resto del jabón que me quedó.

La doc. no ha dicho ni una sola palabra.

Siento sus manos en mi espalda. Recorriendo la maldita marca que tengo en la espalda.

—Ya no duele. — le digo mientras me corre el agua y me quedo quieta.

—Había visto las marcas de sus brazos y su pecho en el hospital pero no su espalda.— me explica.

—Y mejor que no lo vuelvas a mencionar. Las detesta. Ni siquiera se las ve cuando se baña. Y la única razón por la que se metió a bañar aquí fue por ti.

—Entonces. ¿Por qué estás aquí? — pregunta la Doc.

—A Noa no le gusta el agua helada.

— ¿Por qué?

—Una de las torturas que le hacían involucraba una tina de acero, llena de agua con hielo. La sumergían, una y otra vez. Después me la hicieron a mí. Gracias a tu novia por eso.

Me doy la vuelta para ver a la Doc.

—No le digas que viste la cosa de mi espalda. Nuestra espalda. — le digo un poco preocupada. Cierro la llave de la regadera.

—No te preocupes. No lo haré. Y ella no es mi novia.

—Aún. — le digo acercándome a ella.

La doc. da un paso atrás y se pega con la pared que divide las otras regaderas.

—No hagas eso. No es divertido. — dice la Doc con una risa nerviosa.

Me muerdo el labio y me río un poco.

— ¿Sabes? Técnicamente somos la misma persona. — me acerco lo más que puedo a su cara.— Ella te atrae, tú la atraes pero ninguna hecho nada al respecto.

—Esa es la palabra clave: técnicamente. — me dice casi sin aliento. — No eres ella.

—Lo sé y esa es la parte divertida. ¿No? Comienzo a pasar las yemas de mis dedos sobre su hombro, gracias a la poca espuma que le queda, trazo un camino por su pecho, su cintura, me acerco a su trasero lo suficiente pero sigo mi camino a sus pierna y después la entre pierna. — La pregunta no es si sienten lo mismo, es más bien— regreso mis dedos a la cintura de la Doc pero esta vez sí coloco mi mano completa para apretarla— ¿Quién dará el primer paso? Yo no pienso hacerlo todo.— me inclino hacía ella para besarla.

La Doc me mira y me sonríe y pone su dedo sobre mis labios antes de que pueda besarla.

—Y nadie te está pidiendo que lo hagas. — Baja su mano a mi pecho y me empuja hacia atrás.

Yo también me sonrío.

—Entonces— y comienza a levantar los dedos uno a uno: No podía salir de la casa, no le gusta el agua fría y...— me lanza una mirada desafiante.

—Y ¿qué?. — sé que es lo que quiere.

Abre el agua y termina de bañarse enjuagarse ella.

— ¿Qué otra circunstancia la lleva a traerte? — me dice sin pena alguna por su nueva desnudez.

No le contesto. Sólo aprieto mis labios, toco mis orejas y niego con la cabeza.

—La fiesta— captó mi mensaje. — Cuando se cortó las orejas. Pudo lidiar con las personas, pero cuando escuchó a los niños gritar fue cuando terminó por tener ese ataque. Son los gritos.

— ¿Cómo sabes todo eso? — estoy en problemas.

—Yo estuve en la fiesta. Escondida. Mi hermano estaba invitado, al igual que mi familia. Un error de la secretaria. — se explica.— Muy bien, puedo trabajar con eso.

— ¿Con eso?.— mierda, mierda, mierda.

—Con lo de Noa. Sólo tengo que hacer una terapia que funcione. Gracias. Ahora sal de aquí, Cámbiate y deja que Noa regrese. Ah y ¿Criss?. No le digas nada de esto.

—Sí, señora. — salgo de la regadera de la Doc y hago lo que me pide.

Estamos en un restaurante.

La comida está servida frente a mí. Un lonche con papás a la francesa.

Mi cabello está amarrado.

— ¿Lo hice otra vez, no es cierto?— miro a mi alrededor, nerviosa.

—Hola, Noa. ¿Cómo te sientes?— me dice Mia con tanta tranquilidad.

— ¿Qué día es hoy? — pregunto nerviosa.

—Sigue siendo el mismo día Noa, relájate. Criss te pidió de comer y le pedí que se fuera. Es todo.

— ¿Que se fuera? ¿Puedes hacer eso? — Mia sabe más de esto que yo.

—Sí. No fue fácil. Pero sólo te perdiste de unas cuatro horas del día de hoy.

—Mia. — estoy molesta.

—No me malentiendas, no me cae mal sólo que no se toma nada serio.— Mia está comiendo ignorando por completo todo lo que siento.

—¡Mia!— Mia se calla y me mira— Lo siento, es que... Necesito que me ayudes a desaparecerla.

— ¿Y cómo sugieres que haga eso? — pregunta un poco desconcertada.

—Medícame. — le escupo.

—Noa.— quiere empezar a discutir pero no quiero hacerlo.

—Por favor. — le suplico con todo el dolor de mi corazón.

—Está bien. Pasaré mañana por ellas. — dice con dolor.

Mia se levantó en la madrugada y se la pasó en el baño hasta muy tarde. Regresando toda la comida que traía en el estómago.

—¿Crees que haya sido el pescado?— le pregunto ya acostada en la cama.

—No lo sé. Pero lo más seguro es que sí. Soy otro tipo de doctor. — se ríe un poco.

—No lo decía por eso. ¿Quieres ir al hospital? — toco su frente.

—Tenemos termómetro ¿sabes? — me sonríe.

—Lo sé. Si tienes fiebre, pero no es mucha. Te traeré unas pastillas para eso. ¿Estás segura que no quieres ir al hospital?— insisto un poco desesperada.

—Estoy bien. Fue ese pescado horrible. Voy a dormir un poco, en lo que traes las pastillas. — se acomoda en la cama.

—Bueno. — me levanto de la cama y la ayudo con las almohadas.

—Noa. Ya que vas a salir por las mías. Pasa por las tuyas— me señala el cajón del buro junto a la cama. — Necesito que vayas a la farmacia del centro, la que está cerca de la universidad de medicina. Ahí están las que necesitas.

Abro el cajón y veo una receta con su nombre y el medicamento que necesito.

—Okay. Llama si necesitas algo. — salgo de la habitación y me voy a la farmacia que me mandó.

Llego a la farmacia. Tiene una fachada más bien de casa. No parece algo legal, aunque si lo es. Tiene unas letras en la puerta. "Farmacia Mayoreo". Por dentro tiene vitrinas que forman un cuadro y hay miles de medicamentos dentro y fuera de la vitrina. Y unos estantes detrás de los que están atendiendo completamente llena de cosas.

Doy la receta que me dio Mia para deshacerme de las personas que viven dentro de mí.

Necesito dejarlas.

Mia intentó convencerme de que eran parte de mí y que gracias a ellas había sobrevivido a mi secuestro. Me dijo que no era tan mala su existencia. Podía incluso tener una relación con ellas. Pero no quiero. No saber lo que hago o como lo hago es algo que no me gusta. Prefiero intentar repararme y vivir con cualquier trauma con el que haya vivido. Si es que puedo.

— ¡Señorita? — me dice el señor de cincuenta y tantos, amargado, detrás de una vitrina llena de medicamentos.

— ¿Perdón? — le digo porque si me dijo algo no lo escuché.

—¿Le pregunto que si eso es todo lo que va a llevar o necesita algo más?— ahora ya suena molesto.

—No. Es todo. Gracias. — le sonrío apenas.

Salgo de la farmacia que está justamente frente a un parque lleno de niños.

El parque tiene una especie de Red donde los niños suben y bajan, gracias a unas cuerdas gruesas de color azul. Hay una especie de columpio red. Unos columpios con disco, al parecer los niños lo usan como una especie de puente.

Me dirijo a mi coche que está cruzando la pequeña calle. Intento abrir la puerta cuando escucho un grito de niño.

—Maldita sea. No. No. No. — me cubro los oídos. Dejo caer la bolsa con el medicamento y me agacho, intento agarrarlos, pero no quiero destaparme los oídos.

De pronto siento una mano sobre la mía.

—Señora, señora.— es la voz de un niño. Abro los ojos y lo veo. No ha de tener más de 8 años—Por favor, mi hermana se cayó y no sé dónde está mi mamá.— está asustado.

Miro a mi alrededor y no veo a ningún adulto. Probablemente su madre esté comprando algo.

— ¡Por favor! — me suplica el pequeño.

Me levanto y sin soltar mi mano el me lleva hasta donde está su hermana.

Debe de tener unos 10 años. Trae un vestido rosa y puedo ver su pierna. Está sangrando. Sus gritos me ponen la piel chinita y me hacen cerrar los ojos. Intento respirar. Sus gritos me llevan al pasado. Aprieto mis manos contra el suelo lleno de piedras. Quédate aquí. Sólo quédate aquí.

— ¡Por favor deja de gritar!. Lo siento. Lo siento. — la niña se asusta y berrea pero ya sin gritar.— Te voy a ayudar pero necesito que dejes de gritar. ¿Okay?

La niña asiente pero no me deja tocar su pierna.

—Me llamo Noa y ¿tu?

—Laila— me dice con dolor la niña.— Y él es Dany.

—Hola, Dany. Muy bien Laila. — ¿Me dejas ver tu pierna?

—Me duele mucho. — me dice la niña asustada.

—Okay. ¿Dónde está su mamá? — le pregunto al niño.

—No sé. Fue a comprar unas medicinas, pero no ha vuelto. — me dice Dany, asustado.

—No te preocupes. Tu hermana va a estar bien.— le digo con una sonrisa.

—Laila. ¿Puedes mover tu pierna? Intenta moverla. Sólo quiero saber si está rota.

Laila intenta mover su pierna, pero le duele mucho.

— ¡Laila!— el grito de una mujer a mis espaldas me hace voltear.— ¿Qué pasó Daniel!— le grita al niño. Y se agacha con Laila para verle la pierna. — ¡Ay, Dios Mío! Tengo que llevarte a un hospital. Daniel ve a buscar un taxi.

—No. no. no. no. — detengo al niño con una mano.— Señora, yo la puedo llevar a un hospital. Mi coche está justo ahí. Soy Noa.

— ¿De verdad me puede llevar? — puedo ver en su rostro que está asustada y desesperada.

—Sí. Dany, ayuda a tu mamá con sus bolsas y abrámosle el coche. Señora ¿puede cargar a Laila?.

—Sí. Si.— me dice un poco asustada y carga a la niña.

Me levanto y me llevo a Dany conmigo.

Los subo al coche y los llevo al hospital más cercano.

Los dejo en la entrada de EMERGENCIA y me quedo con Dany en una pequeña sala de espera.

Dani no ha dicho nada por los últimos 30 minutos.

—Oye. Tu hermana va a estar bien. No te preocupes. — le guiño un ojo. ¿Quieres ir afuera a comprar unas papitas o un lonche en los puestos?

No contesta, pero asiente con la cabeza.

Le compro unas papitas y una soda y nos regresamos a la entrada para que si su mamá sale nos pueda ver. Dany se pone a jugar con otros niños en las jardineras.

Y al cabo de otros 20 minutos sale su mamá.

— ¡Ten cuidado Dany, no te me vayas a caer!— levanto la mirada hacia ella.

—Muchas gracias por ayudarnos— me dice la mamá y me da la mano— Soy Miriam.

Tomo su mano y me vuelvo a presentar. — Noa. ¿Cómo está Laila?

—Bien, Tuvieron que hacerle unas puntadas y se hizo un esguince. Así que nieve, cama y televisión por los próximos 15 días.

—No hay nada mejor. — le contesto divertida.

—Gracias por cuidar también a Dany. — dice un poco apenada.

—No hay de qué. Estaba muy asustado por su hermanita. — le explico.

—Son amigos. Su mamá es mi mejor amiga. Bueno. Era mi mejor amiga, ella murió. Y me encargó que cuidara de Dany. La verdad es que han crecido juntos y siempre se presentan como hermanos.

Eso me hace recordar a Liz y me pone un poco triste.

— ¿Todo bien? — me pregunta preocupada.

—Sí. ¿Hay algo más en lo que te pueda ayudar? Tal vez, llevarlos a casa. — le digo nerviosa.

—No. Gracias. Ya le marqué a mi esposo y ya viene por nosotros. Gracias por todo. — me dice.

—Okay. No hay de qué. — comienzo a irme de ahí.

—Adiós, Noa— me grita Dany.

—Adiós Dany. — le sonrío a los dos y los despido con la mano.

Llego a casa y está todo apagado.

— ¡Mia! — enciendo las luces del apartamento. No hay respuesta. Probablemente se sintió mejor y fue ella misma por las pastillas que se suponía debía de traer yo.

Voy a la cocina por un vaso de agua y lo tomo.

Dejo el vaso y me voy a la habitación.

Enciendo las luces de la recamara y veo a Mia completamente bañada en sudor, tirada en el suelo, temblando sin control.

— ¡Mia!— me tiro al suelo y cuando intento voltearla toco su piel hirviendo, apenas y puedo tolerarlo. La muevo del rostro, pero no responde. Esta temblando sin control.

Sacó mi celular de mi bolsillo y llamo a la policía.

—Gracias por llamar a la línea de emergencias. ¿Cuál es su emergencia?

— ¡Sí! Hola, Mi no...mi amiga está en el suelo temblando, llena de sudor e hirviendo en temperatura. Necesito una ambulancia.

— ¿Cuál es su nombre, Señorita?

—Noa y ella es Mia.

—Muy bien. ¿Sabes cuánta temperatura tiene?

—No lo sé. Pero apenas puedo tocar su piel.

— ¿Sabes si ha consumido alguna droga?

—No, ayer se intoxico y yo iba a traerle medicina, pero no pude— le explico a la operadora.

—Okay ¿Me puedes dar tu dirección, Noa?

—Sí. Las Torres 532, Edificio B, Último piso. — le digo desesperada.

— ¿Está Mia consciente?

—No. — carajo, estoy asustada.

—Intenta despertarla.

— ¡Eso intento!.— muevo a Mia de la cara— Mia, por favor abre los ojos. ¿Sí? ¡No reacciona!

—Noa. Hay alguna forma en que puedas saber exactamente cuál es su temperatura.

— ¿Dónde está la maldita ambulancia! — le grito a la operadora.

—Noa. La ambulancia ya va en camino pero va a tardar un poco. Necesitas saber la temperatura de Mia para poder ayudarla en lo que llegan a ayudarlas.

— ¿Qué? ¿Cómo que la maldita ambulancia va a tardar! — le digo y me asusto más.

—Necesito que saber la temperatura de tu amiga.

—Ammm aaa— miro por todas partes en la habitación y sobre el buró está el termómetro. Gracias a Mia por eso.— ¡Espere!— tomo el termómetro y lo meto en la axila de Mia.

Esperamos en silencio por un par de minutos que parecen eternos.

— ¡Mierda! Tiene 40 de temperatura.

—Noa. Necesitas bajarle la temperatura si sube más. Aunque sea poco puede ser perjudicial. ¿Tienes alguna comida fría en tu nevera?— Me dice con una voz llena de paz. Como si nada estuviera pasando ¿porque su voz es tan calmada?

—No lo sé.

—Ve a buscar.

Corro al refrigerador y abro el congelador.

—Sólo tengo unas fresas congeladas y chuletas y el hielo que hace el refrigerador.

— ¿Cuántas bolsas de fresas tienes?

—Una. No. Dos. — le digo agitada.

— ¿Tienes agua fría?

— ¿Agua? — que no lo diga. Que no lo diga.

—Necesitas hacer paños de agua fría y ponérselos en la cabeza, las axilas y los costados de su cuerpo. Necesitas darle tiempo a la ambulancia.

— ¿Cuánto tiempo le falta a la ambulancia? —pregunto desesperada.

La señorita no me contesta.

— ¿Cuánto tiempo! — le grito desesperada.

—45 minutos— me dice sin un rayo de esperanza o felicidad.

Me quedo callada por unos minutos. Será demasiado tarde.

—Es mucho tiempo. — le digo a la señorita.

— ¿Si la sumerjo en agua fría? ¿Podría funcionar? — suelto sin pensarlo.

—Sí. Podría. ¿Puedes hacerlo? ¿Tienes una bañera?

Miro los hielos del refri y después a la habitación.

— ¿Noa? — pregunta para asegurarse que sigo en línea.

— ¡Al diablo! Dígale a la ambulancia que dejaré la puerta abierta y estaremos en el baño. La voy a meter a la tina.

Dejo el teléfono en la barra de la cocina.

Corro al baño y lleno la tina con agua.

Voy a la cocina y traigo toda la charola de hielo, las fresas y las echo en la tina.

Intento cargar a Mia, pero no puedo. Así que la arrastro hasta llegar a la tina. Me quito los zapatos y meto un pie en el agua helada y recuerdo la primera vez que sentí un agua tan helada como esta, sacudo ese recuerdo fuera de mi mente y meto el siguiente pie. Con todas mis fuerzas jalo a Mia para meterla, pero me resbalo. Agarro a Mia lo mejor que puedo para que no se golpee, pero yo me sumerjo por completo.

— ¡Puta madre! ¡Mia!. — la estiro y la acomodo para caber las dos en la tina. La siento sobre mi pecho y le echo agua en la cabeza.

Maldita sea esta heladísima.

—Estás bien. Estás bien. La ambulancia ya no tarda. Vas a estar bien. — mis dientes están chocando entre sí, mi cuerpo está entumecido.

Sostengo la cabeza de Mia con mi mano.

No sé cuánto tiempo ha pasado. Pero los hielos ya no están. El agua ya no está helada, sino fresca.

Cuando escucho la voz de Hernán.

— ¡Señoras!! ¡Los paramédicos están aquí!

—Estamos en el baño, Hernán.

Los paramédicos llegan y de inmediato se ponen a tratar a Mia y después a mí.

No sé qué tanto le revisan.

Salgo de la Tina con ayuda de Hernán.

—Gracias, Hernán. Gracias. — le digo aún con frío y temblando.

— ¿Cómo está? — le pregunto a los oficiales.

Mientras Hernán me cubre con la toalla.

—Su temperatura bajó. La llevaremos al hospital, ahora. ¿Usted puede caminar?— me pregunta el paramédico moreno con pinta de militar.

—Sí. Vamos. — le señalo con la cabeza que camine.— Hernán, encárgate de todo. Voy a irme en la ambulancia. ¿Sí?

—Pierda cuidado, señora. — me dice con una voz firme.

En el hospital tratan a Mia contra una infección severa.

Le hacen un lavado de estómago y la dejan en observación unos días.

A mí me tuvieron en observación por el baño frío. Mi madre fue al hospital y me hizo compañía.

A los tres días dieron de alta a Mia y la llevé a casa.

Se apoya en mí ya que está un poco débil. Llegamos a la sala y se sienta en el sofá.

—Noa estoy bien. No pasa nada.

— ¿Por qué no me llamaste cuándo te sentías mal? Te dije que lo hicieras.

—Lo sé. No era parte de tu tratamiento.

No sé de lo que habla y lo único que hago es verla a los ojos.

— ¿Mi tratamiento? — estoy muy confundida.

Mia lo nota y se levanta. Va a la habitación y trae una libreta con ella. La abre y comienza a leerla.

—Dice muchas cosas médicas, pero te lo voy a resumir. El paciente sufre de Agorafobia, ha evitado por cualquier miedo a salir de casa. Los gritos de niños pequeños funcionan como disparador para que su segunda personalidad, por lo general, Criss aparezcan a salvarla de tal dolor. Otro disparador para dicha personalidad es el contacto con el agua helada. — dice Mia con total calma y profesionalismo.

No digo nada. No tengo palabras. Comienzo a recordar todo lo que ha pasado.

—Para ayudarte a salir, tuve que planear lo del spa de tu mamá. Siento mucho si te asusté.— comienza a explicarse.— Para los gritos tuve que pagarle a tres actores para lo del parque y por eso tuve que mandarte a esa tienda en especial, las pastillas las podrías conseguir en cualquier parte. Y para tu miedo al agua fría tuve que tomarme unas pastillas vomitivas, lo cual me salió muy mal porque me pasé de pastillas pero lo lograste, me metiste a la bañera y te quedaste conmigo siendo tú. — termina y sonríe orgullosa por su trabajo.— Las tres cosas a las que más les temías ahora ya no. Terminó tu tratamiento. Y sin la necesidad de los antidepresivos y antipsicóticos.

— ¿Qué chingados te pasa? — exploto.

—¿Disculpa?— Mia se ofende por mis palabras.

Me pongo de pie y camino por la sala.

—¡Tienes idea de la fuerza que necesité o siquiera del dolor por el que me hiciste pasar? ¿Para qué? ¡Para escribir en tu libretita y lo hagas sonar tan fácil cada vez que lo lees?

—A decir verdad. Si, Noa. Sé exactamente por lo que te hice pasar. — ahora ella está molesta y frunce el ceño.

—Y si lo sabes ¿Por qué chingados me hiciste pasar por todo eso!— le grito con mis manos expresando mis palabras.

—Porque tú me lo pediste. — su voz es dura.

— ¿Cuándo! — No entiendo porque me hizo esto.

—Tu dijiste: “Necesito saber que pasó para poder arreglarlo. No en años, en días”. Así que yo convertí tres años de terapia en 3 meses.— Mia se ve molesta.

No dejo de ver a Mia y comienzo a reírme a carcajadas.

—No me refería a eso. Yo no.

Me voy a mi habitación y la dejó sola.

— ¡De nada! — escucho su grito desde la sala.

CAPÍTULO 18

EL AMOR SOLO SE PRESENTA UNA VEZ...O DOS.

Después de nuestra pequeña pelea. Mia se disculpó conmigo por las medidas tan extremas que había usado.

Ahora salimos más a la calle. Veo más a mi madre.

Mia aparte de hermosa es graciosa y llena de vida. Le gusta hacer tantas cosas como es posible. Tiene un carácter fuerte pero jamás lo utiliza para ser grosera o humillar a alguien sólo porque puede o está teniendo un mal día. Le gusta mucho toda actividad física, subir montañas, bailar, cocinar, dibujar y siempre está buscando que cosas puede hacer o aprender. Y en cada una de ellas me invita en parte como terapia y en parte porque quiere hacerlo acompañada.

Sus padres quieren verla así que prepararon una cena de nuevo y esta vez me siento preparada para poder asistir.

Primero porque en estos meses he tenido que hacerme a la idea de que hay más personas viviendo en mi cabeza, personas con las que Mia me ha enseñado a hablar y a valorar.

"Son tus mejor amigos. Ellos harían lo que fuera por ti. No tienes que tenerles miedo, sólo tienes que aprender a vivir con ellos", fue lo que me dijo una vez. Y tiene razón.

Criss es sarcástica, tiene memoria fotográfica y un poco sádica cuando se trata de matar. Según me dijo en un video que grabó Mia en la sesión. Su personalidad me recuerda mucho a alguien de mi pasado. Y creo que entiendo porque ella es así.

"El chico", ese es su nombre, no habla. Sólo existe porque al parecer los últimos años Cris y yo ya estábamos agotadas de sentir todas las torturas que por alguna razón él no siente ningún tipo de dolor y eso se lo mostró a Mia. El imbécil se quemó la mano, se cortó la pierna y un poco el brazo. Lo llamo imbécil porque, aunque a él no le dolieron. A mí sí, una vez que estuve consciente.

Cada vez que salimos o hacemos algo, aunque no me lo dice, Mia toma notas mentales de todo lo que hago o digo. Algunas veces he tenido que tener cuidado de contarle algo que de verdad no quiero.

Creo que ya he desvariado mucho del objetivo principal de esta noche.

La cena en la casa de los papás de Mia.

— ¿Estás segura de que puedo hacerlo? No estoy medicada— le pregunto a Mia, desde la orilla de la cama.

—Por supuesto.— me contesta desde la ropería de nuestra habitación, revisando entre su ropa.— ¿A qué le temes tanto?

—A mí. Tengo dos personitas viviendo aquí dentro.— apunto mi cabeza con el dedo.— ¿Quién sabe si alguna de ellas se sienta ofendida o en peligro y salga y termine arruinando la velada?

—Eso no va a pasar.— dice Mia mientras se acerca a mí y se sienta a mi lado.— porque no estás en peligro y lo sabes. Si en algún momento te sientes abrumada o sientes que desapareces sólo dímelo. Mis padres son doctores y mi hermano es un muchacho aburrido que habla de cosas aburridas.— me confía relajada.

—Tu hermano ha de decir lo mismo de ustedes. — bromeo.

— ¿Bromeas? Mi papá repara corazones y mi mamá dirige todo un hospital. Y yo me dedico a estudiar el cerebro una de las cosas complejas de la medicina. Y tú, eres una persona muy interesante, tienes un cerebro que se dividió en tres.— dice emocionada.

Le doy una sonrisa apenada y veo sus manos. En una trae un vestido blanco y en otra un conjunto de color morado.

—Usa el morado. Es una cena familiar no de negocios. — le digo.

Mia se muerde el labio inferior.

—Te compré algo para esta noche. Métete a bañar y cuando termines vienes para arreglarte. — me dice sin mucha emoción demostrada, solo una sonrisa.

— ¿Me vas a maquillar? — digo sorprendida.

—Sólo un poquito. — me hace una señal con los dedos y me empuja fuera de la cama.— La ropa está en la bolsa sobre el lavabo.

—Okay. — le grito camino al baño.

Mia me compró una camisa con cuello y mangas largas de color gris, un pantalón negro stretch que moldea mi figura, la figura que nunca llegue a pensar en tener y unos botines negros. Todo cubierto. Es como dije, no podré decir mucho pero ella hace notas mentales de todo lo que hago, digo o demuestro.

Salgo del baño ya vestida y se dispone a peinarme el cabello. Toma el banco del peinador y me sienta. Seca mi cabello y lo plancha.

Comienza a maquillarme la cara, bueno algo así.

—No me pongas eso. — le suelto cuando la veo acercarse a mí con una botella.

— ¿Por qué no? Sólo es un poco de maquillaje.

—No me gusta el maquillaje. — le digo disgustada.

— ¿Por qué? — suelta divertida pero curiosa.

—No me deja hacer nada, ni comer, ni beber, ni sudar. Nada. — le explico.

Mia se ríe de mi respuesta después de pensarlo un segundo.

—Bueno, entonces, sólo un poco de delineador ¿sí?.— me suplica.

—Ok. — me rindo.

Mia se pone feliz y toma el delineador para pintarme los ojos.

Me aplasta la nariz al tratar de pintarme el ojo izquierdo.

—Au. — le digo con voz lenta.— cuidado con mi nariz.

—Lo siento. — mueve la mano de otra forma pero no puede maquillarme.— Esto no está funcionando.

Y se sienta sobre mí. Con una pierna en cada lado. Y su pecho cerca de mi cara.

Maldita sea. ¿Qué se supone que haga? ¿Dónde pongo las manos?

—No sé dónde poner mis manos ¿Te importa si las coloco en tu cintura? — pregunto, intentando sonar graciosa.

—Mientras no te muevas y arruines mi delineado ponlas donde quieras.— me suelta, muy concentrada en mi ojo.

Paso mis manos por las "paletas" de su espalda hasta encontrar mis manos en medio y lentamente las deslizo por su columna, hacia abajo, hasta que llego a su cintura. Las separo y le tomo cada extremo. Muevo mis manos un poco más hacia su estómago y dejo caer mis muñecas en sus muslos.

Mia cambia de ojo, aunque su respiración es un poco rápida y traga saliva.

Carajo. Quiero lamer su garganta y justo cuando me acerco un poco a ella.

—No lo hagas, Noa. — me detiene.

— ¿Que no haga qué, Mia?— le digo con una sonrisa retadora mientras mis pulgares acarician su abdomen y se meten debajo de su conjunto, justo al borde de sus pechos.

—Es peligroso. — deja de pintarme y me mira a los ojos y después a mis labios.

¿Qué cosa?.— pregunto casi en susurro y acerco más su cuerpo al mío.

—Tú. — me contesta apenas con aliento.

Sonrío, me acerco lo más que puedo a sus labios, apenas tocándolos y le digo— No tienes ni idea.

Mía sonríe y se levanta.

—Llegaremos tarde a la fiesta.— sale del cuarto lo más rápido que puede.

Saboreo mis labios, saben horribles. Odio el lápiz labial. Pero la sensación de sus labios sigue aquí.

Mia conduce el coche sin decir una sola palabra.

Llegamos a una casa de dos pisos, con una jardinera al lado de un barandal negro que cubre la parte de enfrente pero te permite ver la casa a través de su diseño. La fachada es piedra. Muy contemporánea la casita. Completamente opacada por los coches que tiene estacionados.

Hay un espacio libre para estacionar los coches. Hay una Range Rover color blanca, un BMW deportivo azul y un Bentley como rojo—café.

Noa estaciona mi coche en detrás del BMW, lo apaga, pero no se mueve.

—Noa. — comienza a decir aún con las manos sobre el volante. — Necesito presentar un papel. El papel que mis padres esperan de mí. Así que volverás a ver la personalidad de la primer Mia que conociste y no, bueno, yo. Mi padre es, él espera que mi hermano y yo nos comportemos de cierta manera.

Miro a Mia un par de segundos.

—En el momento que te quieras ir pregunta por el clima de mañana y saldremos de aquí. — le digo con una sonrisa suave. Abro la puerta y me bajo del coche.

Mia me sigue y entramos por la cochera externa de la casa.

Hay una puerta con clave.

Mia coloca la numeración y se abre la puerta. Damos unos pasos para llegar a la entrada principal de la casa, una puerta de madera.

Mia da un par de golpes y una señorita con traje de sirvienta abre la puerta.

—La están esperando, señorita. — dice la joven de unos 18 años.

—Gracias.— dice Mia con un tono frío pero amable.

El recibidor tiene una especia de mármol grisáceo en el piso, las paredes son blancas y una que otra pequeña silla. Damos un par de pasos más y entramos por una puerta del lado derecho.

Al entrar la habitación está separada por una gran chimenea. Del lado izquierdo de la chimenea está la sala, con sofás y un hombre muy apuesto, sin saco, tomando un vaso de algo.

Frente al joven apuesto está una señora de tez morena con lentes para leer con el cabello planchado, una camisa blanca con mangas holgadas, un anillo con una enorme joya en él. Un pantalón negro también holgado. Y de espaldas está el señor que recuerdo cuando me arranqué las orejas.

— ¿Eres tú, Mia?.— dice el señor sin voltear.

En ese momento tanto el joven como la señora levantan la mirada y sonríen cálidamente.

—Sí, padre. Soy yo. Madre. Ricardo. — saluda de igual forma.

Su madre se levanta y se acerca a abrazarla.

—Te estábamos esperando, cariño. ¿Por qué tardaste tanto? — pregunta entusiasmada.

—Esa fue mi culpa, una disculpa.— le digo a su madre.

Su padre se levanta del sillón y se acerca a nosotras. Su hermano viene detrás de él.

—Ella es Noa. — les dice Mia.

—Un placer conocerte. — me dice su madre y me extiende la mano.

Mano que yo aprieto firmemente. Cosa que ella parece aprobar.

Su padre me sonríe un poco y me extiende la suya.

—Soy el Dr. Raudales. Un placer conocerla, Señora Gaxiola. — lo dice y mira a Mia enseguida. Aquí hay una conversación que me he perdido.

—Es Noa, Doctor. Sólo Noa. — le digo con firmeza y un poco de agresividad disfrazada de amabilidad.

—Hola. hermanita. — dice el joven apuesto. ya más de cerca puedo ver que tiene suficiente cabello para que se le noten sus rizos pero no lo suficiente para que se le noté el cabello largo, sin barba y dientes perfectos. Abraza a Mia y ella sonríe por primera vez.

—Hola, Ricky. — le dice.

—Sentémonos a comer. La verdad es que muero de hambre. — nos dice su padre.

—Llamaré al servicio. — dice su madre y sale por la misma puerta por la que entramos.

—Soy la única que no está usando blanco. — le dice Mia a su hermano.

—Eres la invitada de honor. Por mi está bien. Así papá se concentrará en ti y no en mí. — le dice en susurro y me mira.— Hola, soy Ricky, el hermanito de Mia tú debes ser Noa. Causaste una muy buena primera impresión. — dice mientras se toca las orejas.

—Lamento el espectáculo. No era mi intensión. — le digo amablemente.

—Hasta ahora ha sido la fiesta más divertida a la que he asistido.— me guiña el ojo y sonríe.

— ¡A la mesa, por favor! — dice su papá detrás de nosotros.

El padre de Mia se sienta en la cabecera y su madre frente a él.

Al lado derecho de su padre se sienta Ricky. Frente a Ricky nos sentamos Mia y yo.

La comida no tarda en llegar seguida de 2 señoras con uniforme. Un pequeño carrito con ollas con comida y en la mano la más joven trae dos botellas de vino que le entrega al padre de Mia y no tarda en abrir.

La señorita nos comienza a servir a todos, primero al Dr., después a Mia y justo antes de servirme a mí, la detengo.

—No gracias. Estoy bien así. — le digo con amabilidad. Odio este tipo de servicio, por eso le dije a Damián que no quería a nadie en el departamento una vez casados.

— ¿No bebes? — dice el padre de Mia.

—No, ya no. No creo que un brazo se pegue más fácil que mis orejas. — le digo intentando sonar graciosa.

Ricky suelta una risa silenciosa.

Mia me mira y sonríe un poco.

—Crees que es gracioso. Interesante. — maldito viejo odioso.

—Creo que cada quién decide que bromas hacer con sus traumas. Dr.— le sonrío.

Y ambos nos sostenemos la mirada.

Sirven la comida.

Un trozo de carne acompañado de verduras cuando suena el timbre de la casa.

Nos quedamos en silencio un par de minutos.

Y aún sin dejar de verlo le doy gracias a la persona que me está sirviendo.

—¿Esperan a alguien más?.— pregunta Mia para intentar romper la tensión que hay entre su padre y yo. Pero nadie contesta. — ¿Papá?.— vuelve a insistir.

—No. No sé quién pueda ser. — es el peor mentiroso que he visto en mi vida. Pero por fin deja de verme y se acomoda una servilleta en la pierna.

—Buenas noches. — dice una voz de hombre, pero no masculina es como la voz de un joven de 20 años.

Volteamos a ver quién es. Yo no lo conozco.

Es un joven con cara de idiota. Trajeado, sin barba, con lentes con una cara afilada y delgado que saluda a la mamá de Mia y le entrega un ramo de flores.

Miro a Ricky y en niega con la cabeza a Mia.

— ¿Qué hace él aquí, papá? — pregunta Mia en voz baja.

Miro a su papá y el señor sólo hace una mueca y se pone de pie y camina hacía el idiota.

—Eduardo. Un gusto verte, hijo. ¿Qué te trae por aquí? Ven, siéntate. ¿Ya cenaste?

—Gracias, Señor. Pues sé que Mia cumple años hoy y pensé que estaría aquí así que. Traje unas rosas.

—Me dijiste que era una cena cualquiera. — le digo en voz baja.

—Lo es. Mi cumpleaños es mañana. — me dice apenada.

—Mia. — le habla su papá con voz fuerte.— Eduardo te trajo unas rosas.

Mia lo mira por unos segundos. Claramente está molesta. Pero aun así se pone de pie y se acerca al idiota para tomar las flores.

Y justo cuando lo hace, la abraza. Lo que evidentemente incomoda a Mia.

—Estás preciosa. — le dice, saboreándose a Mia de pies a cabeza.

—Gracias.— le dice con una sonrisa rápida.— ¡Clarita!— llama a la chica que nos abrió la puerta y le entrega las rosas.— Ponlas en agua, por favor.

La chica asiente con la cabeza y se va.

—Siéntate muchacho, apenas íbamos a empezar a cenar. Traigan el plato de Eduardo. — les dice el papá a las señoras.

—Espero que no te moleste, hija. Yo invité a Eduardo a la cena de hoy.— le dice su madre a Mia con una sonrisa apenada.

Claro que no fue ella.

—Está bien, má. No pasa nada.— le dice Mia amablemente y se regresa a su lugar. A mi lado.

—Ricky!— le dice el idiota a mi prox. cuñado y le da un par de palmaditas en el pecho.

Ricky sólo asiente con la cabeza. Creo que tampoco le cae bien.

Todos tomamos nuestros asientos y el idiota termina sentado frente a mí.

Rápidamente las señoras lo atienden. Le quitan su saco, le sirven su plato y su copa. Lo que lo hace sentirse como amo y señor.

Y por primera vez nota mi presencia.

—Hola. — me dice desconcertando

—Hola. — contesto rápidamente y con una pequeña sonrisa.

¿Quién diría que sería la noche más falsa de toda mi vida?

—A comer. — dice el Dr. Y lo hacemos.

Tomamos los tenedores, los cuchillos y nos disponemos a trozar nuestra carne.

El idiota levanta los brazos y sin dejar de verme sigue hablando.

— ¿Tú quién eres? — aparte de todo chismoso.

—Ella es Noa Gaxiola. — dice el papá de Mia.

—¿Y tú?— le pregunto antes de meterme un trozo de carne a la boca.

—Mia y yo salimos por un tiempo. Hasta nos comprometimos. Tú y yo somos los Ex´s.— y se ríe un poco.

— ¿Lo ve? — digo mientras miro al Dr.— Su trauma, su chiste.

—No lo llamaría mi trauma. Pero he escuchado que las personas que son secuestradas tienen unos cuantos. ¿Cuántos traumas tienes tú? — dice mientras mastica un poco de carne.

Me detengo de cortar mi carne.

— ¿Disculpa?. — levanto la mirada despacio y claramente molesta.

—Recuerdo las noticias. Te secuestraron. Tu familia te buscó por mucho tiempo hasta que te dieron por muerta. Apareciste hace qué unos meses.

—Eduardo. — lo regaña Mia.

—No te molestes, cariño.— le dice fingiendo inocencia.— Sólo intentaba hablar de algo.

— ¿Quieres hablar de algo? Bien. Am. ¿Creen que mañana el clima esté agradable?

Esa es mi chica. Y mi señal para salir de aquí.

—Creo que sí. Hará un poco de calor. — dice Ricky, intentando ayudar a su hermana.

—A Mia le encanta el calor. — dice Eduardo.

—Siempre. Desde pequeña. Era su excusa perfecta para "nadar" en la tina.— dice su madre, divertida.

—O ir al río. — dice Ricky.

Mientras comen hablan y tratan de cambiar de tema.

Yo siento un frío que me recorre el cuerpo. Maldito "Idiota". Recuerdos que hace mucho no tenía vienen a mi cabeza, sin permiso, sin anuncio.

—No pero ya, enserio. ¿Noa? Perdona que insista. Pero tengo mucha curiosidad. ¿Es cierto lo que dicen en las noticias? ¿Te dan de palazos, te, bueno, ultrajan, te bañan en agua fría? Todas esas cosas desagradables.

—Por favor, cállate. — le digo apenas para que me escuche. Tomo la copa de agua y trato de tomar un poco.

—Lamento decepcionarte, pero casi no recuerdo mucho. — le digo con dolor y esfuerzo.

— ¿No? Hay entrevistas en donde les dan choques eléctricos o los matan de hambre. — dice con carne en la boca.

Y entonces quiebro la copa de agua con mi mano y cierro los ojos. Sé que mi respiración está agitada.

—¡Ya cierra la boca, Eduardo!— grita Mia.

Lo sé porque no escucho nada más.

Todo está en silencio.

Siento una mano sobre la mía.

—Noa. Está bien. — siento su mano en mi rostro y lo gira hacia ella. — Estás bien. Abre los ojos.

Lo hago.

Lo único que veo son sus ojos y una sonrisa que esperaban por mí y mi rabia.

Tomo su mano sobre mi rostro con mi mano libre. Me gusta tocar su piel.

—Lo siento. — mi respiración se tranquiliza.

—No. Eso fue divertido. — y se ríe.

—Ouch. — suelto y miro la palma de mi mano. Tiene un pedazo de vidrio encajado y sale sangre. — No recuerdo mucho. Excepto esto. — le digo al idiota y le enseño la palma de la mano.— Estuve cubierta de sangre todo el tiempo, mi nariz, mis uñas, mi cabeza, mi boca. Era una incesante lucha por ver qué tanto soportaba.— tomo el pedazo de vidrio incrustado en mi mano y lo saco.— y ya que, efectivamente, dure cinco años secuestrada, creo que fue soporté lo suficiente.— le doy una mirada dura.

—Vamos a mi estudio. Tengo mi maletín para curarte esa herida.— dice el Dr. y se levanta y se va.

Miro a Mia y le guiño el ojo.

—Esperemos que mañana esté soleado. — le digo con una sonrisa.

Mia también sonríe, dándose cuenta de que todo fue mentira para poder salir de ahí.

Sigo al padre de Mia a una habitación a unos cuantos pasos del comedor.

Parece una librería. Detrás de su escritorio hay muchos libros médicos.

Toda la parte lateral sólo tiene vidrio y puedo ver el patio de la casa.

Tiene una piscina.

Una pequeña construcción con un asador debajo. Una mesa para cinco personas. y Todo está cubierto de zacate.

Mia sale a caminar con el "Idiota".

Eso me molesta. La manera en que la ve y la toca. La desea, pero ella a él no.

Parece que están discutiendo.

Mia no muestra mucho sus emociones. Pero tiene el ceño fruncido y los brazos cruzados.

—Eduardo y Mia se iban a casar. ¿Alguna vez te lo dijo? — comienza a hablar su padre.

—Ni una sola vez. — le contesto.

—Ven a curarte esa herida. — me dice para que deje al Idiota acercarse a Mia.

—Mi hija. Es una Psicóloga excelente. Trata a gente muy importante. Familias de peso, Artistas, Políticos. Bueno, los atendía antes de que tú llegaras.

Me invita a sentarme, pero me niego. Y sólo le extiendo mi mano.

Él la toma y la extiende sin importarle mi dolor. Dolor que sólo expreso con una mueca.

—No parece tener más vidrio. Y ya no está sangrando. Sólo te limpiaré y pondré unas adhesivas.

Abre su maletín y saca un bote que me rocía en la herida y arde un poco.

Miro hacía la ventana.

—Cuando los vi en la fiesta. Pude notar que mi hija estaba muy interesada en ti. Estuvo distraída por mucho tiempo. — me dice mientras me pone una bandeleta adhesiva que me cierra la herida sin necesidad de darme unas puntadas.

Escucho unos gritos de Mia, pero no sé qué dice.

Me dispongo a caminar a la ventana para ver hacia afuera pero me toma del brazo y me jala hacía él.

—¡Lo que sea que esté pasando afuera no es de tu incumbencia!— me dice molesto.— ¿Crees que no noto cómo te ve mi hija? ¿Cómo la ves tú? Deja de arruinarle la vida a mi hija tú y ese.

—Tiene tres segundos para soltarme. — le digo con una sonrisa. — Uno, Dos.

Relaja sus manos sobre mis brazos hasta que me suelta por completo y da un par de pasos hacia atrás.

—Mi hija cree que estás lista para el mundo exterior, pero lo dudo.

— ¿Puedo preguntar por qué?.— le digo con frialdad.

—Colapsaste hace un minuto y ahora ya no estas. ¿Quién eres? ¿Con quién estás hablando?

—La única persona que sabe quién soy es su hija ¿Usted cómo lo supo? — le digo mientras camino a ver a Mia. Parece estar tranquila detrás del pequeño techo que cubre un asador.

—Tu postura fue la primera. Tu voz se hizo más grave y tu mirada es...oscura.

—Oscura.— suelto un poco de risa y me giro a verlo.— Es un placer conocerlo, Sr. Me llamo Criss. Y ya que lo sabe. Hablemos de otra cosa. Si vuelve a ponerle una mano encima a Noa por alguna razón, las consecuencias no le gustarán. Si me disculpa. La cena debe terminar.

Salgo de la oficina por la puerta, camino al comedor. Ricky y su mamá están escuchando música y desde aquí los gritos de Mia no se escuchan.

Deslizo la puerta corrediza de vidrio, tomo una botella de vino y me dirijo hacía Mia lo más rápido que puedo.

Hay un idiota sobre ella. Manoseándola.

—Por favor, Mia. ¿Me vas a decir que prefieres toda esa mierda que una vida estable conmigo? — el hombre está encima de ella. Mia intenta empujarlo, pero no lo logra. Él tiene su cara metida en el cuello de Mia, una de sus manos en su espalda y la otra manoseándole la pierna.

— ¡Oye!.— le grito y logro hacer que voltee. Lo golpeo con la botella en la cara y hace que se caiga. La botella no se rompe y la arrojo a un lado.

Mia no grita, no intenta detenerme, sólo observa.

— ¿Qué chingados?— alcanza a decir antes de que le inserte un puñetazo en la cara y después otro y otro más.

El tipo está sangrando, de la nariz. Me levanto agitada, cansada.

—Hola, Doc. Linda ropa. ¿Me disculpas un segundo? —recojo la botella de vino.

— ¿Criss! — me grita Mia nerviosa.

Rompo la botella de vino en una esquina de la pequeña construcción y le quedan picos.

— ¿Qué estás haciendo! — pregunta Mia.

—Enseñándole qué le pasará si vuelve a tocarte.— le digo molesta.

Escucho gritos a lo lejos.

Y justo cuando doy un paso hacía el hombre Mia se pone en el camino y grita.

— ¡Criss, detente! Por favor, escúchame. — dice Mia agitada.

—¿Qué?.— digo molesta, bajando la botella quebrada.

—Él es mi exnovio. Okay. — intenta explicarme con las manos arriba.

—Precisamente por eso no debe de tocarte, Doc.— le digo con un tono irónico.

Su papá llega a intentar poner orden y detrás de él está su hermano y su madre.

— ¡Esta mujer pertenece a una institución mental! — le grita a Mia.

—Miren nada más. El otro hombre que no puede mantener sus manos para el mismo. — digo con una sonrisa.

—¿Qué fue lo que hiciste!— Mia intenta juntar todas las piezas.

Ricardo, por lo menos espero que sea Ricardo, se acerca al hombre en el suelo e intenta levantarlo.

—Hija, escúchame. Esta mujer es peligrosa. No deberías estar cerca de ella.— le intenta explicar su padre.

—¿Y de quién es la culpa, papá?.— dice Mia mientras mira a al hombre al que le acabo de partir la madre.

—Eduardo no tiene nada que ver en esto. — se excusa el padre.

—No. En eso tienes razón, papá. La culpa fue tuya por haberlo invitado. ¡Criss! — me dice con voz firme.

— ¿Sí? — contesto inmediatamente.

—Vámonos. — y comienza a caminar a la casa. — Y tráete la botella. Y en caso de que no lo hayas entendido papá.— da la media vuelta y lo mira.— Eduardo es un idiota. Y no pienso volver con él por nada del mundo. Aunque eso sea lo que más deseas. Buenas noches a todos.

—Buenas noches. — les sonrío a todos y corro detrás de Mia. Me detengo y me dirijo al Joven apuesto de tez morena. ¿Tú eres Ricardo, ¿verdad?

El joven asiente con la cabeza.

—Lo sabía. Un placer conocerte. — y me despido con la mano.

Estamos en el elevador de nuestro edificio.

¿Cómo carajos es que estamos aquí si estábamos en casa de sus padres?

— ¿Lo hice otra vez, no es cierto? — pregunto nerviosa.

—Ya volviste. Eso es bueno. — dice Mia un poco agitada.

— ¿Qué le pasó a mi mano? Tu papá la había sellado. — giro mi mano y veo mis nudillos lastimados.— ¿Qué le pasó a mis nudillos?

—Te digo después. — le dice a la puerta.

El elevador se abre y caminamos al departamento y entramos.

—Mia si hice algo malo, quiero decirte que.— Mia no me deja terminar cuando arroja sus cosas al suelo se voltea, me toma de la cara con ambas manos y me besa en los labios, su lengua se abre paso hasta encontrase con la mía.

Todavía sabe a vino.

Me jala hacia ella para llevarnos a la habitación con su boca aún pegada a la mía.

Carajo es altísima. Y eso por alguna estúpida razón me excita demasiado.

Llegamos a la habitación y me tumba sobre la cama y se sienta sobre mí.

—Mia— digo separándome de su boca casi sin aliento.

Retrocede un poco y yo me siento, primero sobre mis codos y después completamente sobre mi trasero sosteniendo su espalda con mis manos.

— ¿Qué? — me dice jadeando.

—Quiero tenerte completamente desnuda sobre la cama, pero tengo que preguntarte ¿lo puedo hacer?

— ¿Hacer qué? — pregunta confundida.

— ¿Puedo desnudarte? — le digo con cuidado.

Mia me da una sonrisa pícara.

—Noa, necesito que me hagas un favor. No preguntes si puedes hacerme algo. ¿Quieres besarme?, hazlo.— y me da un tierno beso en los labios— ¿Quieres lamerme?, hazlo.— y pasa su lengua por mis labios de abajo hacia arriba—¿Desnudarme?, yo te ayudo con eso.— y se quita la parte de arriba de su conjunto. Y por segunda vez puedo ver sus enormes y perfectos pechos. Toma mis manos y las lleva a su cuello. — ¿Quieres ahorcarme de vez en cuando?, hazlo.

Mi mano derecha sigue sangrando y se hace una tira de sangre que va bajando de su cuello a su pecho izquierdo.

—Carajo. Mi mano sigue sangrando. — le digo a Mia, pero no está dispuesta a parar. Se mira y parece que eso la excita más porque me da una sonrisa traviesa.

—Tenemos que poner un poco de presión— me dice lentamente mientras baja mi mano a su pecho y me hace apretarlo. Están suaves, su pezón está durísimo. — y en cuánto a tu sangre, si mal no recuerdo, querías lamer mi cuello hace un par de horas. — me dice, retándome.

Me acerco a ella sin dejar de verla a los ojos y con mi lengua recorro lo más que puedo el hilo que dejó mi sangre en su cuerpo, de abajo hacia arriba, hasta llegar a su cuello. Es un sabor diferente: a fierro, a dulce, sal. Único y nuevo.

Termino cerrando mi boca y besando su cuello. La cargo un poco. Lo suficiente para ponerla boca arriba sobre la cama.

—Ahora tengo que limpiar el resto. — le digo completamente excitada. Quito mi mano sangrienta de su pecho, dejándolo libre. Libre para mí y mi lengua.

Mia jadea un poco y coloca sus manos en mi nuca.

Succiono un poco su pezón. No muy fuerte y hace sonidos con su garganta. Me paso al otro y hago lo mismo. La miro unos segundos, pidiendo permiso para lamer otra cosa y ella lo entiende.

—Continúa. — me dice deseosa.

Le doy un par de besos en el estómago, una tierna mordida y comienzo a bajarle los pantalones. Ella me ayuda y levanta su cadera. Puedo ver si humedad en su ropa interior.

Arrojo el pantalón a un lado.

Apoyo mi mano derecha rectamente en la cama. Recargo mi rodilla en la cama y acerco mi rostro al de Mia para besarla de nuevo en los labios. Con mi mano limpia y libre comienzo a recorrer su lencería morada. Esta mujer combina toda su ropa. Tiene un encaje en la parte de atrás. Pero por alguna razón quiero volverla más loca. Así que sólo levanto un poco la orilla pegada a su ombligo, meto mi dedo.

Provocándola. Mia se empuja hacia arriba pero yo saco el dedo y sonrío.

Acaricio su vagina por encima. Vaya que está mojada.

— ¿Por qué me torturas así? — me dice desesperada.

Río después de sus palabras y dejo que mi mano acaricie los pliegues de su vagina.

—No quiero que esto se acabe. — le digo con una sonrisa y la beso apasionadamente en los labios. Mia se pone de lado lo que me permite meter la mano debajo de su ropa interior y apretar su trasero.

Ya no puedo más.

Le quito las bragas lo más rápido que puedo. Aunque eso implica dejar de besarla. Me bajo de la cama para hincarme en el suelo. Le abro las piernas a Mia.

Y alguien toca la puerta del apartamento como loco.

—Señoras. El padrino del señor ha estado llamando sin parar. El Señor Gaxiola ha despertado y las necesitan en el hospital.

Es Hernán.

Mía y yo nos miramos desconcertadas. Olvidamos por completo a Damián y ha vuelto. Sin aviso. Sin pedirlo. Ha reventado la burbuja que creamos Mia y yo. La vida que empezábamos a tener.

El Karma es un verdadero hijo de puta.

CAPÍTULO 19

HORA DE VOLVER A LA REALIDAD

Llegamos al hospital y nos explican que el cerebro de Damián está completamente desinflamado y van a sacarlo del coma por lo que irá despertando poco a poco. Sólo debíamos esperar y podríamos hacerlo ahí a su lado o en nuestra casa.

—Lo haremos aquí. Gracias. — contesta Mia un tanto nerviosa.

—Por supuesto. — le dice el doctor.

—Noa. — me dice sin siquiera verme.— Dile a una de las enfermeras que te ayude con esa herida. Estaré en la habitación con Damián. — me dice y se va.

Voy a la estación de enfermeras. Les cuento lo que pasó y como se volvió a abrir. Así que, aunque no necesito puntadas se las pido y una de ellas accede. Me pone una gasa sobre las cuatro puntadas que me hizo y después una venda.

—Listo. Con esto no se volverá a abrir. Los puntos van a caerse solos. — me dice amablemente la señora enfermera de unos cincuenta y tantos, robusta y con una cebolla gigante en la cabeza.

Entro a la habitación de Damián y veo a Mia parada a su lado. Ya que la ropa de la cena estaba cubierta en sangre, se puso una camisa holgada y unos pants, con tenis. Es lo más "masculina" que la he visto y aun así luce tan atractiva.

— ¿Cómo estás?.— le digo en voz baja a Mia.

—Lo que estuvimos a punto de hacer fue una estupidez. Y no se va a volver a repetir. — me dice molesta.

— ¿Por qué? ¿Temes que el despierte y te deje? ¿Temes perder el estatus o el dinero?.— le digo furiosa, pero en voz baja.

Mia se da la vuelta y me cachetea.

Intenta salir de la habitación, pero la estiro del brazo en cuánto pasa a mi lado.

— ¿A qué le tienes tanto miedo, Mia? ¿Mm?. — le digo con ganas de lastimarla y la beso con tanta pasión mientras me hierve la sangre.

Mia forcejea conmigo y termina por separarse de mis labios.

— ¿Qué te pasa? Es tu marido el que está en la mesa. — me susurra y mira a Damián con miedo.

—Tienes razón. — le digo y le doy un momento de calma.— Pero ¿sabes qué?.— Mia me mira asustada por unos segundos.— Tu y él me la deben. ¿Cuántas veces hicieron el amor mientras yo estuve en ese maldito lugar? ¿Cuántas de esas veces pensaron en mi mientras lo hacían?

—Eso no es justo. — Mia no sabe que hacer o decir.

La llevo hasta la cama de Damián, la golpeo por detrás de las piernas para hacer que se doble y cae boca abajo sobre el estómago de nuestro esposo y me recargo sobre ella para evitar que se mueva.

—Noa, por favor. No aquí— intenta hacer que pare, pero no lo hago.

—Míralo, Mia. — le digo con la espiración agitada. Mi mano se abre camino en su pants, después en su ropa interior. Maldita sea, puedo sentir el calor que desprende y aún no llego a su vagina. Sigo bajando mis dedos hasta que siento la humedad y el calor, mil veces más fuerte.

—No. — voltea su cara para no ver a Damián pero le agarro la barbilla y la hago voltear a ver a nuestro esposo de nuevo. Siento su aliento en mi mano, ella intenta zafarse, pero la aprieto más fuerte, hasta que se rinde.

—Quiero que lo mires ¿Sabes para qué? Porque quiero que lo imagines él. Entre tus piernas. Encima de ti. Que todo el placer, mucho o poco que estés a punto de sentir te imagines que es él. — sello mis palabras introduciendo bruscamente dos de mis dedos a su vagina.

Mia suelta un grito de placer. Bajo mi mano a su cuello y la ahorco lo suficiente para que no deje de ver a Damián

Yo saco mis dedos y con la humedad que recogieron la acaricia por afuera y los vuelvo a meter, una y otra vez.

Las caderas de Mia se levantan, hasta chocar con mi cuerpo, como si intentara alejarse del placer que está sintiendo pero mi cuerpo no la deja. Sus gemidos son cada vez más fuertes y ahora es ella quien toma la mano de Damián, la aprieta y cierra los ojos.

Mia mueve más rápido su cadera. Su respiración se acelera. El sonido que emiten mis dedos dentro de ella es más claro, mi mano está completamente mojada.

Y entonces Mia grita. Y después de eso le tapó la boca. Salgo de ella y con mi mano extendida recorro el hueso de su cadera y antes de sacar mi mano de su ropa interior, estiro el elástico para golpearla con él. Le doy un beso en el hombro y acaricio sus caderas por fuera en pequeños círculos.

— ¿Te sientes mejor?.— le pregunto.

Mia se endereza, se sienta en la orilla de la cama y me besa.

Siento una mirada sobre nosotras.

Mia intenta recobrar el aliento y no lo ve.

Pero yo estoy de frente. Yo si lo veo. A pesar de la oscuridad. Él lo sabe.

Damián había sido testigo de la pasión, el deseo y éxtasis que se nos había desbordado a Mia y a mí.

Y está furioso.

Las maquinas sonaron. El corazón de Damián se había vuelto loco. No podía respirar. Quería quitarse el tubo de la boca.

Mia miro las máquinas y saltó de la cama.

Damián cierra los ojos, no sé si para evitarle la vergüenza a Mia o sólo porque no podía seguir viéndonos.

Mia sale de la habitación para llamar a la enfermera o al doctor. No estoy segura.

Me acerco a Damián.

—Damián. — le digo a tientas, viendo sobre mi hombro si Mia sigue fuera de alcance para escucharme. Damián intenta estirar su manos hacía mi pero la esquivo y parece ser que no puede sostenerla. —Sé que estás molesto, pero tienes que entender que no fue a propósito. No pienso disculparme por lo que acabas de ver porque no me arrepiento de nada. En cuanto a lo que te hice. — me callo por unos segundos y Damián intenta volver a agarrarme. Sus ojos me dicen que está molesto, que tal vez me tiene miedo y que quiere matarme. — Si logras calmarte un poco, Mia te lo podrá explicar mil veces mejor que yo. Por favor. Confía en mí. Sé que después de esto, no quieres hacerlo pero...—escucho voces y pasos acelerados hacía la habitación y me levanto de la silla. — Sólo déjanos explicarte.

Estoy nerviosa. Soy una estúpida. Lo he lastimado. Otra vez.

La respiración agitada de Damián se tranquiliza un poco.

Detrás de mi llegan enfermeras y Mia.

—Señora, necesitamos la habitación. — me dice la enfermera, moviéndome a un lado.

—Sí, claro. Perdón. — le digo con suavidad y le lanzo una última mirada pidiéndole piedad a mi esposo antes de salir.

Afuera de la habitación de Damián hay una especia de sala de espera.

Mia se sienta en uno de los sofás grises y yo me recargo en la pared de las habitaciones de enfrente.

— ¿Qué crees que le moleste más? ¿El que esté enamorada de ti? ¿O el hecho de que casi lo mato? — le suelto a Mia sin voltear a verla.

— ¿Qué? — pregunta sorprendida.

—Tal vez el hecho de que esté loca lo hace decidirse por meterme en un manicomio y así tenerte para él y limpiarse las manos conmigo.

—Noa, basta. Damián nunca haría algo así. — sacude la cabeza como si mi idea fuera inconcebible.

—Nos vio, Mia. — le digo duramente.

Mia me voltea a ver, por un segundo no sabe qué hacer, pero recobra la compostura casi de inmediato.

—Bueno. Esa no era la forma en que queríamos que se enterara, pero, sucedió. No hay más que hacer. Podemos explicar, pero el que tiene la última palabra es él. Nosotras ya tomamos nuestra decisión. A menos que tú...—arrastra las últimas palabras, esperando que yo termine la frase.

—Ni siquiera. — le digo en susurro. No porque no quiera que me escuchen sino porque quiero llorar y mi garganta se rehúsa a formar un sonido claro.

Las enfermeras salen de la habitación. Honestamente les tomó mucho tiempo.

— ¿Cómo está?.— pregunta Mia, amablemente.

—El Sr. Gaxiola está perfectamente. — dice nerviosa.

—Que bien. ¿Podemos pasar a verlo?. — dice Mia dando un paso hacia la puerta.

Puerta que bloquea la enfermera, luce apenada, temerosa.

—De hecho. El señor pidió que le dijera que no quiere verlas por ahora. Que las espera mañana a primera hora. — termina por decir la enfermera.

—Claro. Gracias. — dice Mia, amablemente.

—Estaremos en la cafetería, no tarda mucho en amanecer. — le digo a la enfermera, bueno, se lo digo más bien a Mia que a la enfermera. Tomo a Mia del brazo y la jalo un poco.

—Vayamos a casa. — dice Mia.

—Okay. — le digo sin pensarlo.

Llegamos al apartamento. Sin decir una sola palabra. Ni ella, ni yo.

Nos vamos a dormir y eso es todo por hoy. Hace unas horas se liberó una tensión entre nosotras que duró meses. Ahora hay otro tipo de tensión en el aire.

¿Fue esto un error?

¿Damián nos seguirá amando? ¿Nos perdonará la traición que acabamos de cometer?

¿Si quiera es amor y no sólo deseo sexual?

¿Seguiremos juntas?

¿Seguiremos juntos? ¿Acaso es eso posible?

¿Quién ama a quién? ¿Quién dejará a quién?

¿A quién elegirá Mia?

¿Qué hará Damián?

¿Lo perderé todo de nuevo?

No lo sé. Tendré que esperar a mañana para saber la respuesta a todo esto.

Despierto, con los rayos del sol sobre mi rostro, y noto que Mia no está a mi lado. No sentí cuando se levantó. Me tomo unos pocos minutos sobre la cama y decido ir al baño.

Mia está frente al espejo del baño, enredada en su toalla, con sus rizos mojados, goteando agua en todo el suelo.

Nos miramos unos segundos hasta que Mia se voltea hacía mí y yo camino a encontrarme en sus brazos. Nos abrazamos unos segundos y después nos tocamos frente a frente.

—No importa lo que pase hoy. Necesito decirte que fueron los mejores meses de toda mi vida. — le digo con un nudo en mi garganta a Mia.

Mia comienza a llorar un poco.

—Te amo. — me dice y me besa. Este beso se siente diferente. Como una despedida.

Y si esto es una despedida pienso hacerle el amor una última vez.

Le desamarro la toalla y la dejo caer. Su piel está fresca.

Cierro la puerta del baño por alguna estúpida razón. Y la hago mía una vez más. Ambas nos entregamos lentamente, con pasión y dolor. No hay suficiente piel, suficiente cuerpo, suficiente saliva, aliento para calmar nuestras almas. Sabe exactamente a la última vez que discutí con Damián. Y sabemos lo que pasó después. No volví a verlo hasta cinco años después.

Llegamos al hospital preparadas para cualquier cosa.

Mia toca la puerta.

—Damián. Somos Mia y Noa. ¿Podemos pasar? — pregunta Mia amablemente.

—Claro. — se escucha un Damián tranquilo al otro lado de la puerta.

Entramos a la habitación.

Mia entra primero y yo detrás de ella.

Damián está bañado, peinado y huele a uno de sus perfumes frescos, delicioso. Su cabello volvió a estar largo, incluso ha perdido peso. Se parece al esposo que alguna vez tuve.

—Hola. — dice Mia.

Damián le sonríe un poco, le ofrece su mano y le regresa el saludo. —Hola. — después sus ojos se posan en mí. — Noa. — me saluda. Está enojado. Conmigo.

Mia se sienta en la cama junto a Damián.

—Damián. — le regreso el saludo y me coloco frente a su cama, guardando mi distancia. Por respeto a él.

— ¿Cómo te sientes? — le pregunta Mia.

—Un poco débil pero muy bien. Gracias. — dice amablemente.

Maldita sea el aire se siente pesado.

Mia me mira y después a Damián.

—Okay. — dice Mia con un suspiro.— ¿Por qué no...— comienza a decir pero la interrumpo.

—Lo siento. — le digo a Damián, entre susurro y pena. Lo miro un par de veces y bajo la mirada.

— ¿Sí? ¿Qué parte Noa?. — Damián comienza a levantar la voz y saca su ira. — ¿La parte en dónde casi me matas! ¿O la parte en la que te cogiste a mi esposa frente a mí!

— ¡Okay! ¡Muchas cosas salieron mal...— le digo sin intentar defender lo indefendible! Tiene razón. — Yo...no. — comienzo a tartamudear. ¿Cómo le dices a tu esposo que la razón de que casi lo matas es porque estás loca y si, que te enamoraste de su esposa y si, te la cogiste sobre él, en coma?

—Tu, no ¿Qué! ¿Qué Noa? — me arremeda sin dejar de gritarme y atacarme de la única forma que puede, desde su cama y a miradas y movimiento de manos.

— ¡Damián!.— dice Mia con voz fuerte pero tranquila.

— ¡No te lo dijo? — le dice Damián. — Ella fue la que me golpeo y la que casi me mata. Desperté en la madrugada, ella no estaba y cuando la encontré bebiendo e intenté llamarla, me golpeo con la botella en la cabeza hasta que me caí, me pateo estando en el suelo, y cuándo intenté escapar, rompió la botella y me apuñaló con ella. Después me dejó ahí, dándome por muerto. No importó cuántas veces intente llamarla o detenerla, no lo hizo. Por eso intenté llamarte con lo que me quedaba de fuerza. — le suelta a Mia y se calla sin dejar de verme.

No me di cuenta, pero desde que empezó a contar lo que le hice mi quijada se puso completamente rígida. No puedo verlo a la cara.

—El día que te encontré y te trajeron al hospital. Noa acudió a mí por ayuda. De alguna manera ella sabía que había sido ella la que te había lastimado. — comienza a explicar Mia.

— ¿De qué estás hablando Mia?.— dice Damián desesperado.

—Cuando Noa te atacó esa noche. ¿Parecía ella o una persona diferente?. — le pregunta la dulce Mia en plan de psicólogo.

Damián parece al fin escuchar las palabras de Mia. Deja de verme y se enfoca en ella.

—Otra. — suelta mientras recuerda.

— ¿En algún momento de su relación, Noa mostro signos de ira incontrolable, de violencia física o pesadillas? — pregunta otra cosa.

—No. Nunca— contesta Damián.

—Eso es porque la persona que te atacó. ¿La que casi te mata? era otra. — le confiesa Mia.

— ¿Qué?.— Damián se burla, no le cree.

—Noa me pidió ayuda para recordar que es lo que había pasado. Para saber porque tenía periodos en blanco. Por qué un día estaba en un lugar y al otro en uno completamente diferente sin saber cómo había llegado ahí. Y fue en medio de una sesión de hipnosis que descubrimos que Noa tiene un trastorno de personalidad múltiple. Trastorno que desarrolló cuando estuvo secuestrada. — termina de explicar Mia.

Damián vuelve su mirada a mí de nuevo, por unos segundos. Cuando Mia voltea su rostro, agarrando su barbilla para que le ponga atención.

—Cuando tú y Noa tuvieron sexo en el coche.— sigue Mia y Damián intenta defenderse de esa situación pero ella continua.— No importa. Cuando tú la tomaste de las manos y fuiste violento, eso desencadeno recuerdos en ella, recuerdos de sus otras personalidades.

— ¿Personalidades?.— dice sorprendido ¿Cuántas personalidades son? — ahora parece herido.

—Son dos. Aparte de Noa. — Mia parece tan tranquila.

—Una al parecer se llama Criss y ya has hablado con ella. La otra es "El chico", así lo llama Criss. Al parecer no habla, pero puede soportar el dolor muy bien y al parecer es sádico. — le digo incómodamente.

¿Cómo describes a dos personas diferentes cuando en realidad sólo eres tú?

—Noa. Yo no. Nunca quise. — y se calla, mira a un punto invisible en la cama. Se ha quedado sin palabras. — Lo siento.

— ¿Tú lo sientes?. — le digo y me rio. — ¿Alguna vez te he dicho que eres el hombre perfecto de cualquier mujer? y comienzo a llorar.

—Puede que alguna vez lo hayas mencionado, pero me encanta que lo repitas. — extiende su mano y me invita a acercarme. Su otra mano sigue aferrada a la de Mia.

Camino hacía el del lado izquierdo de la cama, tomo su mano y me siento en la cama.

Y mi frente se hace camino a la suya. Estar con Damián siempre me ha traído calma. Entre más nerviosa o asustada estoy, sus brazos son el lugar más seguro que puedo tener.

—Perdóname por todo lo que hice. Nunca ha sido mi intención lastimarte. — le digo con la voz entrecortada y lágrimas en mi rostro.

—No te preocupes por eso. Mi vida se ha vuelto más interesante. — me dice con una sonrisa cálida. Pero si tengo una pregunta. ¿Todavía me amas?.

Me hago hacía atrás dejando espacio entre nosotros.

—Claro que aún te amo. — le digo indignada por su pregunta.

—No te lo preguntaba a ti. — de pronto su mirada se posa en Mia.

— ¿Me hablas a mí?— dice Mia sorprendida.— ¿Por qué no lo haría? ¿Sigo siendo tu alma gemela, ¿no? — dice Mia orgullosa.

— ¡Le contaste sobre eso? — me dice avergonzado.

—Tal vez. — contesto levantando los hombros.— No puedes ocultarle cosas a tu psicóloga/novia.— lo suelto sin pensar.— Que por cierto, lo que viste anoche. Fue la primera vez que nuestra relación se hizo física y tal vez esta mañana.

— ¡Noa! — grita Mia.

— ¿Qué! — grita Damián.

— ¡Perdón!— le grito a Mia.— No quería que tuviera la idea equivocada. Los últimos meses Mia se enfocó en terapiarme y llevarme al gym y alimentarme y cuidarme. No es como que te mande al hospital para tenerla. — me explico, nerviosa.

— ¿Entonces nos la vamos a quedar? — me pregunta Damián.

— ¿Disculpa!— exclama Mia, ofendida.—¿Ustedes se van a quedar conmigo? Yo me voy a quedar con ustedes. — dice con una sonrisa en los labios.

—Claro. — dice Damián.

—Claro, sí. — digo yo.

—No todavía, no. — le digo mientras le lanzo una mirada a Mia.

— ¿Todavía no? — dice nervioso.

Mia y yo nos acercamos poco a poco a él hasta besarlo en los labios y una vez que se quita, lo beso yo.

La máquina que está a mi lado comienza a pitar como en alarma.

— ¿Ese es tu corazón? — le digo en susurro.

—Mj. — contesta con un sonido de garganta.

Mia suelta una risa y me lanza una mirada.

—El sexo será grandioso. — dice emocionada y me besa en los labios. La máquina de Damián suena más fuerte y entran un par de enfermeras a la habitación.

— ¡Ah! — grita una enfermera.

— ¡Está bien!— grita Mia al separarse de mí.

— ¡Está bien! — grito al mismo tiempo.

— ¡Estamos bien! ¡Estoy bien!. — grita Damián de inmediato a la puerta. — ¿Nos pueden dar un par de minutos?.— les dice a las enfermeras rojamente confundidas que salen corriendo.

Los tres nos echamos a reír.

CAPÍTULO 20

SOLILOQUIO

Mi esposa y mi esposa.

Mis esposas estaban haciendo el amor. O fue sólo sexo. No lo sé.

¿Noa abuso de ella?

Fue la negativa de Mia lo que me despertó, después de todo.

Aunque no parecía que fuera abuso. Pero bueno, Noa casi me mata. Puede que Mia le tenga miedo.

Maldita sea ¿Qué voy a hacer? Mi cobardía ha puesto en riesgo a Mia. Soy un imbécil.

No debí dejar que Mia se fuera con ella. Debí haberla detenido, pero no lo hice.

Necesito un plan. Un plan para salvar a Mia y deshacernos de Noa.

Todo esto es culpa mía. Tal vez Noa descubrió lo que hice y esta sea su venganza.

Pero ¿Cómo funcionaría eso? ¿Si yo estaba con coma y Mia estaba lejos de ella cómo me afectaría eso? Que estúpido. Tal vez cuando casi me mata fue por eso. Tal vez su mamá le dijo algo. ¿Qué debo de hacer? A la mierda.

Sea lo que sea y pase y pase lo que pase defenderé a Mia de Noa. No importa lo mucho que ame a Noa tengo que entender que no es la misma de antes. No es mi esposa y si tengo que elegir entre ella y Mia, escogeré a Mia.

Maldita sea, llegué a pensar que podría tenerlo todo. Que podría tenerlas a ambas si tan sólo se conocían. Después de todo Noa siempre me dejaba ver a otras mujeres, incluso ella las veía conmigo. Como si le gustaran.

¿Y si fue eso lo que pasó? ¿Si se conocieron y se enamoraron? ¿Podría yo vivir con ello? ¿Me incluirán en sus vidas? Tal vez sólo esperaban que yo despertara para dejarme. Las dos van a dejarme.

No. No puedo permitirlo. Las amo a las dos. Las quiero a las dos. Las necesito.

Decídete pedazo de imbécil. O elijes a una o te quedas sin nada. Probablemente ya te has quedado sin nada. Y si ese es el caso tendrás que buscar cómo recuperar a una de ellas. Pero ¿a quién? ¿A Mia que te ayudó a recuperarte y a seguir viviendo o a Noa que jamás te ha necesitado para tener una vida, pero aun así te eligió y regresó después de cinco años necesitándote por fin?

Mia.

Es ella quién me necesitó siempre, aún más de lo que la necesitaba yo a ella para superar a Noa. Ella me necesitaba para tener una vida sin sus padres y lejos de ellos. Es Mia quién nunca me he llevado la contraria. Es Mia con quién puedo compartir una vida sin peleas, sin herirnos el uno al otro. Mia es la frágil. No puedo dejarla. Tiene que estar a salvo. Tengo que tenerla a salvo.

Lo siento Noa. Pero si he de elegir, elegiré a mi segunda esposa y si he de luchar contra ti para tenerla lo haré. Y no podrás resistirte mucho. Están las grabaciones del departamento que instalé sin decirle a nadie y si te cruzas en mi camino, en nuestro camino he de destruirte.

No pienso permitir que destruyas la vida que construí sin ti. La vida de Mia. Por mucho que te amé. No serás ni un obstáculo, ni un peligro para mi mujer.

CAPÍTULO 21

RAMIREZ

Mia se dedicó a enseñarle a Damián la sesión de mis personalidades que había grabado. Cada sesión que tenía conmigo, el tipo de terapia que uso en estos meses que él estuvo inconsciente.

Yo los dejé solos, hablar de ese tema se siente muy extraño.

Mia habla de mis otras personalidades como si fueran personas reales, aunque su rostro y cuerpo sean el que yo veo todos los días frente al espejo.

—Lamento que tu cabeza esté rota. ¿Cómo te sientes al respecto? — dice Damián e intenta ser amable.

—Es extraño. — le dije sin saber bien cómo explicarlo.

—¿Tienes idea de lo satisfactorio que sería para la psicóloga que te atendió la primera vez, decirte «te lo dije»?— y se empezó a reír.

—Por supuesto que lo he pensado. Esa maldita mujer se moriría de risa y satisfacción. Satisfacción que no estoy dispuesta a darle. — le dije bromeando.— De hecho, Criss fue la que se peleó con ella en el hospital.

— ¿La que le contestaba? — dice sorprendido.

No contesto, solo asiento con la cabeza tímidamente.

—Ella es la que tiene el sentido del humor. Muy parecido al de Elizabeth, por cierto. — me dice, pero las últimas palabras las dice con tristeza. — ¿Aún no sabes nada de ella?

—No. Supongo que siguió con su vida. Probablemente en algún lugar alejado de la tierra porque después de todas las noticias que hemos producido que ella ni siquiera me haya llamado es porque está completamente desconectada de ellas. Ella es experta en ocultarse y mantenerse fuera del radar. — suelto sin pensarlo.

— ¿Por qué Elizabeth sería experta en ocultarse, Noa?— algo en su rostro se llena de miedo.

—No ocultarse. Es buena alejándose de todo y borrando de su vida cualquier cosa que le cause dolor. — digo levantando los hombros.

Fue la única vez que hablamos de ello.

Regresamos al apartamento y lo llevamos a la habitación. Aunque ya lo habían dado de alta necesitaba seguir un poco más en reposo y tomarse las cosas a la ligera. Damián quería contratar a un enfermero que estuviera todo el día en casa, pero Mia y yo le dijimos que si ya tenía dos esposas no necesitaba nada más y accedió.

Así que construimos nuestra rutina. Bueno, sólo agregamos a Damián a nuestra rutina.

1.— Desayunar los tres juntos

2.— Ir al gimnasio y dejar a Damián en su "oficina" mientras no estábamos.

3.— Preparar la comida

4.— Limpiar el apartamento

5.— Ver alguna película

6.— Preparar la comida

7.— Meditar un poco ahora con Damián.

8.— Salir a caminar por la ciudad y comer en algún food truck o restaurante no muy elegante

9.— Juegos de mesa

10.— Bañarnos y Dormir.

Ahora nos teníamos que turnar para bañarnos.

Parecíamos mejores amigos viviendo en un mismo lugar.

Y digo amigos porque fuera de uno que otro beso de pico y tomada de manos por la calle.

No había nada más entre nosotros. Creo que no sabíamos muy bien donde estábamos parados y no queríamos arruinar el tipo de relación que teníamos.

Y por las noches dormir era muy romántico, sí, pero a la vez muy incómodo, teníamos que dormir los tres de cucharita toda la noche. Pero nadie decía nada. Estábamos juntos y era lo que importaba.

Los socios de Damián estaban felices de que se hubiese recuperado. Por lo que prepararon una especie de fiesta para celebrar que regresaría a trabajar.

—De lo que estaban preocupados era de que yo muriera y todo se fuera a la basura. Sus puestos, los negocios y sus inversiones, no es tanto por mí, amor.— le dijo a Mia cuando quería zafarse de ir a la fiesta.

—¡Lo que sea!— le dijo Mia, reprimiéndolo.— Vamos a ir, llevamos tres meses en esta rutina, necesitamos salir de estas cuatro paredes, los tres. Necesitamos divertirnos.

—No te olvides de ser noticia.— le digo desde la sala.

Los dos voltean a verme y noto la necesidad de explicarme.

—Loca ex— esposa que volvió de los muertos. Marido millonario atacado en su apartamento sin víctimas pero su propia ya mencionada esposa. La nueva esposa que se convirtió en amante de su otra esposa y viven los tres en el mismo apartamento. Sin mencionar la inconformidad de los familiares de la nueva esposa respecto a este acuerdo.

—Ahí lo tienes. — dice Mia

— ¿Traje negro o azul? — dice al mismo tiempo que Mia.

—Negro. — decimos Mia y yo al unísono.

Yo me puse un pantalón de vestir negro acampanado, Unos tacones de punta que cubren mis dedos pero le quedan al pantalón, Una blusa negra abierta en "V", pero no lo suficiente para que Damián o alguien más vea mis cicatrices, dentro del pantalón parece que es un solo pedazo de ropa y encima una especie de gabardina ligera de color rojo. Mi cabello está ligeramente ondulado, un collar plateado, sin joyas sólo pedazos de plaza en forma vertical.

Damián se puso una camisa negra, sin corbata, ni moño, ni chaleco. Sólo el saco encima, recorto su barba al ras. Se cortó un poco el cabello para que se le siguieran haciendo sus rizos naturales, pero sin verse joven o aseñorado. Sólo maduro. Un pantalón un poco ajustado. Para los tres meses que llevamos en el gimnasio, Damián ya definió sus músculos y ese pantalón lo demuestra. No por nada iba dos veces a ejercitarse. Y uno de sus relojes carísimos en la muñeca.

Estamos esperando a Mia, yo me senté en el sofá de la sala y él está de pie, frente a la puerta de nuestra habitación.

— ¡Mia! Me estoy muriendo de hambre. — apacible pero desesperado.

No puedo evitar verlo de pies a cabeza. Se parece a mi novio y prometido pero la verdad es que la edad le está sentando súper bien.

En eso voltea a verme rápidamente y sonríe.

Me descubrió.

— ¿Me estás saboreando?.— me dice con una sonrisa traviesa.

—Así es. — le confirmo sin dejar de verlo y me muerdo el labio.

—Para. — me dice apenado y sacudiendo su cabeza.

— ¿Por qué?.— le pico las costillas.

—Porque si sigues así voy a quitarte esa ropa, hacerte el amor en medio de la sala.— me contesta fríamente.

—Yo no tengo problema con eso. — suelto y muevo mi cabello hacía atrás.

—Tu tal vez no. Pero nuestra chica tiene muchas ganas de ir a bailar. Y si no la llevamos...—hablo sobre su voz.

—Y si no la llevamos se va a enojar. Tienes razón. — frunzo mi ceño.

Mia sale de la habitación. Se ha puesto un vestido rojo sin espalda, que le moldea le hermosa figura que tiene, sus caderas hacen que el vestido resalte muchísimo más de lo que haría con una muñeca de 60, 90, 60. Se hizo una especie de cebolla gigante con su cabello y saco un par de mechones por enfrente y unos aretes dorados. Maldita sea se ve muchísimo más alta.

—Te ves increíble. — le dice Damián.

Mia se emociona y se da una vuelta para verla por completo.

Damián se la come con los ojos.

— ¿Qué piensas? — me pregunta Mia.

—Estás hermosa. — le suelto.

—Ustedes también.— nos dice a ambos y le da un ligero y tierno beso a Damián.— Vámonos. Somos los invitados y estamos llegando tarde.

Vamos directo a la puerta y Damián toma las llaves de su auto.

— ¿Por qué agarras las llaves de tu auto?— le suelto.

— ¿En qué piensas irte?— dice nervioso.— ¿Rentaste una limosina?— le pregunta a Mia.

—No. — dice sorprendida.

—En tu carro no cabemos los tres, toma el mío.— le digo haciendo evidente que somos tres.

—Es cierto, que pendejo. Espera ¿tu auto? — dice con el ceño fruncido.

—Ay, por Dios. ¿Es enserio? — le suelto molesta.

—Es un Mazda. — parece a disgusto con la idea

— ¡Que tu pagaste! — le digo ofendida.

— ¡Porque no te gustan las cosas caras.— se defiende.

—No puede ser. Tengo dos niños en la casa. Nos iremos en mi auto. ¡Afuera! ¡Ya!.— nos regaña Mia y Damián y yo salimos del apartamento.

Llegamos a uno de los edificios más exclusivos de la ciudad. En la primera parte y los primeros siete pisos hacía arriba tiene una especie de hotel de cinco estrellas y tres diamantes. Los otros siete pisos son apartamentos, apartamentos con los que sólo puedes acceder con una especie de tarjeta. Y en el último piso hay una especie de terraza para los inquilinos de los apartamentos, terraza que pueden separar para eventos como estos. A esta terraza también puedes subir únicamente con una tarjeta.

Yo decidí ir en el asiento trasero del auto. Damián condujo y Mia vino de su copiloto.

Al llegar al Hotel diagonal Apartamentos, nos recibe un valet parking. Se acerca rápidamente a Damián y justo cuando uno se acerca a la puerta de Mia. Damián lo detiene con la mano.

—Yo me encargo. — le dice con una sonrisa.

A Damián siempre le ha encantado venir a estos eventos para ser un caballero de pies a cabeza.

Cómo debí suponerlo hay periodistas afuera del hotel.

No es que ninguna de estas sea una celebridad pero bueno, si tienen muchísimo dinero y existe una revista y un periódico dispuestos a publicar cualquier cosa de los más altos en la sociedad. Para goce de su ego personal.

Cosa que siempre he detestado.

Acordamos que yo me bajaría por mi cuenta. Cosa que no le gustó a Damián, pero Mia lo convenció de que luciría genial en las noticias y las fotos. Además, que la haría sentirse como el centro de nuestro universo.

—Tú eres el centro de nuestro universo, querida.— le dijo Damián mientras besaba su mano.— ¿Verdad, amor?— me preguntó mientras me lanzaba una mirada por el retrovisor.

—Verdad. — me dedique a contestarle. Y lo único que podía pensar es que ese era el hombre con el que me había casado. Y aunque nada salió como ninguno de los dos planeaba, casarme con él y desaparecer fue lo mejor que nos pudo pasar.

Me bajo del coche, miro a mi alrededor rápidamente y me enfoco en Damián, le doy una sonrisa traviesa.

Abre la puerta de Mia y le ofrece su mano, quién la toma y baja con una increíble gracia del coche. Cierra la puerta del coche y se coloca en medio de las dos. Ambas pasamos nuestros brazos entre los de Damián y caminamos al edificio, subiendo las escaleras, mientras estos cuatro fotógrafos nos flashean una y otra vez. En las puertas del edificio hay hombres de seguridad privada y una señorita con una tablet y un audífono se nos acerca.

—Señor Gaxiola, un placer que haya asistido. Señoras. Síganme, por favor. — Nos lleva al elevador de vidrio, ingresa la tarjeta y presiona el botón que dice PH.— Disfruten la velada.— nos dice con una sonrisa y el elevador se cierra.

—Por Dios Santo. — digo en burla.

—Lo sabía. Sabía que ibas a decir algo.— dice Damián divertido.

— ¿Qué está pasando?— pregunta Mia que no entiende porque nos reímos.

—Noa, odia todo lo que tiene que ver con la alta sociedad. Incluida la atención de los asistentes. — explica Damián.

—Y a Damián le encanta que el mundo esté a sus pies. — le digo aún divertida.

— ¿Qué hay de malo en eso?— pregunta Mia ignorante.— Es lindo que te atiendan. El salario de esa chica debe de ser más de lo que yo gano al mes.

—No puede ser ¿Por qué me enamoro de niños ricos si tanto odio el dinero?— digo bromeando.

— ¿Psicológicamente? Puede ser porque en realidad a ti también te gustan estos lujos, pero como nunca creciste dentro de ellos no sabes que hacer y eso te hace sentir incomoda o asustada por lo que tratas de no tenerlos.— explica.

Damián y yo la miramos al mismo tiempo.

— ¿Era una pregunta retórica cierto? — dice Mia

Se abren las puertas del elevador y frente a nosotros esta una especie de salón gigante.

Las "paredes" son de vidrio. Para poder tener una vista maravillosa de la ciudad. Las montañas, todo.

Hay mesas redondas pequeñas, rodeadas de sofás de piel.

Gente bebiendo y platicando con mucho estilo.

La luz es tenue. No sé si es porque apenas está anocheciendo o porque así decidieron tener la ambientación.

De mi lado derecho hay una especie de barra bar, con bartenders detrás haciendo las bebidas. Y unas 20 personas sentadas a lo largo de la barra. Mujeres, hombres, el lugar está lleno.

Al fondo hay otra especie de terraza al aire libre, con una especie de chimenea minimalista, con piedritas de adorno adentro. Supongo que la chimenea es de gas. Detrás de ella una alberca a lo largo del salón al que acabamos de llegar.

Hay música instrumental.

—Damián Gaxiola.— dice un señor con pinta de gánster. Delgado, Casi calvo, con el cabello relamido, sin barba. Se le acerca. Todos los invitados se callan por un segundo y voltean a vernos. Damián nos suelta por unos segundos y abraza al señor.

—Licenciado Yáñez ¿cómo está?.— dice Damián un poco frío.

—Excelente muchacho. Si tú estás bien, yo estoy bien. Nos metiste un susto terrible.— le dice, como si estuviera bromeando cuando nos ve a mí y a Mia.

—Señora Gaxiola, un placer volver a verla. Después de tal infortunio ¿cómo se encuentra?

—Excelente, muchas gracias. — le digo, con el porte que practique tantas veces antes.

—Si hay algo. Lo que sea. Lo que sea. Por favor pídamelo. ¿Y quién es está hermosa mujer? — dice dirigiéndose a Mia. Se acerca a ella y le toma la mano, para besarla. Debe ser una amiga suya, supongo. — dice con mirada depravada.

—En realidad, es mi otra esposa, Yáñez. — le dice Damián, orgulloso y amenazante.

El silencio en la sala se hace más grande.

Yáñez posa la mirada sobre mí, yo asiento, después sobre Damián y por último en Mia. Le suelta la mano rápidamente.

—Ahora si me disculpas, voy a llevar a mis mujeres por un par de tragos. Hablamos más tarde ¿te parece?. — se despide Damián y nos ofrece los brazos de nuevo.

—Un placer saludarlo. — le digo con una sonrisa.

—Con permiso. — dice Mia.

Llegamos a la barra.

—Dame dos bourbon y un...— por un momento duda y voltea a verme.

Le sonrío

—Tres bourbon. No voy a ponerme ebria. Lo prometo. — le sonrío.

Nos dan las bebidas. Los tres decimos salud y Mia se toma la bebida de gilo.

Damián y yo nos le quedamos viendo sorprendidos.

—Este trago es lo único bueno de esta fiesta. — dice soltando una risa.

— ¿Qué? — le dice Damián un poco divertido.

Yo le doy un trago a mi vaso.

— ¡La música es espantosa! — dice Mia divertida.

—Es una fiesta de ricos engreídos ¿Qué clase de música creíste que ponían en estos lugares? — le digo ya entendiendo el chiste.

—Yo no soy un rico engreído ¿o sí?— pregunta Damián preocupado.

—No, cielo. Tú no. — le toco el brazo y se relaja.

—¿Y ahora que vamos a hacer?— dice Damián abre dientes sin querer voltear a ninguna parte.

—Irnos. — le contesto.

—Acabamos de llegar. — nos regaña Mia.

—Puta. — suelto en voz baja.

—Mierda. — dice Damián al mismo tiempo que yo.

—Bueno, en teoría ésta es tu fiesta ¿no?— le digo, mientras miro por toda la habitación de dónde demonios sale la música hasta que veo a un hombrecito detrás de un par de masetas con una laptop y audífonos.

— ¿Qué estás pensando? — dice Damián.

—Dame dinero. — suelto de golpe y estiro mi mano a Damián.

Damián se busca su cartera en el pantalón, la abre y me da un billete de mil.

— ¿Así? — pregunta.

—Sí. Y ahora...— pensaba continuar con mi plan pero soy interrumpida por unos hombres de la misma edad que mi esposo. Son sus amigos de la universidad.

— ¡Ricky Ricon is in da house!— dice uno a nuestras espaldas, es medio rubio, un poco gordo y trae el cabello Relamido.

Detrás de él hay uno muy delgado con lentes de sol y viene fumando.— ¡Ricky!

El rubio abraza a mi esposo muy emocionado.

— ¡Albino! — lo saluda mi esposo emocionado.

— ¿Cómo estás hermano? Me enteré de que estuviste en el hospital. No pude viajar antes, estaba de luna de Miel en Milán y no precisamente con mi esposa.— le dice divertidísimo.— ¿Sabes a qué me refiero?

—Si lo sé, Albino. Lo sé.— dice mi marido un poco incómodo.— ¡Mario!.— grita emocionado de pronto y saluda al flaco.

—Hola, Ricky.— le da un abrazo y un par de palmaditas en la espalda.— No te veía desde que tu esposa, desapareció.

—Así es. ¿Tú también estabas de luna de miel?.— dice bromeando.

—No. Yo estaba haciendo negocios en Dubái. No todos tenemos una fortuna de generaciones — se explica.

—Ya. — dice mi esposo.

— ¿Y quién es esta belleza bronceada?. — dice el albino y se inclina sobre Mia.

—Soy su esposa. — le dice Mia con una sonrisa y acariciándole el hombro.

El albino se aleja de Mia, asustado.

—¿Que no había desaparecido?— le pregunta a Damián nervioso.

—En realidad, esa fui yo.— levanto mi mano y después se la ofrezco para saludarlo.— Noa, un gusto. A nuestra boda tampoco fuiste. — le digo con una sonrisa.

El flaco parece muy confundido al verme.

— ¡Jesucristo! — dice sorprendido. — ¿Noa!

—Hola, Mario. Un gusto volver a verte.— le digo y lo abrazo un poco.

El Albino y Mario se nos quedan viendo a los tres.

—Espera. — comienza el Albino.— Si ella es tu esposa ¿por qué ella se presenta como tú esposa?.— dice muy confundido.

—Ella es mi esposa.— dice Damián señalándome.— Y ella es mi segunda esposa.— dice Damián señalando a Mia.

Los dos siguen sin creer lo que está diciendo Damián.

—Veámoslo así. — comienza a explicar Mia. — Él está casado con ella y yo soy la amante de ella.

—O, él está casado con ella y yo soy su amante. — explico yo.

—Quítenme ya la bebida de las manos, que ya estoy muy ebrio para entender lo que está pasando.— dice el Albino y se toca la cabeza.

Gracias a todo el ruido que está haciendo el Albino, las personas han empezado a voltear a vernos y ser parte del chisme.

—¿Por qué no terminas de explicárselo, amor?.— le dice Mia a Damián.— ¿Amor, me acompañas al baño?.— me dice a Mia.

—Claro. — le digo con una sonrisa tierna.

Mia le da un beso en los labios a nuestro esposo.

Y yo también le doy un beso en los labios. — ¿Nos pides unas margaritas? Ya volvemos. — le doy la mano a Mia y caminamos al baño.

—Claro. — nos despide Damián con una sonrisa de oreja a oreja.

— ¡Eres el hijo de puta más suertudo del puto mundo, cabrón!— le suelta Mario. A nuestras espaldas.

Mia y yo llegamos al baño muertas de risa.

— ¿Viste la cara del güero?.— dice Mia en un ataque de risa.

— ¿El güero? ¿Viste a todos los invitados de la fiesta? Tenemos que dar un espectáculo.— digo con una sonrisa pervertida.

— ¿Cómo sugieres que hagamos eso con esa música tan aburrida? — me dice Mia, aburrida.

— ¿Para qué crees que le quité dinero a Damián?— le levanto las cejas y vuelvo a sonreír.

Salimos del baño y sobornamos al chico que está poniendo la música y al parecer controla las luces que se pusieron en la terraza.

Las luces se bajan al rededor y una luz intensa se enciende en medio del lugar, lugar que Mia y yo hemos agarrado como pista de baile.

"So Good" de Danna Paola comienza a sonar.

Nos ponemos frente a frente.

La tomo de la espalda y la pego lo más que puedo a mí.

Empezamos a sentir la música y nos movemos hacia abajo, nos manoseamos, la volteo, la pego a mí.

Todo es un espectáculo para los que están en este lugar.

Y mientras bailamos, vemos a nuestro esposo, con sus amigo con la boca abierta a su lado.

Damián sabe que estamos jugando y sólo se sonríe y se levanta para unírselos en el baile.

No sé cómo, pero nos las ingeniamos para divertirnos y manosearnos entre los tres.

De pronto un hombre, chaparro, narizón y con cara de pervertido se acerca al frente de nosotros.

¿Lo conozco?

Siento que sí. Pero no lo sé.

Sigo bailando con mi esposo y mi chica.

La canción se acaba, pero la música sigue y la gente comienza a bailar. El tipo de fiesta que Mia quería.

— ¡Voy por un trago!— les grito a los chicos y me voy.

Me regreso a la barra y pido un vaso de agua.

—Sra. Gaxiola.— me volteo y veo al hombre chaparro de hace unos momentos.

Lo miro con una sonrisa.

— ¿Nos conocemos?.— pregunto amablemente.

—Claro. Soy Adrián Ramírez, socio de su esposo. — y me ofrece su mano.

Lo saludo, pero me siento incómoda.

—Un placer. Nunca lo había visto antes. Lo siento. Tampoco es que tenga una vida muy social con mi esposo. Por lo general lo dejaba venir a este tipo de eventos completamente solo. — me explico.

—La verdad no entiendo por qué. Usted es una mujer bellísima. — me dice con cara de libidinoso.

—Gracias. — carajo, que incómodo.

—Aunque debo admitir que Gaxiola es un hombre con suerte. — dice un poco amargado y mirando a Mia y a Damián rápidamente.

—Lo somos. — le digo con una sonrisa.

—Bueno. Es una pena que usted tuviera que pasar por ese infierno, en ese rancho, tan alejada, por tanto, tiempo. A pesar de todo el dinero que tiene Damián. No querer salvarla.

—Yo nunca le he dicho a nadie en donde estaba. ¿Cómo sabe que era un rancho? — le digo a Ramírez.

—Debió haber sido Damián. — y me da una sonrisa fría, como si quisiera decirme algo más y lo hace.— ¿Sabe? Nunca entendí lo que pasaba. El porqué de las cosas. Tanto dolor, tanta tortura, tanto tiempo lejos de él.

— ¿Tortura? ¿Usted que sabe sobre eso?.— cómo carajos sabe todo eso.

Un frío me recorre de nuevo el cuerpo.

—Casi como si alguien se ensañara por quebrarla y después curarla. Debo ser honesto, cuando no pidieron rescate, imaginé que alguien, algún socio de Damián, bueno, alguien a quien no le fue muy bien se le hubiese ocurrido hacerle daño con lo que más amaba en ese momento.— explica.

Lo miro por unos momentos.

— ¿Algún socio como usted? — le pregunto

—No. Claro que no. Jamás me atrevería a hacerle daño a una mujer tan hermosa como usted.— me acomoda el cabello detrás de la oreja y baja su mano por mi hombro y después mi brazo.

— ¿Ramírez?. — es Damián.

—Ricky. — le contesta el hombre y le sonríe.

— ¿Todo bien, amor?. — me pregunta, ignorando al señor.

—Sí. El señor Ramírez me estaba contando que era tu socio y las teorías que tenía en cuanto a mi desaparición. En realidad, fue muy específico en lo que me pasó.— le digo a mi esposo y volteo a ver al hombre.

—¿Enserio?.— dice Damián y le da una de las miradas más frías que jamás había visto en mi esposo.

—He visto muchos documentales y noticias. No sabrías que atrocidades cometen. Por las razones más estúpidas. Algunos son traicionados por sus amigos. Los apuñalan por la espalda y les quitan todo.

—Ya te dije que yo no tuve nada que ver con que tus negocios se fueran al diablo. Fueron tus decisiones las que te llevaron a la quiebra. Yo te aconsejé que no lo hicieras y lo hiciste. Porque según tu era dinero fácil.

Ramírez empuja a Damián.

— ¡Cálmate! — le dice Damián, molesto.

El rubio aparece de la nada y se pone en medio de los dos.

—Oye. Oye. ¿Qué estás haciendo? Deja a Ricky. Todos te dijimos que ese negocio no era bueno. Vamos todos a platicar como amigos ¿sí?

Damián acepta y lo invita a salir.

—¿Estás bien, amor?.— me pregunta preocupado.

—Sí. — le sonrío.

—Enseguida vuelvo. — me da un beso en los labios y se va. Con Ramírez y el Rubio.

Salen al pasillo del fondo que está al aire libre y comienzan a platicar entre ellos.

Mia sigue bailando. Sólo que ahora es con su hermano. No sé a qué hora llegó, pero está aquí. Y Mia no se dio cuenta de lo que pasó. Me tomo mi vaso con agua y le pido al bar tender una cerveza y veo como Ramírez y Damián hacen las paces.

Lo veo regresar hacía mí. Me pongo de pie y me voy al baño para que me siga.

Me meto a los baños.

Hay tres baños. Puertas cafés.

Tres lavabos frente a cada baño con su respectivo espejo cada uno.

— ¿Noa?. — me dice Damián.

— ¿Qué carajos fue eso Damián!— lo regaño.

— ¿Qué cosa? — dice nervioso.

— ¡Eso! Tu amigo, socio, lo que sea que sea. — sueno molesta. Damián no tiene ni idea de lo que está pasando.

— ¿Qué fue lo que te dijo?— pregunta desesperado.

—Hablo de mis torturas, del rancho en el que estaba. Habló de cosas que no le he dicho a nadie. ¡Dime cómo!.— maldita sea.

—Carina. — dice después de un suspiro largo. Supongo que estaba debatiendo si me lo decía o no.

—¿Carina?.— Y lo recuerdo, la niña a la que hice que le cortaran la mano.

—Cuando Mia me enseño tu video, la busqué. La buscaba mientras ustedes no estaban en la casa. Un investigador privado me consiguió toda esa información. Ramírez fue a verme un día y lo escuchó todo. Lo siento. — dice arrepentido. — Iré por Mia ¿Okay?

Damián se da la media vuelta para salir.

— ¡Tengo miedo!— le grito y se detiene. Y cuando tengo miedo, la otra persona sale y no quiero herirte, ni a Mia. Pero hablar de eso, de lo que pasó me vuelve loca. Me llena de miedo y lo único que quiero es que me abraces. No sé por qué pero eres todo lo que quiero cuando me siento así. Te necesito.

Damián me da una sonrisa tierna y se acerca a mí para abrazarme.

Me abraza lo suficientemente fuerte para sentirme protegida. Y el miedo se va. Por primera vez en mucho tiempo exhalo. Me siento completamente segura en sus brazos.

—No pienso permitir que nadie te vuelva a lastimar. Te lo juro. — me susurra.

—Tenemos que irnos a casa.— le digo tranquilamente.— Me muero por hacer el amor contigo y Mia.— me separo de él y le sonrío.

— ¿Y cómo vamos a hacer eso?.— pregunta nervioso.

—No lo sé. Pero lo averiguaremos. — le contesto entre risas nerviosas.

Llegamos a casa unas dos horas después de que hable con mi esposo en el baño.

Nos tuvimos que quedar y pasar tiempo con el hermano de Mia.

Ya un poco tomados, el tema del exnovio salió a tema.

Ricardo moría de risa cada vez que le decía como lo agarré a golpes.

Y al parecer no le importa que tenga doble personalidad porque me dio la bienvenida a su familia, me llamó cuñada una vez que Mia le explico que ya estábamos los tres en una relación. Baile con él un par de canciones. Con Mia y Damián. Bajamos en el elevador de vidrio besuqueándonos los tres. Nada nos importaba ya. Lo único que queríamos era arrancarnos la ropa.

Una vez en el apartamento, yo abrí la puerta para mis esposos y al entrar pensé en ir a la recámara, pero, la verdad tenía mucho calor. Estoy nerviosa, mi estómago no ha dejado de temblar de lo excitante que es esto. Siento que el calor y la expectativa me están asfixiando.

—Tengo una idea.— les dije.— Vamos a hacer el amor ahí.— y les señalé la terraza.

— ¿Afuera?— dice Damián sorprendido.—¿Estás loca?

— ¿Qué te da miedo? ¿Qué te vean desnudo? — pregunto divertida.

—No. — dice serio.

—Estamos en el último piso del edificio. — me burlo de él.

—Rodeados de otros edificios más altos. — contesta nervioso.

— ¿Y? Deja que vean cómo satisfaces a dos mujeres al mismo tiempo y como ellas te satisfacen igual.— le susurra Mia sobre sus labios. Lo toma de la mano, se acerca a mí y jala a Damián hacía nosotras.

—Okay. — dice ya derrotado.

Abro la puerta deslizable para salir a nuestra terraza.

—¡Esperen!— grita Mia y nos detenemos.— Necesitamos almohadas y sabanas para poner en el suelo. Ya vuelvo. ¡Empiecen sin mí!. — y se va.

Ambos miramos a Mia como un par de adolescentes divertidos.

Le tomo la mano y me acerco a él.

—Ven aquí. — le llamo con mis dedos a mi esposo y una sonrisa de oreja a oreja. Damián se acerca a mí con nada más que lujuria en su mirada y me besa, no sólo mi boca está húmeda, mi entrepierna igual.— me detengo y lo veo por un par de minutos.— No me embaraces.— le sonrío.

—Okay. — me da una sonrisa y se acerca a mi cuello. Lo empujo sin pensarlo— El cuello no. — le digo casi sin aliento. Pongo mis manos alrededor de su cuello y lo estiro hacía afuera para recargarme en el barandal.

—El cuello no. Entendido.— me dice y se toma una pausa. Sus manos me acarician la espalda y se hallan camino a mi trasero, me jala hacía él y se frota sobre mí. El beso tierno sube de intensidad y comienzo a sentir su lengua dentro de mi boca. Hasta que se aleja un poco de mí.

Abro mis ojos y veo que Mia está detrás de él. Le quita el saco y lo arroja al piso.

—Hola. Hola. Bienvenida a la fiesta. — le dice Damián.

—Hola.— le contesta Mia con una sonrisa, metiéndole mano al pantalón para agarrar su erección. ¿Por qué no empezamos con él? — me pregunta.

—A Noa no le gusta. — le dice Damián con los ojos cerrados.

— ¡No te gusta?. — me dice sorprendida.

—Nop. — le digo con una mueca.

—Entonces es mío. — voltea a Damián hacía ella. Lo besa apasionadamente en la boca y se inca en el suelo para desabrocharle el pantalón y bajarle los boxers, dejando su pene ya erecto. Listo para satisfacerlo. Y satisfacernos.

—Mia ¿estás...?.— apenas pudo pronunciar esas palabras cuando Mia ya le estaba dando sexo oral. Damián comienza a hacer sonidos y yo le acaricio la cabeza con una mano, después acaricio su cuello y voltea a besarme apasionadamente. Me trae a su lado con una mano y con la otra me acaricia los pechos. Su respiración se ha acelerado demasiado. De pronto deja de besarme y pone a Mia de pie al tiempo que hace un sonido con su garganta. Su mirada ahora es salvaje. Pero sus acciones pacientes. La recarga sobre mí.

—No lo agotes, tan rápido. — le dice a Mia y la besa.

Le desabrocho el vestido a Mia y se lo bajo lentamente hasta dejar sus pechos al descubierto. Coloco mi mano debajo de sus pechos, sobre su estómago, presionándolo, sosteniéndolo para lo que viene.

Damián le quita las bragas, le levanta una pierna y la coloca sobre su cadera.

Se detiene unos segundos y la mira dudoso.

— ¿Qué estás esperando?.— le digo provocándolo.— Hazla gritar.— y me muerdo el labio.

Damián desvía su mirada hacia abajo unos segundos. Embiste a Mia, una y otra y otra vez.

Mia suelta un grito. Y después otro. Dejando caer su cabeza sobre mi hombro derecho.

Veo a Damián su rostro está inmóvil, sólo clavado en mis ojos. Eso me humedece. Ver su rudeza sobre Mia me está volviendo loca y él lo nota, me sonríe y aumenta su velocidad.

Mia coloca sus manos sobre el pecho de Damián sin dejar de gemir y sin pedirle que se detenga.

Y sin una sola palabra, Damián me besa. Nuestras lenguas no terminan de zacearse la una de la otra.

El estómago de Mia comienza a temblar.

Damián deja de besarme y besa el cuello de Mia y muerde su hombro un poco. Sin dejar de vernos y sonreírnos, coloco mi mano sobre el cuello de Mia y unas embestidas después terminan por explotar los dos.

Damián se deja de mover, baja la pierna de Mia y la besa cariñosamente. Se regalan una sonrisa de satisfacción.

— ¿Damián? — le dice Mia en lo que intenta recuperar el aliento.

— ¿Si, cielo? — le contesta atento con su respiración entre cortada.

—Tienes dos esposas ¿no? — le dice y me miran.

Damián se pone de pie y se acerca a mí para intentar quitarme la camisa.

— ¡No!. — gritamos Mia y yo a la par. Y ambas detenemos sus manos.

Damián no sabe qué hacer. Sólo deja de moverse.

— ¿Qué hago? — pregunta nervioso.

—No le quites la camisa— le dice haciéndolo sonar sexy. — La vas a cargar, con las piernas bien abiertas para mí.

Damián se sorprende por lo que acaba de decir Mia.

—Disfrutas mucho esto, ¿no es cierto? — Yo también estoy sorprendida. Está tomando el mando de la situación. Eso es nuevo.

Mia se coloca detrás de mí.

—Primero me voy a deshacer de esto. — mete su mano dentro de mis pantalones y de mi ropa interior.

Doy un salto, sus manos están heladas. Sus dedos prácticamente se resbalan dentro de mí. Y eso no es más que su culpa.

—Tus manos...están heladas.— le digo entre jadeos.

—Lo siento. — me dice al oído. — ¿Damián? ¿Puedes calentar mis dedos?

Damián toma los dedos llenos de mis fluidos de Mia y se los mete a la boca.

Mia los regresa lo más rápido que puede. Me doblo hacia adelante, apoyándome en el pecho de Damián. Estiro a Damián de la camisa y se la desabrocho mientras lo beso.

Me muevo de adelante hacia atrás disfrutando de Mia. Siento que estoy más mojada que antes y más cerca del orgasmo de lo que imaginé.

Y al parecer Mia también lo nota.

Saca la mano de mí y me quita los pantalones y la ropa interior de un solo jalón.

Damián entiende lo que está pasando y me levanta en posición de aguilita.

Paso mis brazos alrededor de su cuello.

—Cierra los ojos. — me ordena Damián.

Recargo mi frente con la suya y cierro mis ojos.

La sensación es increíble. La corriente de aire me refresca la entrepierna, uno de los dedos de Mia está sobre mi clítoris, masajeándolo constantemente.

Mi cuerpo sudado y fresco. Siento unas uñas deslizándose por mi espalda y me hacen doblar la espalda hacía atrás.

Siento los dedos de Damián en mi trasero, apretando cada vez con más fuerza.

—Ahora Damián se hará cargo ¿Está bien?.— me dice Mia.

Abro mis ojos y veo a mi esposo, completamente rojo del rostro, y sudado. Carajo. Como lo extrañaba.

Damián me recuesta en el piso y me besa. Yo dejo mis piernas enredadas en su cintura. Lo estiro de la corbata hacía mi boca y lo beso, pero no es suficiente, lo muerdo mientras él se separa de mí pero no suelto su corbata, quiero tenerlo a mi disposición, su boca, su pecho, su cabello.

—Me vuelves loco. — me dice entre jadeos y lentamente se introduce en mí y se mece. Lenta pero constantemente.

—Levántala Damián. — le ordena Mia.

Sobre sus rodillas, Damián me sienta sobre él. Su pene está tan adentro de mí que suelto un grito.

Muevo su cabello hacia atrás y se queda ahí, gracias al sudor que tiene, sudor que se va cayendo por su pecho y lo único que quiero es lamerlo y lo hago.

Damián gruñe.

Siento un estirón de cabello, es Mia.

La beso con la sal de Damián aún en mi lengua.

— ¿Noa? —intenta hablar seriamente entre tanto placer. — No estoy usando condón y...

—No te atrevas a detenerte, Damián Gaxiola.— lo regaño.— Pero es todo lo que necesitaba para continuar con su trabajo.

Mia pasa sus uñas sobre mis piernas.

Mi cuerpo comienza a temblar ante tantas cosas y gimo sin poder detenerlo.

Ahora no sólo Damián está dentro de mí, Los dedos de Mia estás por fuera, uniéndose a él en esta travesía inigualable.

Damián me mira y trata de llamar mi atención.

Ya no puedo controlarlo más y exploto en un orgasmo, como nunca antes lo había hecho.

Damián grita de placer y Mia lo besa en los labios.

Los tres nos dejamos caer sobre las sábanas.

Uno al lado del otro.

Damián estalla en una carcajada.

—Es la mejor noche de toda mi vida— dice Damián entre risas

—Y todavía no termina. — suelta Mia entre risas. — Noa, Date la vuelta. — me ordena.

— ¿Qué? — le digo sorprendida.

—Date la vuelta. — me repite con una mirada

Y obedezco.

Pasamos un buen rato haciendo el amor y prácticamente todo lo que Mia quería.

Hasta que ya no pudo más y se fue a dormir.

Yo quise darme una ducha. Al salir yo de la regadera vi que Mia dormía sola y salí buscando a Damián que estaba en la cocina comiendo todo lo que había en el refri.

Tenía lonches en la barra, cereal, papitas y estaba haciendo pasta instantánea. Y tomando mucha agua.

Parece adolescente.

— ¿Qué estás haciendo? — le digo en voz baja.

Se asusta un poco.

— ¡No mames!— me dice con la boca llena de comida— ¿Quieres?.— y señala la comida frente a él.

Le quito un triángulo de lonche y le doy una mordida.

—Mmmm. Está muy rico. — al parecer yo también muero de hambre.

— ¿Estás bien? ¿No te lastime? — no parece preocupado, sólo cortes.

—No. Estoy bien. ¿Sabes qué aprendí esta noche?

— ¿Qué?. — contesta con la boca llena.

Me río un poco.

—Que el sexo entre tres es muy demandante.— le digo divertida.

— ¡Lo sé! ¿Cómo se supone que hagamos eso el resto de nuestras vidas!.— dice en voz baja para evitar que Mia nos escuche.

Ambos nos reímos en voz baja.

—No lo sé— le digo con una sonrisa.—Cuando volví y... pasó todo lo que pasó. Maldije mi vida, los cielos y prácticamente todo. Pero la verdad es que si yo no hubiera desaparecido, nunca te hubieras fijado en ella y nos hubiéramos perdido de esta extraordinaria vida juntos. Esto era lo que necesitábamos.

Me da una sonrisa un poco triste.

—No, Amor. — me levanto de la silla y me acerco a él.

Damián comienza a llorar y me abraza con fuerza.

—No te lo dije para ponerte triste. Lo siento. Te amo. Todo está bien. — le digo tiernamente.

—Te amo con todo mi ser Noa. — me dice limpiándose sus lágrimas.— Y si no fuera porque estoy exhausto te haría el amor justo ahora.

—Necesito que entiendas algo. Yo estaba muerto sin ti. Sentía esta culpa inmensa sobre mis hombros. No pude protegerte como se lo prometí a tu padre. Te amo. Pero también amo a Mia.

Pero el amor que siento por ambas es diferente, es igual de enorme pero tan diferente. Y de lo único que estoy seguro es que daría lo que fuera por ustedes. ¿Lo sabes, ¿verdad?.

—Ya lo estás haciendo. Gracias. Te amo. — le digo con una sonrisa.

Terminamos de cenar y nos vamos a dormir.

CAPÍTULO 22

VEGA

Abro mis ojos y veo a mis esposos abrazados, aún desnudos. Tan tranquilos, tan llenos de paz y soy feliz. Tengo un esposo dulce, sin masculinidad frágil que aceptó el hecho que me haya enamorado de su actual esposa, una mujer que se enamoró de mí, a pesar de todas las cicatrices que me han dejado, y me ha ayudado a sanar y a aceptarme a mí misma. me caigo de la cama.

— ¡Ay, wey! — grito del susto y me quedo en el suelo.

Mia y Damián se despiertan. No sé si por mi golpe o el grito.

— ¿Noa? — grita Mia.

— ¿Qué pasa? ¿Dónde estás? — se escucha a mi esposo muy preocupado.

—Abajo. — digo molesta.

De pronto veo las cabezas de mi esposo y mi esposa asomarse por la cama. Ambos hacen una mueca de dolor.

—Necesitamos una cama más grande.— les digo lo más calmada posible.

—Vayamos de compras. — dice Damián con una sonrisa.

—A ti te encanta gastar dinero ¿no es cierto? — dice Mia.

—Me excita. — le contesta Damián y la besa apasionadamente y la recuesta en la cama.

—Que falta de respeto. Sigo en el suelo.— les digo aunque parece no molestarles.

—Pues levántate o seguimos sin ti. — me dice Damián divertido.

Sonrío y me pongo de pie. Me arrojo a la cama.

Después de hacer el amor. Nos vamos de compras.

Primero llevé a mis esposos a comer gorditas de guisos. A Damián le encantaban cuando éramos novios.

Comimos unas cuatro gorditas cada uno, bueno Damián se comió 5 y un taco de harina.

—Qué bueno que anoche y esta mañana quemamos demasiadas calorías. — dijo Mia de la nada, nos dimos una mirada los tres. Y nos empezamos a reír.

Fuimos al Bamboo a buscar colchones para ver cuál podríamos comprar en el que cupiéramos los tres.

Si no estaban duros, eran pequeños.

Nos salimos de esa tienda y Mia vio ropa. Damián no nos dejó sacar nuestras tarjetas todo lo terminaba pagando él.

Nos fuimos de tienda en tienda. Damián traía todas las bolsas de Mía y parecía el hombre más feliz del mundo cada vez que pagaba. Jamás se quejó del tiempo que le tomaba a nuestra mujer ver cosas y comprarlas o de cuánto gastaba.

Estaba disfrutando del momento.

— ¡Amor! — grita Mia desde el probador.

— ¿Mande?— decimos Damián y yo al mismo tiempo. Y sólo nos echamos a reír.

Sale Mia con lencería de encaje color morado. Lencería de dos piezas que le moldea los pechos y la hermosa cadera que tiene, a la perfección.

Abre la cortina y sale sonriendo muy emocionada.

—Hay en negro y blanco. ¿Cuál eligen? — pregunta muy emocionada.

Damián y yo nos vemos por unos segundos y contestamos al mismos tiempo. — ¡Todos!

Mia se alegra y se vuelve a meter al vestidor.

—Espero que no estés quedándote en la ruina con esto. — le digo en broma.

—Por supuesto que no. Al menos a una de mis esposas le gusta gastar mi dinero. — me dice aventándome la piedra.

Nos besamos.

—Te extrañé mucho, Noa.— me dice en susurro.

—Lo siento. Por todo. Casi te mato a golpes. — quiero llorar. Maldita sea.

—Oye. Oye…eso fue un accidente. No sabíamos que tan mal estabas. ¿Okay? Si yo hubiera insistido en que te revisaran cómo dijo Mia muchas veces no me hubieras atacado. Aunque si no me hubieras atacado no te hubieras enamorado de Mia. Así que. Por mí, me hubieras golpeado antes.

Me río entre mis lágrimas.

—Te amo. De verdad. Te amo. — le digo y lo vuelvo a besar.

Llegamos a Liverpool y nos vamos a la sección de colchones. En su mayoría hay colchones individuales o matrimoniales.

—Disculpe, señorita— le dice Damián a una trabajadora del lugar— Queremos el colchón más grande que tenga.

—Una disculpa. No es mi área, pero si me permiten les mandaré a uno de mis compañeros para que pueda atenderlos. — dice amablemente y se va.

—Gracias. — decimos los tres.

Vemos salas y cunas y colchones para bebés.

—Mira todas estas cosas en tamaño bebé.— dice Mia mientras ve las cunas y almohadas pequeñas.— Tengamos un bebé.—suelta de repente.

Damián y yo nos quedamos helados.

—Aaaa— no sé qué decir.

—Un..amm. — Damián tampoco

—Es que..— miro a Damián intentando encontrar una respuesta.

—No…—suelto una risa nerviosa

—!Oh por Dios!— dice Mia divertida.— No quieren tener un bebé. ¿Conmigo o sólo no quieren uno?

— ¡No! — gritamos Damián y yo.

—Hola buenas tardes, mi nombre es Luis ¿están buscando algún colchón en especial?— dice un joven gordito detrás de nosotros.

—Si, por favor. — le dice Damián. Aliviado. — Necesitamos una cama grande.

—O tal vez una individual para ponerla a un lado de la suya. — dice Mia molesta.

— ¡No! — gritamos Damián y yo.

—Una cama grande dónde quepamos los tres. Juntos. Al mismo tiempo.

—Para hacer el amor. Juntos. — le digo yo.

—Y tal vez un bebé. — dice Damián.

—Con ella. — le digo, señalando a Mia.

—Sí. — termina de decir Damián.

El joven se ve sorprendido.

—Tenemos una cama tamaño California King.— señala nervioso detrás de nosotros.— síganme, así pueden revisarla.— y se va caminando.

—Gracias. — le digo al joven.

Miramos a Mia sigue molesta.

—Vamos a tener esta conversación más tarde. — nos señala molesta y se va caminando.

—Mierda. — dice Damián.

—Sí. — le digo.

Llegamos al colchón y el Joven los describe la cama, tratando de venderla.

Pero no hace falta. La cama es justo lo que necesitamos. Cabemos los tres y dos personas más.

— ¿Me puedo recostar? — pregunta Mia.

—Por favor— contesta el joven.

Mia se recuesta en la cama, pero cuida que sus pies se queden en la orilla para no ensuciarlo.

—Me encanta. — dice Mia con los ojos cerrados.

Damián pone las bolsas de compras en el suelo. Y se sube a la cama sobre Mia.

Yo doy la vuelta y me subo al colchón para quedar detrás de Mia. Mientras le hago una señal al joven de que no diga nada.

—Y es lo suficientemente larga para dar vueltas. — le dice provocativamente.

Mia abre los ojos y ve a Damián.

Damián la besa.

—Aunque no sé si sea lo suficientemente larga para intentar, muchas, muchas veces de tener un bebé. — le digo excitada.

—Vamos a ver. — suelta Damián y carga a Mia con un solo brazo.

— ¿Qué estás haciendo!.— grita Mia nerviosa.

Damián la sienta para que se recargue en mi pecho. Se sube a la cama y se sienta frente a ella. Ambos hacemos un sándwich de Mia. La apretamos lo suficiente para que sienta mis pechos en su espalda y el pene de Damián en su vagina.

Le masajeo las piernas.

—Chicos. Estamos en una tienda. Hay mucha gente aquí.

—Yo sólo estoy probando el colchón. Se siente bien. — Dice Damián como si de verdad estuviera probando la cama.— ¿No crees que esté bien, amor?— me dice mientras se sigue rosando con Mia.

Le sonrío y le beso el cuello a Mia.

Lo cual termina por hacer que Mia pierda la razón.

—Basta. Basta. Los dos, por favor. Era broma. Era broma. Era broma. Estaba bromeando con lo del bebé. — dice de pronto.

—Creo que es un poco tarde para eso. ¿Verdad, amor?. — me dice divertido.

—Así es. Porque esta noche, vamos a poner un bebé, justo aquí.— le digo al oído mientras le acaricio en el estómago.

—En esta cama caben dos, niños. — le dice Damián sin dejar de rozarla.

—Por favor. Por favor. No me hagas tener un orgasmo enfrente de todo el mundo.— le suplica Mia.

—Shh. Cierra los ojos. — le digo al oído, le volteo la cara y la beso dejando que mi lengua reconozca la suya mientras sigo acariciando sus piernas.

Mia suelta un sonido de alivio desde su garganta. Intentando tener ese orgasmo lo más silencioso que se pueda.

— ¿Raudales! — dice una voz extraña.

Los tres nos detenemos y lo vemos por unos segundos en shock.

— ¡Vega!.— dice Damián emocionado sin pena alguna.

El tal Vega sonríe y entre dientes sigue hablando.— ¿Qué están haciendo?.— el tono es molesto pero lo disfraza con la sonrisa.

—Comprando una cama. — dice el joven nervioso ya que nosotros no pudimos decir nada.

—Sí, eso. sí. — decimos todos juntos.

— ¿Enserio? Porque parecía que estaban a punto de quitarse la ropa. Y la erección de Damián no me dice lo contrario. Por cierto, ya entendí porque no quieres dejarlo.— y le levanta el dedo gordo a Damián.

— ¿Cielo?.— le dice Mia a Damián y le echa una mirada.

—Oh. Perdón. — le dice nuestro esposo y se pone de pie. Se voltea con el joven que nos estaba atendiendo. — Nos llevamos la cama y sabanas, cubre colchón, colchas, todo.

— ¿Algún color especial? — le pregunta el joven aún apenado.

—No. Sólo dos de cada uno. — le pide Damián amablemente y sin ninguna pena por la enorme erección que tiene.— Enseguida vuelvo. Le da la mano a Vega y se despide. — Un gusto verte, deberías venir a cenar alguna vez.— y se va.

Mia y yo nos bajamos de la cama y nos acercamos a su amigo.

—Eres una zorra. — le susurra su amigo.

— ¡Cállate! — le dice Mia.

—Hay niños aquí, ancianos, matrimonios con más peleas que vida sexual. Puerca. — le sigue susurrando, pero en burla.

— ¿Noa?.— dice de pronto.— Él es Vega, mi mejor amigo. Estudiamos juntos en la universidad.

—Un gusto, conocerte. — le sonrío y le ofrezco la mano.

Nos damos un fuerte apretón.

—El placer es mío. — me dice.

— ¡Quítate los lentes! — lo regaña Mia y le da un manazo en el brazo.

Vega se quita los lentes de sol que traía y puestos y veo sus ojos por primera vez.

Uno es café y el otro azul. Y su perfume despierta algo en mí.

Y siento una punzada en la cabeza y se me erizan los vellos del cuerpo sin razón aparente.

—Lo siento. Se llama Heterocromia. No traigo pupilentes ni nada. — se explica.

—Lo siento. Jamás lo había visto. El mejor amigo de Mia. ¿Por qué no me habías dicho?

—Sí, Mia ¿Por qué?.— le dice Vega jugando.

—He estado ocupada. — se explica Mia.

—Sí. Ya vi. Yo también me alejaría de todos y todo por lo que acaba de pasar en su colchón mágico.

— ¿Qué le pasó en el ojo?. — señalo su cicatriz en el ojo izquierdo.

Al principio parece un poco incómodo, pero después cuenta una historia.

—Fue un niño, en realidad. No les gustaban las inyecciones y bueno, lo dejó muy en claro. Por cierto, si logran su hazaña con gusto puedo ser su pediatra.

—Eres un idiota.— le dice Mia entre risas.

Mientras Mia y el platican yo me dispongo a verlo bien, de pies a cabeza. Imágenes vienen a mi cabeza. Su olor, lo recuerdo. Después un niño grita y se mezcla con la sensación que tengo respecto a este hombre.

— ¿Noa? ¿Estás bien?. —me dice preocupada.

—Sí. No. Estoy bien.— le digo con una sonrisa para no preocuparla.— ¿Sabes? Voy al baño. Ahorita vuelvo.

— ¿Segura que estás bien?. — me pregunta y se acerca a mí.

—Sí. —me acerco a ella y le doy un beso.— No te preocupes amor. Enseguida vuelvo. — le doy una sonrisa y me voy.

Salgo de la tienda. Y veo a unas chicas entregando pañuelos morados. Y las sigo a la calle.

Y al salir veo una marcha, con carteles de jóvenes desaparecidas, feminicidios.

Mujeres con pañuelos morados, banderas, madres, hermanas. Cantando.

Veo un cartel con un rostro. Una niña. Desaparecida.

Otra foto de una chica, asesinada.

Una más de otra chica. La conozco. La recuerdo. Hablé con ella. Hay más y más chicas. Sus rostros, los he visto. Estaban conmigo en ese infierno. Tengo miedo. Intento salir de la multitud, pero no veo salida. Damián, Mia. ¿Dónde están?

Noa se fue.

¿Dónde carajos estamos?

Miro a mi alrededor. Y lo entiendo. Noa está asustada. Esas chicas estuvieron con nosotras en la casa. Camino a la orilla, cerca de unas puertas.

Los miro desfilar.

Me hago una cebolla que amarro con el mismo cabello, no traigo una liga.

De pronto escucho a Damián detrás de mí.

— ¡Noa!. — me grita alterado.

Me volteo y me abraza.

— ¿Estás bien?. — se ve realmente preocupado.

Y en eso llega la Doctora.

— ¡Noa! No te encontré en la tienda y vine corriendo tras de ti. Me asustaste. ¿Estás bien? — dice preocupada.

—Claro. Escuché mucho ruido y salí a ver que era. ¿Qué es? — pregunto curiosa.

—Son marchas pidiendo justicia por las mujeres desaparecidas, feminicidios.

—Oh. — suelto.

— ¿No solías venir tú a estas cosas?. — le pregunta la Doc a Damián.

—Sí. Pero olvidé la fecha. Lo siento. — se disculpa.

Veo a un hombre detrás de la Doctora y me le quedo viendo. Esos ojos y esa cicatriz la conozco y sólo lo veo sin parar.

—Tú. — le digo con una sonrisa.

De cerca sé quién es. Es el maldito obsesionado con Luna. Es el asesino de Luna.

Me hierve la sangre.

— ¿Necesitas algo, Noa?.— dice el hombre que parece incómodo.

— ¿Yo? No. Lo siento, olvidé tú nombre. — La verdad no sé cómo se llama.

—Vega. Dr. Octavio Vega, Pediatra— me dice.

— ¿No lo recuerdas cielo? Te lo presenté hace unos minutos.

—Lo olvide.— le digo rápidamente a la Doc. — Bueno y ya que lo olvidé, lo saludo de nuevo.— le ofrezco la mano y le sonrío.— Noa.

El hombre sonríe y me da la mano divertido.

—Vega. — me dice.

—Un gusto volver a verlo. Verte. Espero puedas cenar con nosotros algún día. Con mi esposa, mi esposo y conmigo. Será un placer recibirte.

—Claro, me pongo de acuerdo con Mia. — dice amablemente.

—Vámonos de aquí. — dice Damián.

—Claro. — dice Mia

Sonrío y les sigo el paso.

—Hasta luego, Vega.— me despido con una sonrisa que desaparece en cuanto él me da la espalda.

Voy a matarte infeliz. No será hoy y no será rápido.

Damián y Mia caminan al centro comercial.

—¡Oiga, Doc!.— grito sin quitar mi vista de las personas que van caminando.

La Doc aparece detrás de mí.

—¿Criss?.—Se pone frente a mí y me mira a los ojos.

—Esas chicas. Las de los carteles. Conozco a algunas. ¿Crees que al esposo le moleste si voy a la marcha?— pregunto.

—Yo me encargo de Damián. ¿Vas a estar bien? — pregunta la doc. preocupada.

—Sí. Ellos merecen saber algo. Me crean o no. — le digo seriamente.

—Okay. ¿Te puedo pedir un favor?.— me sonríe.— Lleva a Noa hasta la casa. No desaparezcas en medio de la nada, eso podría asustarla.

—Claro. La llevaré hasta la casa.— le sonrío y se va.

Miro a las personas, son mujeres.

El sexo débil.

Creo que confunden la buena voluntad con sumisión.

Nunca he visto a una mujer enojada que no destruya el mundo a su paso.

Jóvenes hablando por sus amigas.

Madres hablando por sus hijas.

Hermanas pidiendo justicia por su sangre derramada.

Destruyendo edificios, monumentos valiosos, únicos.

Dime ¿De qué otra forma te pueden hacer entender que lo que destruyeron en ellas es infinitamente más valioso que cualquier otra cosa en el mundo?

¿De qué manera pueden exteriorizar ese dolor que han convertido en coraje y valentía?

¿Y sabes tú, por qué no se detienen a pesar de las suplicas?

Porque esas mujeres por las que pelean también debieron suplicar una y mil veces que pararan y si uno sólo hubiera parado, las cosas serían diferentes.

Yo tuve suerte.

Otras tantas no.

Mi corazón está con ellas. Con las que no tuvieron suerte.

Y con los corazones destrozados que sufrirán toda la eternidad por no tenerlas a su lado.

Aunque una parte de esa persona siempre vivirá en ellas.

Gracias a una frase, una palabra, una fotografía, un recuerdo, un nombre.

Nadie muere del todo. Ni para siempre.

Pero si en partes.

CAPÍTULO 23

PROVECHO

Son las siete de la noche. Los invitados deberían empezar a llegar en unos 40 minutos más.

Me pongo una camisa blanca que cubre mis brazos, un pantalón de vestir negro y dejo mi cabello suelto.

Me recargo en el buró, me miro al espejo una vez más y suspiro.

—Espero que sepas lo que haces. — le digo a mi reflejo, pero no obtengo respuesta alguna. Me enderezo, tomo los sobre amarillos que están sobre el buró y salgo de la habitación.

Llego a la cocina y veo a los cocineros terminando de preparar la comida. Aclaro mi garganta para llamar su atención y todo queda en silencio.

—Señora. Todo está terminado. La mesa está puesta y los alimentos listos.

—Eso será todo por hoy. No necesitare los servicios de los meseros, ni nadie más.

Todos se miran preocupados.

—No se preocupen. Se les pagará lo estipulado. Es sólo que deseamos tener un evento más privado. Sólo familia. Así que...si ya terminaron— comienzo a caminar frente a los 3 meseros, los dos cocineros y el jefe de todos ellos y les entrego un sobre amarillo con cinco mil pesos de propina cada uno. Dinero sobra ¿no? — les agradeceré que se vayan.

La cocina queda sola. Al igual que la casa. Preparo el ambiente en la cocina, la luz la coloco tenue, lo suficiente para ver lo que hay en la mesa y a las personas sentadas en ella pero no alcanza a iluminar el resto de la habitación.

Me quedo de pie, tomando la silla que está a la cabeza de la mesa. Nada pasa por mi mente y no veo nada en específico. Sólo escucho mi respiración y mis latidos hasta que escucho que la puerta se abre y se cierra.

— ¡Noa? ¡Damián? ya estoy aquí. — se escucha a lo lejos. Es Mia.

—¡En el comedor!— le contestó viendo sobre mi hombro. Mia se acerca a mí por la espalda y me abraza. Coloca sus manos alrededor de mi estómago, su barbilla en mi hombro y sonrío.

—Mmmm. Huele delicioso. — me dice.

— ¿Hablas de la comida o de mí?— le pregunto tímidamente. Mientras me doy la vuelta para verla a la cara. Coloco mis brazos sobre su cuello.

—De ti. — me dice con una sonrisa y me besa tiernamente en los labios.

—Hola. — le suelto en susurro.

—Hola. ¿No podemos cenar otra cosa antes de la comida que está preparada? — me dice apretándome con más fuerza contra ella.

Me muerdo el labio y antes de decir que no, miro mi reloj. Quedan 20 minutos para que lleguen los invitados y una hora más antes de que me odie para siempre.

— ¿Crees que podamos hacerlo en 10 minutos o menos? — le digo juguetona.

—Claro que sí. Ven aquí.— me dice mientras coloca sus manos en mis muslos, en señal de que me va a cargar, me besa sin parar y me lleva a la habitación.

Hacemos el amor, lo más rápido, pero satisfactoriamente posible. Mía ha aprendido a tocarme sin incomodarme y cada vez que lo hace me mira a los ojos asegurándose de que estoy bien. De que soy consciente que es ella y no alguien más. Tiradas en la cama, ella sobre mí. No nos quitamos la ropa, sabemos que no hay tiempo para eso. Sólo para satisfacernos. Juguetea con sus dedos hasta hacerme venir y me sonríe. La hago acostarse boca arriba en la cama, le quito su camisa y le beso los pechos. Le quito los jeans que hacen que me vuelva loca. Le beso el vientre hasta llegar a sus labios. Esos labios que me encanta tocar, besar y saborear a cada momento. Paso mi lengua lenta pero consistentemente de arriba a abajo. Introduzco dos de mis dedos en su vagina y la escucho gemir. Adentro y afuera. Adentro y afuera. Su respiración se acelera y está más húmeda que al inicio. Comienzo a acariciar su clítoris que está lo suficientemente duro y lo chupo sin dejar de mover los dedos. Hasta que Mia libera un grito de excitación.

Me limpio alrededor de la boca y me siento sobre Mia, al nivel de su vientre. Nos vemos a los ojos y sonreímos tiernamente. Me inclino hacia ella, sosteniendo mi cabello del lado derecho, colocándolo detrás de mi oreja, para evitar cubrirle la cara. Y con la mano izquierda sostengo mi peso en la cama.

—Te amo. — le suelto sin pensarlo.

—Ya era hora. — me dice en susurro.

La beso, un beso largo, lleno de paz y despedida.

— ¡Noa! ¡Mia! — grita Damián. Y nos interrumpe.

—Ya llegó nuestro hombre. — me dice Mía.

—Qué bueno que no estamos desnudas del todo. — le digo entre risas. Arréglate. Te espero afuera.

Me pongo de pie y me preparo para salir cuando Mia me detiene.

— ¿Noa?.

— ¿Sí? — le contesto triste desde la puerta y la volteo a ver.

—Yo también te amo. — me dice y con una sonrisa nerviosa.

Salgo a recibir a Damián y veo que su padrino viene con él.

Intento acomodarme el cabello y la ropa, un poco. Están en el comedor y hablan en susurros.

—No me importa lo que pienses. No vas a arruinar mi matrimonio. — le dice Damián a su padrino en voz baja pero evidentemente llena de rabia.

— ¿Damián? — le digo interrumpiéndolos.

Los dos me miran y rápidamente cambian de actitud a una más relajada.

—Hola, cariño.— me dice mi esposo, muy emocionado de verme. Se acerca con los brazos abiertos y me besa rápidamente en los labios.

— ¿Está todo bien? — le pregunto ingenuamente.

—Claro que sí, cariño. Sólo hablábamos de trabajo pero ya es hora familiar.— me dice el padrino de Damián con una sonrisa de oreja a oreja.

Sonrío fingiendo que le creo.

—¿Ya llegó Mia?— me pregunta Damián, cambiando de tema.

—Sí. Se está arreglando. — le digo sonriendo.

—Intente llamar a Orlando, pero no me contestó. Aunque le deje un mensaje en su teléfono. — me dice preocupado.

—No te preocupes por él. Llamó en la mañana y confirmó. Sólo que llegaría un poco tarde. ¿Por qué no le sirves a tu tío una bebida, mientras llegan los demás?

—Excelente idea. — me dice Damián y me da un beso rápido en los labios.

—Ven padrino, vamos a la oficina por ese trago. — le dice Damián señalando el camino.

Su padrino se ve asustado. Pero aun así sonríe y camina hacia el estudio y Damián lo sigue.

Son las ocho de la noche. Me siento a la cabeza de la mesa y Mia en el otro extremo.

A mi lado derecho está Damián a su lado una silla vacía.

A mi lado izquierdo está su padrino y a su lado una silla, también vacía, que pronto tendrá dueño.

— ¿Amor? ¿Te parece si empezamos a comer? — me pregunta Damián, ansioso por comer.

—Claro. Voy a servirles yo misma, si está bien. Quise que esta reunión fuera privada y mande a toda la servidumbre a su casa.

— ¿Necesitas ayuda? — se ofrece Mia.

—Claro. — le digo amablemente.

Alguien toca la puerta y miro hacia ella.

Es hora.

—No te preocupes, amor. Yo comienzo a servir y me alcanzas. — me dice Mia.

—Okay. — le digo y me dirijo a la puerta.

Llego con el invitado.

—Por favor, Capitán. Adelante. Muchas gracias por haber venido. — le digo al Capitán Hernández y lo invito a pasar.

Llegamos al comedor y parece ser que Damián me escuchó porque está de pie, sorprendido y molesto al mismo tiempo esperando a vernos.

— ¿Qué hace este hombre aquí?— me dice sin dejar de verlo.

—Damián. Por favor. Él no tiene la culpa de nunca haberme encontrado. Lo invite esta noche porque quiero agradecerle por sus esfuerzos y dejarle en claro que hizo todo lo posible por mí y por ti.

—Sí, claro. — contesta burlonamente y coloca sus manos en su cintura.

—De verdad, amor. Me enseñó toda la búsqueda que hizo sobre mí. Sé que aún lo no ves pero él está aquí para que podamos darle un cierre al pasado.— le digo, acercándome a él y acariciando su rostro y lo obligo a verme— Hey...confía en mí.

Damián me mira y suspira relajado, me toma de la cintura y asiente.

—Iré a ayudar a Mia en la cocina. Capitán, por favor. Tome asiento al lado del padrino. Enseguida le consigo un trago. — le digo amablemente.

—Claro, Señora. Será un placer. — me contesta amablemente. Y le sonríe a Damián para después tomar asiento.

Me voy a la cocina y borro la sonrisa falsa de mi rostro. Mia está sirviendo los platos con verduras y la codorniz bañada en una salsa especial tipo gravy.

— ¿Qué pasó allá? — pregunta intrigada pero tranquila mientras sirve otro plato.

—Invité al Capitán a cargo de mi investigación y Damián se puso como loco.— le explico.

— ¿Al Capitán Hernández? — pregunta muy seria.

—Sí. ¿Lo conoces? — pregunto nerviosa.

—Sólo lo que Damián me contó. ¿Sabes tú porque nuestro esposo se puso así?

— ¿Importa? — le digo, mientras le paso otro plato.

—Noa, hay cosas que Damián no te ha dicho. Cosas que pasaron entre él y todo el mundo cuando te estaba buscando.— comienza a explicarme un poco alterada.

—Y quiero terminar con eso. Esta noche. Y si es mucho para ti. — le digo a medias mientras la quito de estar sirviendo y ella da un paso atrás.

—Okay. Voy a cerrar la boca.

— ¿Puedes llevar los platos por favor? Sube los tres al carrito, sírvele al Padrino, a Damián y a ti. Yo llevaré el mío y el del Capitán.

—Okay.— me dice Mia, evidentemente molesta pero decidida a dejar este tema para más tarde.

Mia se va con el pequeño carrito para transportar comida. Y yo tomo un sobre amarillo con todas las pruebas de lo que viene ahora. Y la botella de vino rojo de la cava de vinos.

Llego al comedor. Mia hizo exactamente lo que le pedí. Le entrego al capitán su plato. Todos tienen sus copas de vino blanco y agua, menos él.

—Capitán, ¿le gustaría compartir conmigo una botella de vino rojo?. Mi esposo y esposa creyeron que el vino blanco quedaba mejor pero yo prefiero el rojo y no me gustaría tomarme la botella sola.— le digo mientras le enseño la botella y le ruego con la mirada.

—Por supuesto, señora. — me dice entusiasmado.

Le doy la botella y mientras la abre me voy a mi lugar y dejo mi plato sobre la mesa. Tomo mi copa y me acerco a él para que me sirva.

Hay un silencio pesado en el comedor.

—Muchas gracias. — le digo después de servirme. Y me regreso a mi silla.

—Salud y Provecho a todos. — brindamos y bebemos.

Nadie dice una sola palabra, sólo comienzan a comer.

—Por favor, nadie ha muerto hoy señores. — No hay necesidad de dejar que la vajilla hable por nosotros. Así que mientras comen hablaré yo. Sé que muchos de nosotros no empezamos bien. Por ejemplo: Padrino, sé que tú siempre tuviste dudas sobre mí. Siempre has creído que lo único que me gusta de Damián es su dinero. Y lo entiendo. Sólo espero que esta noche podamos empezar desde cero.

El padrino está masticando la comida, me ve por un par de segundos y después desvía su mirada a Damián.

—Noa— comienza a decir, pero se arrepiente. Claro que sí. Todos merecemos una segunda oportunidad. — me dice con una sonrisa a medias y con la mirada baja.

—Exacto. Todos merecemos una segunda oportunidad. Yo tuve una segunda oportunidad en la vida. Mi esposo en el amor.— digo mientras paso mi mirada a Damián, luego a Mia y después al Capitán que está saboreando las papas con el gravy como si no hubiera mañana. Parece un maldito animal comiendo. — Incluso el Capitán. El trabajo mucho para buscarme pero no era la única perdida. Era imposible hacer su trabajo a como tú querías que lo hiciera.— le digo a mi esposo tomando su mano.

—Noa. — comienza a decirme.

— ¡Basta, Damián! Te pido, te suplico que perdones a este hombre para que podamos continuar con nuestra vida. ¿Puedes?

—Muy bien. Si eso es lo que necesitas. Lo perdono, Capitán. Gracias por intentar buscar a mi esposa.

—No hice un buen trabajo debo de reconocerlo.— dice tratando de parecer humilde.

—No. Mi esposa tiene razón. No era la única víctima y yo. Me cegó el dolor y el hecho de que mi dinero no era suficiente. Lo culpé a usted y no es justo. Lo siento.— le dice Damián, con una mirada honesta y apenada.

—Gracias. — le susurro y le guiño el ojo.

—Muy bien. Ahora sí, a comer.— les digo feliz a los invitados.

—Por las segundas oportunidades. — dice el Capitán levantando su copa. Todos lo copiamos y brindamos de nuevo.

Estamos comiendo y hablando de cómo nos conocimos Damián y yo. De cómo se enamoró de Mia y como al final decidimos estar los tres juntos.

—Si no le molesta mi pregunta, señora— me dice el Capitán.

—Sí, le digo, con mi copa en mano a punto de tomarle.

— ¿Qué dijo su padre cuando supo de todo esto?— como si no supiera lo que le pasó. Y le da un sorbo a su copa.

—¿Mi padre?— le digo y bajo la copa a la mesa y me aclaro la garganta.— Mi padre, no pudo decir nada porque murió el tercer año que yo…no estaba aquí.— le digo con una sonrisa amable en el rostro.

—Lo siento mucho, la verdad no sabía. Nunca me enteré. — luce apenado.

—No se preocupe, está todo bien. — lo disculpo con la mano.

El Capitán comienza a toser y toma un poco más de vino.

—Disculpen. — se aclara la garganta y se sirve más del vino rojo y bebe.

Miro a Mia preocupada, viendo la silla donde debería estar Vega y su mirada se cruza con la mía.

—¿Todo bien?— le pregunto y me dispongo a cortar un poco más de mi codorniz con el cuchillo.

—Sí. Es sólo que se me hace raro que Vega no haya llegado.— dice Mia

—Ni Vega, Ni Ramírez. Él también estaba invitado. Pero tampoco lo he visto en la oficina— dice Damián.

—Y no llegarán, cielo. — Le digo sin verla a los ojos.

— ¿Qué? — me dice sorprendida.

Me meto la carne a la boca y la miro mientras mastico.

—Lo maté está mañana— todos se quedan en silencio y el Capitán me mira a los ojos, tomando más vino. — Bueno a Vega. Cuando lo vi por primera vez. No podía evitar ver esos ojos bicolor, tan atractivos, tan inolvidables en una persona, tan excitantes. Hilarantemente eran los ojos más malditos que yo he visto. Le gustaba ver a los niños. Había una niña. Luna. Era una peleadora. Debió de tener unos 11 o 12 años y lo mordió al segundo que él se acercó a ella. De ahí la cicatriz que tenía en el ojo izquierdo. — Le digo mientras toco mi ceja izquierda señalando la herida que Luna le había hecho.

—Señora— dice el Capitán. — Soy un oficial, y usted acaba de decir que asesino a alguien. ¿Está consciente de eso?

—¿Le gustaría saber todos los detalles?— le digo mientras me hecho otro bocado a la boca.

Mia está en shock. Sus hermosos ojos están más grandes y ha dejado de respirar.

—¿Recuerdas la vez que lo vimos en la tienda, cuando comprábamos nuestro colchón?— le digo viendo a Mia — me dijiste que Vega era pediatra. Bueno, si alguna vez consideré en dejarlo con vida, eso había cambiado. Seguí a Vega por dos semanas y cada vez que tenía que volver a casa o llegaba con comida casera que compraba en algún puesto y les decía que venía de con mi madre o llegaba con ropa, joyas o muebles nuevos.

Tomo la copa de agua y bebo un poco.

—Atrapar a tu amigo no fue difícil.— le suelto a Mia.— Estaba en el supermercado de 24hrs, el estacionamiento estaba completamente oscuro y yo aproveché para estacionarme a su lado. Eran las 3 de la mañana y estaba desierto. Lo seguí dentro de la tienda. Compré unas manzanas, cinta gris de la sección de ferretería y un paquete de clavos largos, un rodillo de madera, un paquete de jeringas, medicamento para la fiebre para niños y un peluche de elefante. Me acerque al área de las cajas para esperarlo y salir juntos. A dos cajas de dónde él estaba, claro que no lo perdí de vista, él pagó en las cajas de auto cobro. Salimos juntos de la tienda ambos con nuestras bolsas verdes, respectivamente. Al llegar al coche, el metió sus pertenencias a su auto, Un Audi S3 negro,   y tiro las mías al suelo junto una voyager tipo mamá móvil que renté.

— ¡Maldita sea! — grité para llamar su atención. ¡No puede ser! Vega se acercó solito.

—Buenas noches.— me dijo amablemente.— permítame ayudarla.— y se agachó a recoger las cosas, unas quedaron debajo de la camioneta. Vio el elefante de peluche y la medicina para niños.

—Muchas Gracias. — le dije fingiendo vergüenza.

— ¿Tiene un pequeño enfermo? — me dijo con interés.

—Sabía que sólo eso bastaría para retenerlo. Pequeña, sí. — le dije mientras lo miraba directo a los ojos. Esos malditos ojos color miel.

— ¿Cómo se llama? — preguntó, sin verme.

Dejo el cuchillo y el tenedor a un lado y me concentro en esa noche.

—Luna. — le dije. Pero no obtuve respuesta alguna. — le gustan los elefantes.— mencioné mientras tomaba el rodillo de madera del suelo. Ambos nos ponemos de pie, abrí la cajuela, metió las cosas y sigo hablando.— y también le encanta su tutu rosa con lentejuelas.— En ese momento deja de moverse, miro a mi alrededor rápidamente, para asegurarme que sigue sin haber nadie, y gira a verme asustado.

— ¿Noa? — me reconoció por fin.

Levanté el rodillo y lo golpee entre el cuello y la cara.— Hago el movimiento en el aire para que entiendan cómo lo hice.— Vega pierdo el conocimiento y mitad de su cuerpo cayó dentro de la camioneta, arrojé el rodillo dentro de la cajuela y la otra mitad de su cuerpo. Tomé la cinta gris, le amarré los pies con ella y las manos igual. Su pómulo estaba sangrando, pero no era ni una cuarta parte de lo que terminaría sangrando al final de cinco días. — le digo a todos entre risas.

Lo llevé a la hacienda en donde viví por cinco años. Usé todas las cosas que se usaron en mí, para torturarlos y eventualmente matarlos. — le digo a Damián.

— ¿Qué fue lo que hiciste con Vega?. — me dice Mia, asustada.

Le sonrío y miro a todos en la mesa. El Capitán no ha dejado de comer y beber en la mesa.

—Le hice muchas cosas, Mia. Lo torturé por cinco días— le digo levantando mi mano derecha y bajando uno a uno los dedos al ritmo de mis palabras. — un—día—por—cada—año, de los que yo estuve secuestrada.

El Capitán suelta una burla y comienza a toser. Toma un poco de vino y continúa.

Mia luce asustada, pero al mismo tiempo parece querer controlar sus emociones.

—Le arranque los ojos del cráneo mientras seguía con vida.— Miro a Mia y está llorando, destrozada por lo que le estoy diciendo.—Lo hice por Luna. Por luna y todos los otros niños y sus padres.

—Noa. — me dice Damián en voz baja.

—Ella no es Noa. — le dice Mia sin dejar de verme a los ojos. — Es Cris.

Sonrío aliviada.

—Hola, Doc.— le digo mientras sonrío.

—Ustedes van a tener que pagarme mucho dinero para que no meta a esta loca a prisión.— dice el Capitán y suelta una carcajada.

Yo me río con él.

—Es increíble que pienses que saldrás con vida de aquí. — le digo divertida. — ¿Cómo estuvo el gravy? ¿Y el vino? A la mierda las segundas oportunidades. Tú tuviste miles, hijo de puta y jamás te interesaste en mirar. Sólo ibas por tu parte y te largabas de ahí.

El Capitán empieza a toser sangre.

—Pero volvamos a lo importante. La verdadera razón por la que estamos aquí. ¿Padrino, alguna idea?

El padrino está completamente asustado, pero no dice una sola palabra.

— ¿No? Muy bien. No te preocupes— le digo y le giño el ojo. En los cinco años que estuve secuestrada. Me usaban, me torturaban, pero no me dejaban morir. Por meses era tratada como Reina y después como esclava y cuando estaba a punto de morir, no me dejaban. Llego a casa y descubro que no 2 sino 3 personas a mi alrededor están relacionadas con las personas que amo así que pensé. ¿Por qué se esforzaron tanto en torturarme y curarme por tanto tiempo? Y llegue a una conclusión increíble: ¡Uno de ustedes dos hijos de puta me mandaron a secuestrar!

El Capitán está rojo, tosiendo incesablemente y comienza a escupir sangre.

—¡Noa, necesitamos una ambulancia!— me grita Mia asusta y preocupada por lo que está viendo. Se levanta de la silla y se acerca a ayudarlo. Mueve su plato de comida y le afloja la corbata.

Ah. Y a tu socio. El imbécil creía que no lo había reconocido. Tu socio abusó sexualmente de tu mujer. — Abro el sobre amarillo y arrojo las fotos sobre Damián. Fotos del cuerpo de Ramírez y Vega. Y fotos del Capitán tomando sobornos.

Damián los ve sorprendido

— ¡Cris! — Me grita Mia. — ¡Por favor! ¡Está sufriendo!— me suplica mientras intenta ayudar al Capitán a respirar, aflojando su corbata y desabotonando su camisa.

—Noa no sé qué es lo que te esté pasando. No sé si este trauma no lo puedas superar nunca pero lo que sea que te estás imaginando no puede…

La toz del capitán, el pánico de Mia hace que Damián y yo empecemos a gritar. Su padrino no se ha movido.

— ¡Damián! — grita desesperadamente Mia.

— ¡Jesús Cristo!. — digo fastidiada, tomo el cuchillo de la mesa, camino hacia el Capitán. Damián camina a por Mia. Llego con el Capitán, lo tomo del cráneo, le estrello su cabeza contra la mesa de vidrio y le encajo el cuchillo en la nuca.

La sangre me salta. Escucho la sangre como en un charco.

Y un calor me llena.

Sé que el ya no siente más, pero necesito descargar mi furia y no lo haré con mi esposo o mi mujer. Así que él servirá.

Lo apuñalo una vez más y esta vez dejo el cuchillo adentro y lo deslizo con todas mis fuerzas por su espalda.

— ¡Ah!. — y la sangre sale salpicándome el pecho. Intento recuperar el aliento. Miro mis manos están cubiertas de sangre y me limpio en mi camisa que también está llena de colorante rojo, sonrío aliviada y limpio mi cara un poco.

La mesa está llena de sangre tanto que comienza a caer por todo el piso.

—Ya. No está sufriendo. — le digo a Mía, cínicamente.

Mia me mira y comienza a arquearse. Se tapa la boca. Quiere vomitar y lágrimas caen por sus mejillas.

— ¿Qué hiciste? — me pregunta Damián y se acerca a Mia.

—Tu trabajo. Sigo viva Damián y ese fue el, pero error que pudieron cometer.

— ¿Pudieron? Por qué piensas que fuimos nosotros.

—No hay nadie más. — me burlo.

— ¿Y Liz! ¡Has pensado en ella? ¿Dónde está tu amiga? La amiga que era como tu hermana.

— ¿Liz? — pregunto sorprendida.

—El detective que contraté llegó a la conclusión de que era ella. Y cuando intenté confrontarla, desapareció. Fue ella. Todo este tiempo, fue ella.

—Estás mintiendo. — le digo asqueada. De pronto sentí nauseas.

—Te mentí, sí. Pero sólo respecto a ella. La investigación está en mi despacho.

CAPÍTULO 24

SOLO NOSOTRAS

La investigación de Damián incriminaba a Elizabeth en todos los sentidos:

Fotografías donde les daba dinero a oficiales. Reportes de la compañía de teléfono que señalaban que el día de mi secuestro ella estaba a dos calles de mi departamento. Algo que no debía ser pues ella había ido a visitar a su familia a otro estado. Esa era una de las razones por las que ella no asistiría a la cena. Videos en los que habla con alguien por teléfono.

— ¡Eso no era parte del plan! Se suponía sería después de la cena. ¡Maldita sea! ¿Ahora qué? ¿Qué se supone que haga? Muy bien. Te llamo mañana.

Eso es todo.

Me traicionó.

Elizabeth. Mi mejor amiga. Mi hermana. La que juró que mataría por mí. Tal vez lo entendí mal todo este tiempo y en realidad, se refería a que podía matarme.

Y lo hizo.

Lo hizo.

Ahora tengo que saber por qué y sé perfectamente dónde encontrarla.

Hay un edificio abandonado en el centro. Conectado a un estacionamiento por medio de un puente.

Estuve una vez aquí.

Siempre disfruté de una buena vista.

Una de las razones por las que le dije a Damián que comprara nuestro apartamento era la que podía ver la ciudad en todo su esplendor. Y la vista en este estacionamiento no es diferente.

Escucho las ruedas de un auto rechinando y el sonido del motor acercándose.

Siento el aire helado golpeando mi cara.

Traigo una de las gabardinas caras y largas que me compra Damián.

Escucho que el auto se detiene detrás de mí.

— ¡Disculpe! Esto es propiedad privada. No puede estar aquí. — dice molesta.

— ¿Tanto he cambiado que ya no reconoces mi silueta? — le digo al viento.

— ¿Noa? — me dice Elizabeth sorprendida bajándose del coche.

—No fuiste por mí. Te esperé cinco años y nunca llegaste. — le suelto mientras me giro hacia ella y le sonrío.

— ¡Noa! — me grita con una sonrisa en el rostro.

Me abraza lo más fuerte que puede. Pero soy incapaz de regresarle el abrazo tomo un largo respiro e intento no llorar.

Después de unos minutos deja de abrazarme, pero sin soltarme los brazos.

— ¿Estás bien? — me dice preocupada. ¿Dónde estuviste todo este tiempo?

Por un segundo juro que puedo creerle. Pero las pruebas me dicen lo contrario.

—Camina conmigo, Liz.— le digo al poner mis manos dentro de la gabardina y caminando por el estacionamiento hacía mi auto.

—Noa. Tu mamá. ¿Ella sabe que estás bien?

—Lo sabe. ¿Por qué lo hiciste Liz? — le digo al llegar a mi auto. Frente a la cajuela.

— ¿Qué? — me dice sorprendida

¿Quieres seguir fingiendo? Okay. ¿Dónde estabas el día que desaparecí?

—Tú sabes dónde.

Me quedo callada esperando una respuesta más completa.

—Liz. Te estoy pidiendo que me digas la verdad. Por favor. Si alguna vez fuiste mi amiga. Dímelo.

—No sé de qué estás hablando. Lo juro por Dios.

— ¡Dime la verdad!

— ¡Te la estoy diciendo, carajo!

Nos miramos a los ojos. Estoy llena de rabia. Y Liz parece no entender nada de lo que le digo. Pero tengo pruebas que demuestran lo contrario.

Abro la cajuela del coche con las llaves, dentro están todas las pruebas que me dio Damián en su contra.

—Entonces, explícame eso. — le digo señalando el auto con la cabeza sin dejar de verla.

Liz mira la cajuela y se inclina y toma los papeles para verlos uno a uno.

—Estuviste cerca de mi cuando me llevaron. Probablemente asegurándote que fuese yo. Les pagaste a los oficiales a cargo de mi caso, probablemente para callarlos o detenerlos. No lo sé. Después tuviste una llamada con alguien hablando de la cena que nunca se llevó a cabo. Tienes una transferencia de cientos de miles a diferentes cuentas de empresas fantasmas. Mi madre dice que desapareciste casi al mismo tiempo que yo.

— ¡Por qué Damián mando a matarme! — me grita desesperada y molesta.

— ¡Por favor, Elizabeth! Damián no es capaz ni de matar a una cucaracha.

— ¡Y yo sí?

— ¡Sí! Tú y yo somos capaces de eso y más.

La tomo de la chaquetina azul que trae puesta y la jalo hacía mí. Elizabeth deja caer las hojas al piso.

—¡Quiero la verdad!— le digo al borde de las lágrimas. De pronto siento algo frio debajo de mi barbilla.

Es un revolver.

—Suéltame. — me dice Liz con tono bajo y relajado.

—Adelante, termina el trabajo. Una bala es mil veces mejor que el infierno por el que me hiciste pasar.— le digo soltando poco a poco su chaqueta y ella da dos, tres pasos hacia atrás.

Su celular comienza a sonar y lo contesta sin perderme de vista.

—Noa está aquí. Te llamo más tarde. — dice a quién sea que esté detrás del teléfono y cuelga.

—¿Quién te dio eso?— pregunta señalando las hojas en el piso.— Fue Damián ¿no es cierto? ¿Qué fue lo que te hicieron que has perdido has perdido la razón por completo?

—No fue lo que me hicieron. Fue lo que tú me hiciste. ¿Por qué! Es todo lo que necesito saber. Eras mi mejor amiga. Eras mi hermana. Mis padres te amaron como a su otra hija. Si querías dinero lo pudiste haber dicho. Y pude habérselo quitado a Damián. Ambas sabemos que tiene de sobra y me lo hubiera dado sin chistar.

Liz me mira como si buscara una explicación a mis palabras.

— ¿Ahora qué? ¿Qué vas a hacer? ¿Viniste a matarme o a mandarme a prisión? — me dice un poco asustada pero divertida.

No le contesto. Sabe que vine a matarla. Empieza a reírse y sin dejar de apuntarme me hace girar sobre mí misma para poder caminar a su auto.

—Matarme, entonces. Muy bien. ¿Qué te parece si te quitas de mi camino, subo a mi auto y te doy tiempo de que te calmes? Ya una vez calmada te veo en nuestra bodega y te lo explico todo. ¿Qué dices?

Llegó mi momento. Me hago una coleta. Arruina el outfit, pero estoy aquí ahora.

La sigo con la mirada.

Una ráfaga de aire mueve los plásticos abandonados del estacionamiento a medio construir. Elizabeth se distrae con el ruido y con un movimiento rápido corro hacia ella, la tomo por la cintura y la derribo de espaldas haciendo que se golpee la cabeza, el arma sale volando y Elizabeth suelta un grito de dolor. Localizo el arma para tomarla pero Liz me da una patada en el pecho y me empuja lejos de ella.

Intento levantarme lo más rápido que puedo mientras Liz se arrastra por el arma.

Veo una varilla a mi lado. La tomo y me acerco a Elizabeth antes de que la tome y sin pensarlo, le entierro la varilla en la pierna derecha.

Elizabeth suelta un grito de dolor, con la izquierda me patea la cara, se saca la varilla y trata de tomar el arma, y le encajo la varilla en la mano.

Suelta un grito de dolor otra vez. Sin levantarme y apoyándome en la varilla me inclino a tomar el arma y la guardo en mi gabardina.

—Ella te amaba. Y le rompiste el corazón. — quito la varilla de la mano.

— ¡Espera! ¡Espera! — me dice mientras se gira boca arriba— Noa, por favor, espera.— Sobre ella la miro. Su mano llena de sangre, sangre que le baja por todo el brazo.

—Ella suplicó por ti. Esperaba que la encontraras. Ella pensó que la salvarías. Para ella, tú eras su Dios. Otro Dios que le dio la espalda. — levanto la varilla y se la encajo en el vientre. Su cara se pone completamente roja y levanta un poco su cabeza colocando su mano sobre el tubo que ahora es parte de su cuerpo. Levanta su mano derecha y me ofrece unas llaves.

Las tomo.

—Lo siento. — me dice arrastrando las palabras para después cerrar los ojos poco a poco.

Una lágrimas cae sobre mi cara.

—Lo siento. — le digo a su cadáver porque sé que Noa quiere decirlo. Era su otra mitad y acabo de matarla. Se tenía que hacer y se hizo.

Me levanto limpiándome la cara y guardando las llaves en mi bolsillo. Me quito la gabardina, recojo los papeles y el arma homicida. Lo arrojo todo a la cajuela del coche y la cierro.

Me voy y dejo el cuerpo de Liz en el suelo. Antes de subir al coche recuerdo el celular y la llamada que realizó, así que me regreso por el celular. Lo agarro del bolsillo de su pantalón y me voy.

Llego al edificio de Damián para decirle a su esposo que ya todo terminó. Que Noa podría tener una vida con ellos, que podía confiar en él y en Mia, que no volvería a lastimarlos, que intentaría no usar la violencia si no era necesario. Que podían ser felices.

Estoy en el elevador y presiono el piso 16. No volví a ponerme la gabardina, estaba completamente sucia y podría haber preguntas. Me quedé con la camisa blanca, el cabello recogido, limpié, con mi mismo pantalón, como pude los tacones rojos y salí del elevador.

—Señora Gaxiola? — me dice la recepcionista de las oficinas. Debe ser una joven de 21 años.

—Hola. Vengo a ver a Damián. — le digo lo más amable posible y sonrío un poco.

—Claro, Señora. ¿Gusta que la anuncie?

—Claro. — miro a mi alrededor cuando el celular de Liz empieza a sonar, pero es un sonido diferente, como de algún mensaje.

Lo saco de mi bolsillo y veo los mensajes desde un número no guardado. Uno tras otro comienza a llegar.

Ten cuidado, Damián le dijo todo.
Llámame cuando puedas.

— ¿Señora Gaxiola? — me dice la joven.

Volteo a verla sin decirle nada.

—Dice el Ingeniero Gaxiola que puede pasar.

—Gracias.— le digo a la recepcionista y me quedo leyendo los mensajes a un lado de la recepción, casi pegada a la pared, casi escondida.

No puedo decirle a Damián que todo está bien. Porque no lo está. No todavía, pero pienso terminarlo de una vez. Llamo al teléfono que está mandando los mensajes.

—Señor Quintero ¿Ya se va? — dice la recepcionista con tono amable a mis espaldas.

—Así es, Linda. Tengo cosas que hacer. Que tengas un lindo día. — contesta el padrino de Damián que parece no me ha visto.

El elevador se abre y justo cuando mi teléfono enlaza la llamada un celular a mis espaldas suena.

— ¿Estás bien? Me tenías preocupado. — contesta el padrino de Damián mientras entra en el elevador.

Doy dos pasos hacia atrás y lo veo. Me hierve la sangre

—Un placer, Señor Quintero. — contesto sin quitarle la vista al padrino.

Su tez se pone blanca, sus ojos se abren completamente, su respiración se vuelve agitada.

El elevador se cierra.

CAPÍTULO 25

DAMIAN GAXIOLA

Dejo que el padrino se vaya. Estoy segura de que va camino a su casa. Y desafortunadamente no sé dónde es eso. Pero Damián debe de. Me dirijo a su oficina después de preguntarle a la recepcionista dónde quedaba.

Ya que Mia le ha dicho que con el cabello agarrado soy, bueno, yo. Tengo que soltarlo y poner mirada triste y vacía.

Damián abre la puerta.

— ¿Puedo pasar? — digo en tono bajo y con media sonrisa.

Damián se me queda viendo unos momentos, analizando si soy Noa o Cris. Dios es un idiota.

—Lo siento mucho. — le digo y lo abrazo lo más fuerte que puedo.

Escucho que la puerta se cierra. él suspira y me regresa el abrazo.

—Noa. Noa. Eres tú. — me dice aliviado y me besa.

Maldita sea. Odio besar a este tipo, pero necesito mentirle ahora.

— ¿Cómo está Mia? — le pregunto. De verdad me interesa saber por la Doc.

—Está bien. Sigue un poco asustada, pero acordamos no decir nada. Ambos sabemos que si decimos algo te mandarían a un psiquiátrico. Y no queremos eso. Pero necesito saber que hiciste con el cadáver, Noa. — me dice en susurro.

Lo llevo al pequeño sofá que tiene en su oficina y me siento con él.

—No lo sé. Pero Cris, sabe lo que hace.

— ¿Estás segura? — pregunta demandantemente.

Asiento con la cabeza y ojos asustados. Es lo que haría Noa.

—Muy bien. Bueno esperemos que sea así. — me suelta pensativo y se pierde en sus pensamientos.

— ¿Qué hay de tu padrino? — le suelto para intentar conseguir lo que quiero.

—No lo sé. Él está asustado pero hablaré con él.— me dice mientras se levanta por un trago de whisky de una mesa pequeña al lado de los sofás.

— ¿Por qué no lo hago yo?— le digo y por un momento juro que deja de moverse.— Yo sé que él es todo lo que tienes y yo lo puse en riesgo. No voy a hacerle daño, sólo. Sólo quiero explicarle lo que pasa.

—No creo que sea una buena idea, amor. — y se sigue sirviendo.

—Si le enseño.— le grito mientras me levanto del sofá y me acerco a él.— Si le enseño lo que me hicieron, tal vez, podrá entender. Por favor, mi amor. Déjame intentarlo. Mira, te juro que, si él no me abre la puerta, me iré.

Damián se toma el trago de golpe y voltea a verme con una sonrisa.

— ¿Me lo prometes? — me pregunta como retándome.

—Te lo prometo. — le digo mientras pongo mis manos en su cintura y lo beso en los labios.

—Muy bien. Te escribiré la dirección.

Se va a su escritorio y se pone a escribir en una hoja pequeña. Yo me acerco al ventanal a ver la ciudad.

—¿Encontraste a Liz?— me dice con tono serio.

Intento no moverme, solo muevo mis ojos en dirección a Damián y le miento.

—No. Fui con mamá y me dijo que ella desapareció casi al mismo tiempo que yo. No dejo ningún número, ninguna dirección. Solo, se fue.

—Tal vez fue lo mejor. — me dice aliviado. — toma, la dirección de mi padrino.

Me alejo de la ventana y me acerco a Damián y justo cuando voy a tomar el papel me lo arrebata.

—Noa. Es la única familia que me deja aparte de ti y Mia. Por favor, no lo mates. No permitas que Cris lo lastime. — me dice serio casi amenazante.

Claro que lo voy a lastimar, si tengo que hacerlo escupir sangre con tal de que me diga toda la verdad, lo haré. Pienso para mis adentros.

—No lo hará. Lo prometo.

Duda un poco, pero termina por acceder y darme el papel.

—Te amo. No tardes en llegar a casa.

—Te amo. — le digo y salgo de la oficina con una sonrisa en los labios.

Cierro la puerta y dejo de sonreír.

—Imbécil. — suelto en susurro y asqueada.

Me agarro el cabello de nuevo y me voy lo más rápido que puedo cuando me llega un mensaje de texto.

Ave. Fenix #478 mañana.
Ven sola.

Contesto el mensaje con una advertencia.

No más juegos. Te veo mañana, Vito

Me voy a casa a esperar que sea mañana.

Entro a la casa sin anunciar o preguntar quién está. Pero Mia está en la sala, sentada en el sofá con la computadora sobre sus piernas. Nota mi presencia, pero no dice nada, suspira y cierra la computadora para hacerla a un lado.

—Son de 10 a 15 años en prisión por el delito de asesinato. ¿Es eso lo que quieres para Noa, Cris?

La miro. Demonios, ella si sabe diferenciarnos. Luce demacrada, con ojeras muy marcadas, trae el cabello recogido y se ve muy cansada.

—Lo siento. — le digo viéndola a los ojos pero desviando la mirada lo más rápido posible.

—Ah ¿sí? ¿Qué parte? ¿Matar a un capitán de la policía? ¿Torturar a mi amigo? El gran trauma que has creado en mi cabeza. El arriesgar la libertad de Noa, el habernos usado a todos para tu maldita obra de teatro. ¿Tienes idea de las pesadillas horribles que he tenido por los últimos dos días! ¡No puedo estar en el comedor! No puedo estar cerca de ti. Incluso si el dinero de Damián pudiera hacer algo por Noa, lo más probable es que termine refundida en un hospital psiquiátrico!— todo mientras se acerca a mí violentamente y me empuja en el pecho y me golpea en los brazos.— se supone que debes protegerla y no has hecho otra cosa más que ponerla en riesgo. Te odio.

—No pienso dejar...— le empiezo a decir.

— ¿Qué?

—No pienso dejar que nada le pase. Lamento mucho haberte lastimado a ti. No lo lamento por Damián, ni por su padrino, mucho menos por el Capitán o incluso por Vega. Vega no era inocente y no pienso decirte más de lo que hacía con los niños. En respeto a ellos. Pero créeme cuando te digo que lo que le hice se lo merecía. Y el maldito policía, me hubiera gustado que suplicara por su vida como tantas mujeres lo hicieron y el sólo se reía de ellas. No tienes una idea de lo que vivimos ahí, de lo que nos hacían, de lo que nos hacían hacer. — le digo con lágrimas en el rostro, furiosa.

Recuerdos de gritos de dolor, de llanto, carcajadas, órdenes vienen a mi mente. Dolor punzante que me deja helada la cabeza, el calor de mi cuerpo se va. Puedo ver a Mia tratando de calmarme.

—Está bien, Cris. Basta, lo siento.

La empujo.

— ¡No! — le grito y puedo ver su miedo. No puedo hacer esto.

—Noa. — me dice Mia con suavidad.

—Prometí que no dejaría que te lastimara.— le digo a Mia mientras suelto mi cabello.— Nunca he dejado que me veas sin camisas y ahora pienso enseñarte porque. Desamarro el listón de la camisa que forma el cuello.

—Noa, no tienes por qué hacerlo yo— comienza a decir.

—No. Si tengo. Yo sé que no entiendes como Cris pudo hacer lo que hizo con tu amigo o el policía o los demás. Pero...

Me quito la camisa de manga larga que traigo. Y Mia me ve los brazos y las cicatrices de los cigarrillos que fueron apagados en mis brazos, de las cortadas y puñaladas que me dieron. En mi pecho, ve las mordidas en mis senos, en mi estómago y más cortadas y frases despectivas hechas con los cuchillos, los vidrios y navajas que tenían, me doy la vuelta para enseñarle mi espalda marcada cual ganado, con una muerte en la espalda. un gato marcado en la espalda cuando la usaron de pizarrón.

—Yo no…recuerdo las mordidas, o las cortadas. Recuerdo la marca de la espalda y una que otra quemada de cigarro. Pero Cris. La soportó todas. Y si las uñas arrancadas dejaran marcas, te las enseñaría.

— ¿Quién te hizo eso?. — escucho la voz de Damián.

Me volteo a verlo, está furioso, con lágrimas en los ojos.

Mia también voltea a verlo. Llorando.

— ¿Quieres saber por qué no puedo soportar que me toques, mi amor? Porque las primeras semanas fue violada: una y otra y otra vez por hombres. Porque mi cuerpo está destruido. No puedo soportar mirarlo, mucho menos que alguno de ustedes lo vea o lo toque.

— ¡No!— grita Damián tirando lo que se encuentra a su paso. ¡Maldita sea! ¡Todo esto es mi culpa! — se acerca a mí y me toma del rostro y automáticamente pongo mis brazos sobre mi pecho, cubriéndome el pecho y el abdomen.— Pagarán por esto. Lo voy a arreglar. Lo prometo.— me dice mientras me besa el rostro y me pone su saco sobre hombros y me cubre el cuerpo para después irse.

—Damián— le dice Mia preocupada. ¡Damián! — y aunque trata de perseguirlo se detiene y se debate entre él y yo.

Me escoge a mí.

Corre y me abraza, me suelto a llorar entre su brazos y me dejo caer, me arrodillo en el suelo y ella conmigo.

—Lo siento. — me dice— Lo siento mucho, no tenía idea. No tenía idea. Lo siento.

—Lamento las pesadillas y el dolor y el trauma y todo por lo que estás pasando. Ojalá me hubieras conocido antes. Era más…estable.

—Apuesto que sí. — me dice divertida y limpiando mis lágrimas con sus manos. ¿De verdad Vega era, bueno…— dice sin poder terminar lo que piensa.

Me quedo en silencio viendo hacia el piso.

—Era un pedófilo, Mia. Y no. No sé qué le hizo Cris, bueno no sé qué le hice o si lo enterré o…no sé. Perdona. — le digo limpiándome los mocos con el saco de Damián.

—Descuida. A la gente le gustan los secretos sobre todo, los que destruyen.

—Lo que te dije, esa noche, es cierto. Te amo, Mia. Si necesitas tiempo para perdonarme o distancia para recuperar tu vida, eres libre de hacerlo.

—Noa. No sé qué es lo que vaya a pasar con nosotros. El bien y mal contigo no aplica. Porque haces las cosas incorrectas por las razones correctas y eso no…no lo justificaría. Sé que has pasado por muchas cosas y trato, te juro que trato de entenderte, de justificarte pero es muy difícil hacerlo.

—Lo sé. — le digo ya tranquila esperando a que me deje.

—Hagamos esto. Vayámonos a dormir sin nada en la cabeza. Sin corajes, sin sueños. Sólo vayamos a dormir y mañana veremos qué hacer. — me dice seria.

Mia se durmió más rápido que yo, en cuanto lo hizo deje de abrazarla y me senté en el sofá que está junto a la ventana.

No había vuelta atrás. Había tomado una decisión: dejar que Cris matara a Vega, no salvaría a nadie pero vengaría a esos niños. Dejar que matara al Capitán, tampoco cambiaría gran cosa pero vengaba a las familias de las jóvenes, mujeres y niñas que el fingía buscar pero vendía al mejor postor. Matar a Liz, la única persona que sabía todo de mí, para mantenerme a salvo. Y las consecuencias eran estas. Perder a Mia. No importa lo que diga, y no importa lo que haga, la he perdido. Ya sólo me queda Damián.

¿Dónde está Damián?

Son las 9 de la mañana. Mia se despertó gritando un par de veces en la madrugada y seguía dormida cuando salí.

Esta vez salí un con traje negro y tacones a juego.

El dinero de Damián de verdad compra lo mejor. Me hago una cebolla, enciendo el celular y mando un mensaje.

Voy en camino.

Llego a un parque público con muchas personas. Recorro el lugar con mis ojos y lo veo.

El Señor. Quintero está sobre un puente de madera en medio de un lago, alimentando a los patos. Miro a su alrededor y no veo a nadie. Parece ser que está solo. Camino hacia él.

Por primera vez no luce asustado, solo cansado. Trae una camisa azul con los puños doblados hacia arriba, un pantalón de mezclilla y unos tenis para hacer deporte.

— ¿Por qué un parque y no su casa?

—No va a ser fácil salirte con la tuya matándome en este lugar. — me dice con una sonrisa cansada y me dedica una mirada— Aunque no creo que eso te importe.

—Y tiene razón. — le digo mirando a mi alrededor.

—No. Mi esposa amaba este lugar. Nosotros no pudimos tener hijos. Así que a ella le gustaba venir aquí y ver a los niños de otros, reír, llorar y divertirse con los patos. Le dio cáncer y murió. Pero, esa ya es otra historia, no la que viniste a buscar. — termina de aventarle a los patos la comida que trae en las manos y me señala una banca a mis espaldas, lo suficientemente alejada para hablar tranquilamente y no intentar matarlo porque es visible.

Comienza a caminar frente a mí y yo lo sigo.

Se sienta en la banca da un gran suspiro y comienza a hablar.

—Sofía, era mi mejor amiga. Nos conocimos en la universidad. Yo era el chico pobre que tenía un trabajo nocturno para poderse pagar la universidad. Yo estudiaba Negocios al igual que ella y ambos nos disputábamos el 1er lugar cada semestre. Eso no la molesto, la hacía reír. "Es gracias a ti que tengo que esforzarme cada año", me decía. — sonríe, perdiéndose en sus recuerdos. — Ella era divertida, amable pero fría en los negocios. No iba a permitir nunca que alguien le faltara el respeto sólo por ser mujer. Cada cena familiar que había en su casa, días antes me llevaba a comprar ropa, los mejores trajes que el dinero podía comprar, me enseñaba lo básico de cualquier cena familiar con gente narcisista. Me enseñaba a expresarme a encajar, básicamente. Me dio una vida falsa y me dijo: A mí no me importa que no tengas dinero, eres una de las personas más brillantes que he conocido y quiero que lo tengas todo, porque te lo mereces y la única forma de lograrlo es esta. A los dos años de habernos graduado yo ya tenía una pequeña fortuna. Para el tercer año, conoció a Javier, el papá de Damián. Era un abogado mercantil que, aunque ganaba bien, Sofía ganaba 5 veces más y no pudo soportarlo. Así que se dedicó a la bebida. Hubo peleas, infidelidades. Sofía dejó de trabajar pero ella podía pasar diez vidas sin trabajo y el dinero no se acabaría. ¿Cómo te acabas la fortuna de cinco generaciones? Una noche ella y su esposo discutieron, él estaba borracho, salió de la casa y tuvo un accidente automovilístico y murió. Eso la destrozó. Odio el dinero, su apellido. Por regla Damián debía apellidarse como su madre, de otra forma al morir el ultimo cuyo apellido fuera Gaxiola, todos los negocios se desintegrarían, miles perderían sus empleos y bueno. Ya te imaginarás lo demás. Cuando Javier murió Sofía sufrió mucho, se culpó a sí misma por todo, intenté estar con ella, acompañarla tanto como pudiera. Le dije que tenía que reponerse por Damián. Y ese, fue el peor error de mi vida.

— ¿Decirle que luchara por su hijo? — le pregunto sarcásticamente.

—Creer que Damián, al ser su hijo, la necesitaba sana.— me dice molesto.— Después de casi tres años, Sofía empezaba a escucharme de nuevo. La había convencido de volver al trabajo. De tomar un avión o un crucero con Damián, pasar tiempo con él. La primer semana, ella tenía muchos mareos. Dolores en el pecho. No recordaba cosas. Tenía espasmos en las manos. La llevé con su doctor de cabecera. Y solo decía que era la menopausia precoz. Quise llevarla con otro doctor, pero no quiso. Hasta que eventualmente le dio un derrame en la oficina, en una junta mensual. En el hospital, Damián llegó molesto, después de clases.

— ¡Todo esto es tu culpa! ¡Te dije que no debía volver a trabajar y tú te empeñaste en sacarla de la casa!

—Hijo, cálmate.

— ¡No me llames así! — me grito furioso.

—Una vez que los doctores me digan que está bien, me la llevaré a casa y ¡seré yo quien se encargue de ella!

—Está bien, cálmate ya. Estamos en un hospital. — se queda un momento en silencio y continua. — Antes de la junta Sofía hablaba muy lento como si estuviera exhausta.

—Ángel— me dijo en voz baja— Damián está siendo tratado por un psicólogo psiquiatra.

— ¿Damián? ¿Qué le pasó? — y entonces me vio a los ojos, asustada.

—Él me estuvo dando…— y su asistente toco la puerta diciéndonos que nos estaban esperando. Y no me lo dijo.

Intenté verla un par de veces, pero Damián estaba en casa y me prohibía la entrada. Lo dejé tranquilo, pensando que se le bajaría el coraje en un tiempo. Pero llamaba a diario y la servidumbre me informaba de su salud. Hasta que un día una de las mucamas me dijo lo que había visto en la habitación de Sofía.

—Toma mamá. — le puso la pastilla en la mano— es hora de tu medicamento. Mamá, tómatela. — le dijo con tono firme. —la Señora parecía molesta, no quería tomarse la pastilla y la tiro al suelo. El patroncito apretó los dientes y suspiro muy enojado y le dijo: "Si no quieres tomártela, no lo hagas. Hay miles de maneras de administrarte el medicamento sin que logres darte cuenta. Yo te quiero mamá. Y todo esto es para cuidarte. Nadie te cuidará como yo". — la señora la vio enojada y lo ignoró. Y entonces el joven le dijo "como quieras, ya haré que el enfermero te lo administre que para eso le pago" Y salió de la recámara molesto.

Esa misma noche me escabullí en la casa, la mucama me dejó entrar por la puerta de atrás. Llegué al cuarto de Sofía e intenté levantarla. Abrió los ojos, poco a poco y cuándo me vio con claridad, se alteró, le quité el respirador e intentó hablar.

—Sofía. Estoy aquí. Hola.

—Án...gel. — me pudo decir con pausas y mucho esfuerzo.— Da-mián él fue.— me dijo y con sus ojos me guio a la mesa que estaba junto a su cama. No había nada encima, así que abrí el cajón y encontré tres frascos uno decía: Alprazolam, el otro Triacin—C y el ultimo Ultracet. Al principio no me decían nada. Tomé una tableta de cada bote y lo puse en mi bolsillo. Intenté llevármela, pero se negó.

—Voy a llevarte conmigo. — le dije cuando intenté cargarla.

—No. — me dijo.

— ¿Cómo qué no?. — le dije en susurro por si Damián estaba cerca.

—Po—li—cia. Da—mián. — me dijo.

—No me importa que tu hijo me denuncie. — le contesté un poco molesto.

—¿Qué haces aquí?.— escuchamos la voz de Damián y por un momento aunque asustados fingimos que nada pasaba.

—Hola, Damián. Bueno sé que estás enojado conmigo y en parte tienes razón. Pero quería ver a tu madre, aunque fuera unos minutos. Pero ya que regresaste, me iré.

Mire a Sofía y la tome de la mano, la apreté lo más fuerte que pude y ella la mía.— Volveré pronto.— le besé la mano y en voz suave continué.— Lo prometo.

Al día siguiente lleve las tabletas a un laboratorio, me dieron los resultados en una hora. Resulta ser que mezclados los tres medicamentos podrían causar problemas graves de respiración, sedación o coma.

Iba determinado a sacar a Sofía de esa casa, llevarla a un hospital a hacerle análisis, chequeos completos. Pero al llegar a la casa, me encontré con la noticia de que había muerto en la noche. Damián vino hacía a mí. Llorando, completamente destruido y culpándose por la muerte de su madre. Y le creí. ¿Quién podría fingir un dolor así?

Le hable a Damián de las tabletas y me dijo que fue un error de los doctores y que por eso estaban en el cajón. Me dio los datos del enfermero que había contratado y me dijo que si necesitaba saber algo le podía llamar. Y lo hice, me dio una lista de los medicamentos que se le administraban a Sofía, los llevé con otros doctores y coincidían en que eran los necesarios y ninguno le hacía daño. Damián estuvo encerrado por un año. Casi no comía, no salía de su habitación. Hasta que lo hizo. Se graduó y empezó a trabajar y trabajar. Yo olvidé por completo mis sospechas sobre él. Me casé, empecé a tener mis propios problemas y lo dejé continuar con su vida. Hasta que desapareciste una semana después de haberle dicho a Damián que no lo necesitabas ni a él, ni su dinero.

Entonces me puse a investigar y encontré a la psicóloga que trató a Damián por meses. Y ella me dijo que Damián sufría de Trastorno ficticio impuesto a otro, lo cual, consiste en falsificar o producir síntomas de un trastorno físico o psicológico en otra persona. Tú misma lo dijiste, te torturaban y después te trataban como reina, muchas molestias en mantener a alguien con vida y sin pedir rescate. Te mencione que Sofía podía vivir diez vidas sin trabajar y gastando dinero a diestra y siniestra ¿Damián? puede tener 30 vidas y no se lo acabaría. ¿De verdad crees que no le pidieron rescate porque venderte sería más fructífero para ellos?

—Maldita sea. — suelto llena de rabia y entonces recuerdo.— ¿Y Liz? Damián me dio pruebas en su contra. Todo apunta a ella. — le digo suavemente.

Quintero niega con la cabeza

—Todo lo falsificó Damián. El dinero, lo puede todo.

—No. — maté a Liz sin motivo alguno. Eso no puede.

—Tu amiga nunca dejo de buscarte. No pude salvar a mi mejor amiga, pero si podía ayudarte a ti. No sabía dónde estabas, pero sabía que él te tenía. Le entregué lo poco que tenía en contra de Damián pero fue suficiente para asustarlo porque mandó matar a tu amiga y casi lo logra. No supe de ella por años. Después tu padre murió. Damián se consiguió una nueva novia. Y supuse que te había matado. Hasta hace poco tu amiga me contactó y me contó todo y en tu cena quise enfrentar a Damián, le pregunté por su madre, por ti. Le dije que te lo contaría todo. Pero, tú te adelantaste y para ser honesto me quedé en shock después de que…mataste al capitán. Liz dijo que, que estaba cerca de encontrarte. Dijo que si algo le pasaba, bueno, los cobardes viven más, me dijo. Huya. Huya lejos él.

No puedo probar lo que le hizo a Sofía, no puedo probar lo que te hizo a ti. Sólo puedo decirte lo que sé. Y es todo.

—No sé dónde está Damián. Pero tengo que sacarte de aquí.— le digo al padrino y me acerco a él.— Levántate.— le ordeno.

— ¿A dónde vamos? — me pregunta tranquilo.

—A tu auto. — le digo mientras caminamos. — Vas a ir al banco y sacaras efectivo, mucho efectivo. Vas a rentar un coche a nombre de la compañía y vas a agarrar carretera. No te vas a detener hasta que amanezca dos veces. No vas a usar tus tarjetas de crédito y me llamarás en dos días desde un teléfono público. Hospédate en hostales, moteles, lugares dónde tu nombre no aparezca en una computadora y preséntate con otro nombre a menos que tengas que ofrecer una identificación.

— ¿Qué vas a hacer tú? — me pregunta extrañado.

—Terminar lo que Damián empezó. — le digo molesta.

Llegamos a su auto y se sube.

—Noa.— comienza a decirme sin encontrar las palabras.— Suerte. Te llamo en dos días.

Cierro la puerta de su coche y lo veo marcharse.

Ya en mi auto. Intento respirar para desatar mi furia contra el coche, grito, pataleo, golpeo el volante.

— ¡Maldita sea! ¡Soy una estúpida!. — abro la guantera y veo las llaves de Liz, con el nombre, lo busco en el GPS. Enciendo mi coche y conduzco lo más rápido que puedo a las bodegas. Al llegar, noto que está entre casas no ha de tener más de 50 bodegas pequeñas, Hay una de cámara al entrar y la reja está cerrada por lo que tengo que llamar a la señorita que está en las oficinas, justo al lado del portal. La llave trae el número. La señorita revisa mi nombre y mi identificación. Me dice que puedo pasar sin problemas, pues estoy registrada.

—La bodega 47 está al fondo en el segundo piso. Siga la numeración. — me dice la señorita, sin fijarse en mí.

Me estaciono al fondo del negocio y me bajo lo más rápido que puedo.

Subo las escaleras de metal pintadas de azul al llegar arriba veo los números empiezan con el 40. Camino siguiendo los números, 41, 42, 43 y así sucesivamente hasta llegar al 47.

La abro, y sólo hay una mesa con tres cajas cafés cerradas. Enciendo el foco de la bodega y la cierro para evitar que me interrumpan.

Abro la primera caja, está todo lo relacionado a Mia. Estudios, calificaciones, familia, boda, luna de miel, trabajo, amigos, todo. Bajo la caja al piso para tener espacio al abrir la que sigue.

Abro la segunda caja: son fotos de Damián con oficiales de policía. Maletines de dinero a personas de la mafia. Personas que reconozco, personas que abusaron de mí, que me torturaron, que asesiné para poder escapar. Se ríe con ellos, fuma cigarrillos, les da dinero, su socio está junto a él feliz. Reportes de llamadas de celular, movimientos de dinero, mensajes de texto, etc.

En la tercera caja están los diagnósticos que mencionó Quintero, la carta de defunción de su madre, recortes de periódicos sobre la muerte de su madre y su padre, la autopsia que no se realizó. Testimonios de las mucamas de la casa a los oficiales. Liz lo investigo todo y marcó lo que había sido cubierto, lo que era verdad y fotos de los implicados muertos. Todos y cada uno de ellos, accidentes de tráfico, apuñalados en asaltos, accidentes laborales. Como si alguien intentara callarlos. Camilleros, enfermeros, doctores, mucamas, la psicóloga que lo trató. Nadie que pudiera decir algo en su contra estaba vivo. Sólo su padrino.

—Lo siento Noa. Lo siento. Me engañó. Maté a Liz sin razón alguna. Noa tienes que ver esto. Me desamarro el cabello y le doy espacio a Noa.

— ¿Qué es esto? — miro a mi alrededor y veo papeles, fotos de Damián en todas partes. Veo cada una de las cosas. Reconozco a los hombres de las fotos, a todos. Y a Damián. —

Fuiste tú. No fue Liz. Fuiste tú Damián.— me llevo las manos a la boca y comienzo a llorar. Maté a Liz. Liz está muerta. Le creí a Damián y maté a mi hermana. La maté. La maté y era inocente.

CAPÍTULO 26

NO MÁS MENTIRAS

Llego a la casa del oficial. Está en una zona decente. Toco la puerta un par de veces y se abre.

—Tenemos que hablar, García.— le suelto al oficial y me quito mis lentes de sol. Pero me dejo los guantes puestos.

—Damián Gaxiola. Por favor. Pasé señor.

Entro y me ofrece una cerveza, pero yo la rechazo. La televisión está encendida. Estaba viendo un partido de futbol. Y su casa huele a cigarrillo.

Se ve muy diferente sin su uniforme. Se ve más...naco.

—Te pagué una pequeña fortuna por golpearme, desaparecer a mi esposa y que no le dijeras a tu jefe sobre nuestro trato ¿no es así?

—Así es. — dice muy tranquilo.

—Tu esposa escapó sola de la hacienda. Nadie la ayudó. Ni yo, ni nadie.

—Explícame como carajos se escapó si ustedes eran los idiotas con las armas.

—No lo sé. — me dice con una sonrisa en el rostro.

— ¿No? Bueno pues ahora toda mi puta vida está arruinada. Mi mujer está loca. Es una asesina. Y mi otra mujer la quiere. Dime ¿Cómo demonios voy a lidiar con todo eso? No puedo lidiar con Noa en estas condiciones.

—Ese es tu problema. Tú me pagaste por un trabajo. Yo lo hice. Si quieres otro vas a tener que pagar más. — me escupe García como excusa. — Y la verdad no creo que quiera ayudarte. Si mi jefe se entera de que también trabajo para ti se molestará mucho.

—Yo no me preocuparía por eso. — me burlo en su cara.

— ¿Ah no? ¿Por qué?

—Ya te lo dije. Mi esposa está loca y es una asesina. Mató a tu jefe y se deshizo del cuerpo.

García se queda helado.

— ¿Qué dijiste?

—Lo que escuchaste. — lo miro cansado.—No me gusta repetir cosas.

—Entrégamela. — me dice furioso.

— ¿A mi esposa? ¿Eres estúpido o qué tienes?

—Te lo dije Gaxiola. Mi jefe tenía que quedar fuera de toda tu mierda. — se levanta y me amenaza.

— ¡Cálmate! Yo no sabía que Noa lo iba a matar.

Me dirijo a la cocina de su casa y camino al refrigerador para tomar una cerveza.

— ¿Y ahora que pasará? — me sigue preocupado.

—Voy a tomar una cerveza. — finjo no entenderle.

Abro la botella, Gracias a Dios es de vidrio, y le tomo.

—No te hagas el gracioso, Gaxiola.— me dice molesto.— Me vas a entregar a tu esposa o te...

— ¿O qué? — le digo yo también molesto.

Me mira y se va a la sala.

— ¿A dónde vas García?— lo sigo a su sala.

Toma un teléfono y comienza a marcar algo.

— ¿El número de tu esposa termina en 87, ¿verdad? — me mira con una sonrisa. Presiona algo en su teléfono y se ríe.

— ¿Qué hiciste, estúpido? — la sangre comienza a hervirme.

—Estás muerto, puto. Acabo de mandarle todo a tu esposa. — se burla en mi cara.

Rompo la botella en la pared y se la encajo en el pecho.

Me empuja e intenta correr, pero lo empujo y se golpea en la pared. Le estiro el cabello para jalar su cabeza y le abro el cuello con la misma botella.

—Eres un estúpido.— suelto su cabeza y lo dejo desangrarse en el piso.

Me regreso a buscar el teléfono para borrar lo que envió, pero el mensaje dice abierto.

— ¡No! ¡Maldita sea!. — salgo de su casa sin antes darle un par de patadas y me llevo la botella conmigo.

¡Maldita sea! El maldito policía arruino mis planes. Tengo que arreglarlo todo. ¿Cómo demonios haré eso? Debo evitar que Noa descubra lo que hice o me dejará.

Camino a toda velocidad hacia mi oficina, aún cubierto de sangre. Jamás me habían alegrado tanto los días festivos.

Abro mi oficina y camino a mi escritorio. Enciendo la pequeña lámpara y veo todos los documentos que el maldito tenía en mi contra, fotografías mías, de Noa. Mis mensajes de texto, mi presencia en esa casa. Retiros bancarios, transferencias. Todo. Ni siquiera se molestó en esconderlas.

Recuerdo el arma revolver que compré y la busco en los cajones. Pero no la veo.

— ¿Dónde está la puta arma? Maldita sea. — hablo conmigo mismo y grito molesto.

La luz se enciende de pronto, iluminando por completo mi oficina. Levanto la mirada, con gotas de sudor cayendo por mi rostro y mi respiración alterada. Es Noa.

— ¿Buscas esto?. — me dice divertida. Apuntándome con el arma.

—Noa. Te lo puedo explicar. — le suelto divertido. Lo sabe. Lo vio todo.

— ¿Puedes? Por favor, hazlo. — hay dolor en su voz y su rostro.

Intento acercarme a ella para que me deje explicar, pero cuando estoy frente al escritorio me dispara.

— ¡Quieto!. — su rostro ahora es diferente. Está emocionada por dispararme. No es mi esposa, es la otra. La que si pudiera matarme.

—Necesito hablar con mi esposa. — le digo molesto y entre dientes.

—Si te quedas ahí paradito, lo harás. Eres un ojete, cabrón. Mira que dejar que se enterara por medio de un mensaje. De rodillas. — me dice amenazante.

No digo nada solo asiento y me pongo de rodillas.

—Sigo esperando una explicación, Damián. — me dice ahora con voz apacible.

—Noa, amor. Todo lo que hice fue porque lo necesitábamos.

— ¿Necesitábamos?. — pregunta incrédula.

—Mira. Nuestro matrimonio estaba mal. Tú comenzaste a querer cosas diferentes. Cosas en las que yo no estaba incluido. Yo te necesitaba y tú solo querías deshacerte de mí.

— ¿De qué estás hablando? — luce confundida.

—Necesitaba que lo vieras. — le digo desesperado.

— ¿Qué? ¿Qué estás enfermo?.

— ¡No! Que me necesitabas. Que yo podía protegerte y dártelo todo.

— ¡Me mandaste a secuestrar, maldito enfermo de mierda! Me torturaron de todas las formas posibles e inimaginables y no fueron dos putos días o un par de semanas. ¡Fueron años! — me dice entre llanto y con una voz casi ronca.

—Eso fue culpa de Liz y tu padre, no mía. — Le suelto molesto. Liz empezó a meter su nariz en todos mis asuntos, en mi vida privada y laboral. Comenzó a seguirme, hablaba con cada persona que yo conocía, llegó a infiltrarse en la empresa para tenerme vigilado. Así que tuve que matarla. Para poder recuperarte. Pero luego tu padre siguió con lo que Liz estaba haciendo. Tu padre me retrasó de nuevo. Llegó a golpearme a amenazarme frente a los socios. A decir que yo te había matado o desaparecido. La policía comenzó a estar detrás de mí. Así que, le dio un infarto mientras conducía.

—Lo mataste. Tú mataste a mi padre. — comienza a llorar y da dos pasos hacía mí, moviendo el arma. — ¿Por qué!

— ¡Por ti! ¡Por nosotros! — le digo molesto. — Ni el, Ni Liz nos dejarían en paz. Cuando esos idiotas se pasaron en golpearte, fui a la hacienda a asegurarme que estuvieras bien. Y no me fui de ahí hasta que así fue. ¿Por qué no lo entiendes!

—No. Si lo entiendo. Lo necesitábamos. Me necesitabas. Lo has dicho cuatro veces. — me dice. Suspiro por primera vez. Lo entiende. Baja el arma y se acerca a mí.

—Sí. Ahora podemos empezar desde cero. —Noa llega a mí y me coloca el revolver en la frente. Cierro los ojos. Va a matarme.

— ¿Quieres saber qué es lo que yo necesito?— me dice tranquila y con una sonrisa en los labios.— Meterte una bala en el puto cerebro.

—Te amo. — le digo.

—Lo sé. No me hubieras destruido como lo hiciste si no lo hicieras.— baja el arma de mi frente y camina de espaldas hacia la puerta.

— ¿No vas a matarme?.— pregunto nervioso.

—No. Eso sería muy fácil. Sólo voy a dejarte. Eso va a poder más, en tu podrido cerebro, que cualquier otra cosa.— se da la vuelta para abrir la puerta y justo cuando la abre un poco, se detiene y me habla por encima de su hombro.

— ¿Es, Mia, parte de todo esto? — pregunta con tiento.

—No. Sólo necesitaba a alguien que pudiera decirte cuánto sufrí por ti, una vez que volvieras.

Sacude su cabeza después de bufarse.

—Si te acercas a ella. Te juro que dejaré que Cris te maté.— me dice sin voltear a verme y sale de mi oficina.

CAPÍTULO 27

UNA VIDA POR OTRA

Salgo de la oficina y dejo a Damián solo. Dejo el arma en el escritorio de su secretaria.

Bajo en el ascensor hasta el estacionamiento del sótano.

El estacionamiento está oscuro. Mi auto está a unos pasos de distancia. Saco las llaves de la gabardina café. Cuando escucho que se amartilla un arma a mis espaldas.

Sé que es Damián así que sin voltear le grito, no molesta o desesperada o asustada, sino para que me escuche.

— ¿Sabes? Alguna vez te dije que te necesitaba para amar, sentir, comer y vivir. Tenía razón. Incluso te necesitaba para sufrir, sólo que no lo sabía. — me giro para verlo y sonreírle.

—No puedes dejarme. Pero tampoco puedes amarme.— me dice sudado y sufriendo por decidir jalar el gatillo.

Doy dos pasos hacía él y coloca el arma en mi corazón.

—Ahí no. — le digo mientras lentamente tomo el arma y la coloco del lado derecho de mi cabeza. — Aquí. Así podrás decir que fue un suicidio.

Damián está llorando, como tomando valor para jalar el gatillo.

—Dispara. — le digo calmadamente y cierro mis ojos.

Escucho un disparo y después de unos segundos abro los ojos.

Miro detrás de Damián mientras su cuerpo cae sin vida frente a mí.

— ¡Ma? — digo sorprendida.

—Hijo de tu chingadamadre. — le dice mi mamá al cadáver de Damián y le dispara dos veces más.

—Jesucristo. ¿Por qué la trajiste? — le grito a Liz.

—Yo no la traje. Ella me siguió.— me dice Liz, asomándose detrás de una columna del estacionamiento.— Y al llegar me quitó el arma y me dijo que esperara o me mataría.

—Dime que no traen sus celulares. — le digo a Liz cansada.

—No mija, dejamos los tres en la casa. Y el auto es rentado bajo un nombre falso.— me dice mientras le dispara otra vez.

— ¡Ma! Ya está muerto. Deja de dispararle.

—Mató a tu padre. Hay que estar seguras. — dice y le vacía la pistola. — Listo. Bueno, las espero en la casa. — me dice dándome un beso en la mejilla.

—Okay, ma.— me despido de ella y espero a que se vaya en el coche.

Liz está a mi lado, ahora.

—Bueno, eso se nos salió de las manos. — me dice sorprendida.

— ¿Tú crees? — le digo calmada para después explotar.— ¡Todo se nos salió de las manos, Elizabeth!

—Oye no me grites. ¿Yo cómo iba a saber que este cabrón estaba loco y te mandaría a secuestrar, torturar, que mataría a tu padre, me perseguiría y te volvería loca? Y hablando de eso ¿si eres tú, verdad? — me pregunta nerviosa

— ¿Qué? — le digo molesta.

—Si eres Noa. No la otra. Ya sabes, la que casi me mata.

—Ya te pedí perdón por eso y te expliqué que no sabía si me estaban siguiendo, así que tuve que lastimarte.— le explico.— A eso se le llama: actuación.— le suelto guiñándole el ojo.

—Oh. Esas clases de actuación valieron cada centavo. Me encanta cuando lloras en queu. A mí nunca me salió. — me dice triste.

—No puede ser.— le digo molesta, mientras me muevo hacia Damián.— ¿Pies o brazos?

—Pies. Tiene mucha sangre en el pecho. — con expresión asqueada.

—Tal vez alguien debió evitar que mamá la siguiera.— le suelto mientras acomodo a Damián boca arriba y le agarro los brazos y Liz las piernas.

—Ya sé. Ya sé. Una, dos, Tres. Levanta. — dice con un gruñido por el esfuerzo.

— ¿Tienes toda la grabación? — pregunto.

—Sí. Ya puedes quitarte el micrófono. Pasado mañana tendrás tu llamada telefónica.

—Perfecto. — le digo y cerramos la cajuela del coche con el cuerpo sin vida de mi esposo.

Condujimos por las próximas 6 horas hasta llegar a un monte lo suficientemente sólo y oscuro. Cavamos por 2 horas más y enterramos el cuerpo de Damián.

—Necesito vacaciones. — le digo exhausta a Liz.

—Ya tienes la cesión de derechos sobre los millones y el divorcio de tu esposo, junto con su confesión, que te enviaré en unos días.

— ¿Enviaste la carta de despedida? — le pregunto cansada y con la cabeza recargada en el vidrio.

—Sí. Te llegará en un par de días al departamento. ¿Qué harás con tu nueva novia?

—No lo sé. Lo mejor sería desaparecer como las otras veces y cambiarnos el nombre.

—Las otras veces sólo cometimos fraude. Esta vez matamos a alguien. Y te involucraste íntimamente con la esposa de tu esposo.

—Ya sé. Creo que disfrutaré de los próximos días con ella y sufriremos por Damián y luego ya veremos.

Terminamos de enterrar a Damián.

Conducimos 5 horas más y llevamos el auto rentado a un deshuesadero y nos aseguramos que lo destruyan por completo.

— ¿Dónde lo enterraste?. — me dice el señor alto, que se parece a mi padre.

—Lejos de todo y muy profundo.— le digo con la mirada perdida.

— ¿Cómo está tu madre? — pregunta apenado.

—Bien. Damián mató a papá. — le digo con cautela. Después de todo es su hermano.

—Vaya joyita, tu marido. — me dice entre risas.

—Lo sé.

—Vámonos. Ya es hora. — me dice mientras camina a la camioneta hummer negra que tiene.

Liz está dormida en los asientos de atrás.

—Tu parte te la mandaremos en ocho meses. Si podemos, antes. Liz estará en contacto contigo para saber a dónde nos mudaremos.— le digo mientras me siento y me pongo mi cinturón.

—Muy bien. ¿Ahora qué sigue?— me dice con una sonrisa.

—No lo sé. Necesito tiempo. Este imbécil me fastidio. — le digo molesta.

—Siempre podemos volver a las empresas fantasma. Es más seguro.

No logro decir nada, sólo asiento con la cabeza y miro por la ventana.

Mañana regresaré al apartamento con Mía. Sólo serán unos días más. ¿Qué es lo peor que puede pasar?

¿Qué estúpida pregunta?

Termina de amanecer y llego al departamento. Con otro cambio de ropa y como si nada hubiera pasado.

— ¡Mia? ¿Damián!. — grito desde la entrada.— ¿Hay alguien aquí!— recorro la sala y la cocina con la vista sin encontrar a nadie.

— ¡Voy! — grita Mia a lo lejos.

Voy a la cocina y tomo un vaso de agua del grifo.

— ¿Cuál era el plan, Noa? — me dice Mia a mis espaldas.

Me volteo a verla. Está fumando. Se plancho el cabello, los labios las trae rojos. Pantalón negro acampanado, tacones negros, una blusa con mangas holgadas que resaltan sus pechos. Una Femme Fatale.

—Me gusta tu look, pero... ¿esto es un roll play? — pregunto interesada. Necesito relajarme después de todo y una acostada me serviría.

Mia suelta una carcajada. Le da una calada al cigarrillo y continua.

—Según tus palabras "Todo se les salió de las manos". — saca el humo del cigarro.— Así que pregunto ¿Cuál era el plan original?

Mi sonrisa desaparece.

—Te dije que no fueras.— le digo con una sonrisa.

—Pero lo hice. — contesta furiosa. — Mataste a Damián.

—No yo no fui. — niego con la cabeza y sonrío de nuevo.

—No, tienes razón. Fue tu mamá y tu amiga. ¿Cómo la encontraste por cierto? — pregunta intrigada.

—Siempre lo supe. — le contesto. — Todo era parte del plan.

Mia me lanza una mirada para que me explique.

—Mi padre era un estafador. Quería retirarse y encontró a Damián. El plan era que yo lo enamorara, me casara con él y al cabo de unos dos o tres años, lo estafaríamos y le quitaríamos una cantidad considerable de efectivo para que mis padres pudieras vivir el resto de sus vidas en paz. Con lujos, claro, pero en tranquilidad absoluta. Lo que yo no sabía era que el imbécil estaba enfermo y jale demasiado la cuerda. Constantemente odiando el dinero y diciéndole que no lo necesitaba.

— ¿Y por qué volver?.

—Ya te lo dije. Ese era el trabajo. El plan. Otra cosa que salió increíblemente mal, fuiste tú.

—Y que te volvió loca. — me dice Mia un poco feliz.

— ¿Loca?.— por un momento me pierdo.— Ah ¿te refieres a...Hola, Doc.— le digo cambiando mi voz y mis facciones.— o al chico que puede soportar increíbles cantidades de dolor sin hacer una mueca o sonido? — le digo con una sonrisa mientras la de ella se desvanece.— Mi padre siempre me hacía leer a las personas. "Aprende a observarlas y podrás manipularlas". Manipule a Damián por mucho tiempo. ¿No?. — Doy un par de pasos hacía Mia.

Mia sigue alerta no entiende lo que está pasando.

—Esas personas no existen. Las inventé. Sólo soy yo. — me explico.

— ¿Cómo fue que pudiste manipularme a mí? Soy una Psicóloga excelente. — dice molesta consigo misma.

—Justo por eso. Tienes una debilidad por las cosas quebradas. Pero una persona con trauma de violación y torturas no sería suficiente. Necesitaba algo más excitante para ti. Algo que no pudieras tener todos los días. Así que me puse a investigar y esto fue lo mejor que pude hacer.

— ¿Por eso casi matas a Damián? ¿Para llamar mi atención?.— dice casi asqueada.

—Necesitaba tenerte a solas conmigo. ¿Saber quién eras y si serías un problema? — le explico.

—Todo fue una mentira. — me dice y empieza a querer llorar. — Tu trastorno, tu amor, todo.

—No. No todo Mia. Mi plan era hacer que Damián te dejara, pero...— me callo por unos segundos.

— ¿Qué! ¡Dilo!. — grita desesperada y por primera vez veo que tiene una mano en la espalda.

— ¿Qué tienes en la espalda, Mia?.— le doy una mirada fría.

Mia baja la mano y me enseña un cuchillo.

— ¿Vas a matarme, Mia? — le pregunto tranquilamente.

— ¿Por qué no? Mi familia sabe de tu trastorno, el video que tengo de tu sesión prueba tu múltiple personalidad. Podré zafarme de ir a prisión.

—Cuándo mande a Damián a hospital e intentaba descubrir quién eras y qué querías pasó algo inesperado. Me enamore de ti.

—Estas mintiendo. — me dice molesta.

Niego con la cabeza.

—Cuando tu novio se la pasaba tocándote en la cena familiar me hirvió la sangre. Cuando Damián despertó y recordé que aún existía me molestó muchísimo. ¿Por qué crees que te dije que te quedaras aquí anoche! — comienzo a exaltarme. — Yo te digo, porque te amo. Me enamoré de ti y tampoco estaba planeado. Sólo sucedió. Pero yo no soy Damián. Si tú dices que no me amas y que no quieres volver a verme, saldré por esa puerta y jamás, jamás, volverás a verme.

— ¿Si Damián no hubiera matado a tu padre lo hubieras dejado con vida?

—No. Me hizo pasar un infierno por cinco años Mia. Y a mis padres igual.

— ¿Y si no te hubiera torturado, ni matado a tu padre?— pregunta con una mirada suplicante.

—No. No soy una asesina por gusto Mia. Sólo soy una ladrona. — estoy ofendida.

—Y una gran mentirosa con sexualidad dudosa. — maldición está enojada.

Intento defenderme, pero no hay manera.

—Mi nombre es Clara Ibarra, soy una ladrona, estafadora, bisexual de 29 años. Mis padres también son estafadores, mi mejor amiga es una asesina a sueldo a quién la traicionaron y mi papá le salvo la vida. Estoy enamorada de una psicóloga que justo ahora tiene el poder para acabar conmigo, ya sea mandándome a prisión o clavándome un cuchillo en el pecho. — me acerco a Mia lentamente. Ella levanta el cuchillo y yo me acerco hasta tenerlo al nivel del corazón justo como hace unas horas Damián me apuntó con el arma. Pero esta vez no hay nadie que me salve. Esta vez la muerte está frente a mí.

Mia está furiosa.

—Te odio. — me dice.

—No. Sólo estás furiosa conmigo. Y justo ahora tienes mi vida en tus manos. — la miro a los ojos.

— ¿De verdad tengo tu vida en mis manos?.— Pregunta dudosa.

Asiento con la cabeza.

El sonido del cuchillo golpeando el piso me relaja.

Mia me besa apasionadamente.

La rodeo con mis brazos.

Nos separamos y nos abrazamos.

—Te amo, Mia. Eso no cambiará a menos que tú quieras.— Maldita sea.

Estoy perdida. Está mujer es peligrosa y tengo que tener cuidado. A pesar de amarla como lo hago. No puedo confiar en ella. No debo. ¿Podrá ser parte de mi vida? ¿Aceptarme tal y como soy: una persona con cero moralidad? Espero que pueda.

MIA

No puedo permitir que Noa descubra que esta parte de ella me excita. El misterio, el secreto, su frialdad. Esta vida que acaba de confesar. Intenté hacer de lado mis deseos cada vez que la veía salvaje y había sangre de por medio. ¿Pero puedo vivir con eso toda mi vida? Sí. Lo quiero, lo deseo. Lo necesito. Necesito a Noa y a Criss y a Clara.

Necesito una vida excitante. Tan excitante como la que ya me había dado.

¿Puedo tener una vida por otra? ¿Cuántas vidas necesitaré para estar satisfecha?

Espero podamos descubrirlo juntas.

FIN

EPILOGO

Ha pasado un año. Desde la muerte de Damián. Y el inicio de mi nueva vida junto a Mia.

Mandamos un abogado con una carta poder dirigida al padrino de Damián donde lo dejaba a cargo de todo. Todas las empresas las manejaría él pues iba a desaparecer para encontrarse así mismo. Y no sabía cuándo podría regresar.

Un par de correos llegaron a Mia y a mí pidiéndonos disculpas y despidiéndose. Así como los papeles de divorcio.

Lloramos por él y cambiamos de edificio.

De ciudad.

De país.

De identidad.

Damián nos dejó todo el dinero. Sólo tuvimos que cambiarlo a otras cuentas, bajo otros nombres. Todo fue dividido en partes iguales para mi madre, mi amiga y nosotras dos.

Mia me ha pedido que le enseñe mi oficio y cada vez que lo hago terminamos en la cama. Esta vida la excita. Es para ella a pesar de todo. No dejo de pensar en Damián. Si tan solo el idiota me hubiera dicho todos sus secretos, los tres hubiésemos tenido absolutamente todo.

En fin.

Es momento de disfrutar de la arena, la comida y el delicioso mar que tengo frente a mí.

El trabajo ha terminado...

—¿Recuerdas al anciano pedófilo muy rico que intenta ser mi esposo, desde que llegamos a la Isla?— Me suelta Mia, sentándose en el camastro junto a mi

—Sí.

— ¿Qué ha investigado Liz de eso?

—Tiene una hermana. Un hijo con el que no habla y una hijastra que no le pide nada. Es viudo. Si es muy rico y al parecer tiene poco tiempo de vida.

— ¿Enfermo?

—No. Tú. — le digo enderezándome en la silla para darle un tierno beso con una sonrisa en los labios.

—Me gusta como suena eso.

Mia me besa.

...Hasta que empiece el otro.

Ya no es por dinero.

Es por diversión.

Por pasión y por amor.

Para poder vivir.